U0121065

A
TOWN
CALLED
SOLACE

MARY
LAWSON

小镇索雷斯

[加拿大] 玛丽·劳森 著　尚晓蕾 译

译林出版社

献给阿历克斯和弗雷泽

克拉拉

一共有四个箱子。大箱子。里面一定装了很多东西，因为它们很重，从那个男人把它们搬进屋时弓着腰、屈着膝的走路姿势就能看出来。最初的那个傍晚，他把这些箱子搬进奥查德夫人的家——她家就在克拉拉家隔壁——放在客厅的地上，就不去管它们了。那意味着箱子里没有必需品，比如睡衣那种他马上要用到的东西，不然他就会把箱子打开了。

那些箱子堆在客厅中间，让克拉拉烦躁不安。那个人每次走进客厅都得绕着它们走。如果他把箱子靠墙放，就不用这样了，而且看起来也会整洁得多。还有，他为什么要把这些箱子从他的车里搬进屋，却又不打开呢？一开始克拉拉觉得这说明他只是帮奥查德夫人把箱子运进来，等她自己回家后再打开整理。但她没有回家，箱子就一直在那儿放着，那个不属于这儿的男人也在。

那天，他是在天光开始黯淡的时候开着一辆巨大的蓝色轿车来的，在罗丝离家整整十二天之后。十二天是一周零五天。克拉拉正站在客厅窗前她的老地方，尽量不去听母亲与巴恩斯警长通电话的声音。电话机在门厅，也就是说，无论你在哪个房间，别人打电话的时候你都能听到。

克拉拉的母亲正在对着警察吼叫。"十六岁！罗丝十六岁，你们可别忘了！她还是个孩子！"她的嗓音嘶哑。克拉拉伸手捂住耳朵，自己大声地哼起歌来，她把脸紧贴在窗玻璃上，直到鼻头被压得扁扁的。她的哼唱时断时续，显得急促，因为每当母亲生气的时候，克拉拉就会呼吸困难，不得不经常停下来大口喘气。但哼唱是有帮助的。你哼歌的时候，不仅能够听到，还能感受到内心的声音。那种感觉就像蜜蜂的嗡鸣。如果你全神贯注于那种感受和那个声音，你就可以做到不去想其他任何事情。

然后，一阵吱吱嘎嘎的碾压声传来，比哼唱声还响，是轮胎轧在碎石路上发出的声音，那辆巨大的蓝色轿车开进了奥查德夫人家门前的车道。克拉拉从没见过那辆车。

它很别致，车尾的造型像翅膀，车身是淡蓝色的。如果是其他时候，平安无事的时候，克拉拉或许会喜欢它，但现在不是平安无事的时候，她只想一切都和从前一模一样。车道上不要有她不熟悉的车辆。

发动机熄了火，一个陌生男人下了车。他关上车门，站定，凝视着奥查德夫人的房子。房子看起来还是老样子；漆成深绿色的外墙，白色的窗棂和门框，又大又宽敞的前廊有着灰漆地面和白栏杆。克拉拉以前并没有仔细想过那座房子的样子，但是现在她发觉它与奥查德夫人非常般配。老，但很美。

那个男人走向前廊，上了台阶，径直来到大门前，从裤子口袋里掏出一串钥匙，打开门锁进去了。

克拉拉大为震惊。他的钥匙是哪儿来的？他不该有钥匙。奥查德夫人跟她说过，钥匙一共有三套，每套两把（一把开大门，一把开后门），奥查德夫人有一套，每周一次过来打扫卫生的乔伊斯夫人有一套，第三套在克拉拉手里。克拉拉想把这件事告诉母亲，她现在已经打完电话了，但是母亲有时候跟警察通话后会哭，她的脸会红肿起来，让克拉拉觉得很可怕。再说克拉拉也不能离开她在窗前的位置。如果她不一直注意着罗丝的踪影，罗丝可能就不会回家了。

奥查德夫人家门厅的灯亮了——它发出的光在那个男人关门前的一刹那洒向外面的前廊。房子里已经相当昏暗。奥查德夫人家的客厅与克拉拉家的客厅相邻，而且两家都有侧窗，相向而立，也都有面向街道的前窗。克拉拉冲到侧窗前面（她只要一直守住某个窗口就行，罗丝不会介意是哪扇窗的），而奥查德夫人家客厅的灯此时也刚好亮起来，那个男人走了进去。那里发生的一切克拉拉都能看到，不过首先是之前躲在沙发下面的摩西（除奥查德夫人或克拉拉以外的任何人进屋，它都会躲到那儿去）像一颗子弹一样快速穿过房间，从另一端一扇敞开的门里蹿了出去，那个人还没完全进屋之前它就已经消失了，所以那个人不可能看到它。克拉拉知道，它应该是跑进了鞋帽间[1]，又从那儿跑到花园去了。鞋帽间有三扇门，一扇通向客厅，一扇通向厨房，一扇通向花园，通向花园的门下面还有个猫洞[2]。"它逃之夭夭了。"奥查德夫人会这样说。除了她，克拉拉

1　鞋帽间（Boot Room），又称靴子间、靴室，在北美地区是户外进入室内首先进入的存放皮靴、大衣的更衣及储藏空间。——译注（本书页下注除特别说明外，均为译注。）

2　猫洞（cat flap），供猫咪进出的活板门。

从没听别人用过"逃之天天"这个词。

差不多一个小时之前，克拉拉就在那个鞋帽间里，喂摩西吃晚饭。每天早晨和傍晚她都允许自己离开窗边的位置一小会儿，因为她答应了奥查德夫人，会在奥查德夫人住院期间照顾摩西。

"你在这儿它会很开心的，"奥查德夫人说过，"它信任你，是不是，摩西？"当时她正在向克拉拉演示那个新的开罐器有多神奇。它是电动的。一开始你要把罐头卡到正确的位置上，不过之后的一切工序都能自动完成，这东西切掉盖子的时候甚至会把罐头缓慢平稳地旋转一圈。

"新鲜玩意儿，"奥查德夫人当时说，"大多数情况下我不用这些小玩意儿，但是那个老式开罐器不安全，我不希望你弄伤自己。"摩西在她们的腿间绕来绕去，迫不及待想吃晚饭。

"还以为我们饿着它了呢，"奥查德夫人说，"还有，罐头的盖子会留在开罐器上——看到了吗？这儿有块磁铁。你把盖子从磁铁上拽下来的时候，要小心不要碰到铁皮的边缘。你得使点劲儿才能把盖子拽下来，它的边缘很锋利。罐头筒要放进冰箱，直到吃完为止，然后把它冲洗一下，扔进外面的垃圾桶，别放在这儿，不然会有味道。乔伊斯夫人来打扫的时候会扔垃圾的。我已经和你妈妈说好了，她很乐意这期间让你每天过来喂它两次。我不会离开太久的。"

但她已经离开很久了，她已经离开了好几周。克拉拉已经把猫粮用完了好几次，只能跟母亲要钱去买了更多回来。（这是罗丝失踪以前的事，那时一切都还正常，克拉拉想去哪儿都可以去。）她以为奥查德夫人会更可靠些，她对她很失望。大人们普遍来说都没有预期中那么可靠，这是克拉拉的观点，但她以为奥查德夫人能是个例外。

她能听到母亲在厨房里走动的声音。或许她现在感觉好些了。

"妈妈?"克拉拉叫道。

过了一小会儿，她的母亲说:"怎么了?"但她的声音听起来哽住了。

"没事，"克拉拉迅速喊道，"没事的。"

那个人在屋里走来走去，把灯都打开了——克拉拉看到了外面草坪上苍白的灯影。但他离开房间时竟然不想着关上灯。如果克拉拉或者罗丝这样做，她们的父亲肯定会喊:"关灯!"但现在罗丝不在这儿。没有人知道她在哪儿。

克拉拉的母亲一直告诉克拉拉，罗丝在萨德伯里[1]，或者在北湾[2]，她没事，他们只是希望她能回家，或者来个电话，或者给他们寄张明信片，因为知道她平安无事，家里就放心了。这说明母亲实际上并不知道罗丝是不是真的没事。所以她才会对着警察吼叫，因为他还没有找到罗丝。

　　奥查德夫人的房子里开着那么多灯，所以从里面很难看到外面。往克拉拉家的客厅里看也同样看不到什么，但她没有开灯，因为开灯的话，那个男人就能看到她。如果你在明处，你就看不到在暗处的人，但如果你在暗处，你就能看到在明处的人。这是罗丝告诉她的。"你可以站在离窗口一英尺的地方，"罗丝说过，"那他们就永远不会知道了。有一天晚上，我看到亚当斯夫人脱衣服了。全脱了！脱光了！她的内裤和胸罩什么的都看到了！她全身都是一大团一大团的肥肉，她的胸就像是干瘪的大气球！特别恶心！"

　　那个人回到客厅，看着奥查德夫人餐具柜上的照片。照片很多，都镶在相框里。有些相框是纯银的，另一些则

1　萨德伯里（Sudbury），加拿大安大略省南部城市。
2　北湾（North Bay），加拿大安大略省城市。

是原木的。其中有两张是奥查德夫人的丈夫在世时与她的合影，一张是两人并排坐在沙发上拍的，另一张是两人站在台阶上拍的，两张照片里，奥查德先生都搂着奥查德夫人。那里之前还放着一张他的单人照，照片上他倚靠着一座房子（不是这座）的门框，手插在口袋里，对着照相机微笑。那座房子一定很美，因为他旁边的墙上开满了鲜花。奥查德夫人跟那张照片说话，仿佛那是奥查德先生本人，还活着，还在房间里一样，克拉拉听见过很多次。她听上去并不难过，只是寻常。

还有一张奥查德先生站在一个小男孩旁边的照片。那个小男孩正坐在桌边吃早餐；你能看得出来是早餐，因为餐桌上摆着一罐谢里夫牌柑橘酱——克拉拉勉强辨认出了商标。奥查德先生的胳膊上搭着一条折叠得很整齐的茶巾，茶巾上是满满一盘堆得冒尖的吃的（克拉拉凑上去仔细研究过，认出来有香肠和培根，这也符合早餐的推测）。奥查德先生的站姿挺拔而拘谨，他低头看着小男孩，小男孩也抬头看着他，还咧着嘴露出大大的笑容。克拉拉问过奥查德夫人这个男孩是不是她的儿子，奥查德夫人说不是，他们没有孩子，他是邻居的儿子，但是奥查德先生和她都非常爱那个小男孩。这是你最喜欢的照片吗？克拉拉问道，奥查德夫人笑着对她说，所有的照片都是她最喜欢的。但是克拉拉怀疑她说的不是真话，因为奥查德夫人去住院的时候，只拿走了这张照片，还有奥查德先生在鲜花盛开的门框旁拍的那张照片，克拉拉一下子就发现那两张照片不见了。如果你只能带走两张照片的话，你肯定会带走你最喜欢的。

那个陌生人现在弯下了腰，仔细观看照片。"一张都不要碰。"克拉拉严厉地低声说，但他仿佛听到了她的话，并且像是故意不服气似的，马上拿起了其中一张。克拉拉的手指攥得紧紧的。"那不是你的东西！"她大声说。他在看一个木相框里的照片。从摆放的位置来看，克拉拉认为可能是一张奥查德先生和夫人的合影，但她不确定——也可能是奥查德夫人的姐姐戈德温小姐的照片，她原来一个人住在这座房子里，然后奥查德夫人才搬来跟她一起住，她几年前去世了。

那个人把照片放回餐具柜上摆放着其他照片的地方。他又站了一小会儿，看着它们，然后转身走出了房间，往屋外去了。

克拉拉跑回前窗——从那儿能够更清楚地看见奥查德夫人家的车道。一时间她以为他要走了，结果他绕到车尾，打开后备箱，开始从里面往外搬箱子。他一个接一个地把箱子搬出来，后备箱里有两个，后座上有两个，他把这些箱子搬进奥查德夫人的客厅，堆在地上。一开始，克拉拉还很积极地认为箱子装的可能都是奥查德夫人的东西（不过，她要这些又沉又占地方的东西干什么呢？），他送来之后就会返回车里并开车走了。结果他反而做出了一个让人扫兴的举动：他拎出了一个行李箱。

　　她站在窗前吃了晚餐。她希望父亲能在她到时间上床睡觉前回到家里，这样她就能告诉他隔壁那个男人的事，但后来她想起来了：他在学校参加教师会议，要很晚才能回来。于是她吃完饭之后，在心里跟罗丝——无论她在哪儿——道了晚安，又跟母亲真正道过晚安后，就上楼去了。她当然更愿意整夜驻守在她的岗位上，但是罗丝失踪一周后，克拉拉的窗前守夜（"守夜"是她父亲的说法）刚开始时，为了征得同意，她和父亲讲好的条件之一就是她要按时上床睡觉。

　　到了第二周，克拉拉开始感觉到担忧，这种情绪那冰冷而黑暗的阴影正在逐渐笼罩着她。她担忧自己的姐姐出了什么事。"我能照顾自己，"罗丝离开之前，在楼上她们的房间里对她说过，"你是知道的，对吧？"克拉拉凄惨地点着头，看着罗丝在房间里忙作一团，从地板和衣柜的各处抓起一些零散的衣服塞进背包里。这是实话：罗丝很聪明，也很强势。克拉拉确实知道，就像她还知道罗丝漂亮又风趣，但总是跟父母或者老师们对着干（这让她们的父亲很难堪，因为他是学校的历史老师），因为罗丝真的真的非常讨厌别人对她指手画脚。克拉拉还知道，每当罗丝跟母亲斗气的时候，就会说一些口不对心的话，比如她要离家出走，再也不回来之类的。她之前至少离家出走过两次，每次都是过了两三天，等她认为母亲已经吓坏的时候就回来了。她一直都是这个目的，这一点克拉拉也知道。罗丝离家出走是为了惩罚母亲。

但是这次感觉不一样；罗丝以前从来没有对母亲说出过"你不会再见到我了。永远不会。我保证"这种话。罗丝对于保证过的事情非常认真。而且以前她总是大喊大叫着扬言，但这次她的语气很平静，几乎是温柔，这比大喊大叫更让克拉拉害怕。她的愤怒似乎让厨房都七窍生烟了。

成为导火索的那次拌嘴甚至都不算太严重——罗丝只是晚上又没有按时回家而已——但拌嘴又升级成了一场围绕着母亲能不能让罗丝按照她的意思做事的争论，罗丝认为她不能。她们针锋相对，火气越来越大，直到最后母亲说："小姐，只要你还住在这个家里，你就得听话。"结果就是这句话不该说。

"你一定别为我担心。"在两人楼上的房间里，罗丝停下摩挲手里她最喜欢的一件T恤衫，对克拉拉说。"你跟我保证，不会担心。"她的语气严厉。她涂了好几百层眼线。罗丝总是化很浓很浓的妆——扑上她能找到的颜色最浅，几乎是白色的粉底，加上粗黑的眼线，黑睫毛膏，绿色或者蓝色的眼影（今天是绿色的），但唇膏的颜色很浅，让她的嘴唇仿佛消失了一样。有一次她还在脸颊上画了一滴黑色的眼泪。她把头发染成纯黑色，然后又把发尖漂成稻草黄，向后梳成一个巨大的蜂巢式发型。"我看起来像死神，"有一次，她打量着浴室镜子里的自己，满意地说道，"你觉得我看起来像不像死神？"

"我觉得你看起来很美。"克拉拉说，这是真的。罗丝是世界上最美的人。

"可是你要到哪儿去呢？"看着姐姐打包行李的克拉拉终于问道，"你在哪儿睡觉呢？"她拼命忍着不哭，忍得喉咙都发疼了。罗丝讨厌她哭。"我什么时候还能再见到你？

我怎么知道你过得好不好呢?"

罗丝迟疑了。"我现在还不知道这些问题的答案,"她终于说道,"但我会想办法捎信给你的。我不知道什么时候才能捎信,也不知道怎么捎信,但我会的。所以你要多留意。不过你收到消息之后一定不能让爸妈知道,行吗?"

罗丝打量了克拉拉一会儿,啃着一只手的指甲——啃指甲是她最讨厌自己的地方。"想都别想,"有一次她这样告诉克拉拉,"如果你也开始啃指甲,我就杀了你。你跟我保证你不会。"

然后她把手从嘴边放下来,语气也温柔了一些,这很不寻常,因为罗丝不是那种性格温柔的人。"等我找到一个属于我自己的地方,你就可以来跟我住在一起。我们会过上最好的日子!我们每天晚上都出去玩到特别晚,我会带你见识一切!"

她笑了,克拉拉也想用微笑回应她,但因为嘴唇颤抖得太厉害所以做不到,罗丝的脸色突然严峻起来。她把T恤衫塞进包里,把包扔在床上,走过来张开双臂抱住克拉拉,轻轻地左右摇晃。"我的全部身心都爱你,"她对着克拉拉的头顶说,"我对你的爱深入骨髓。你要向我保证,你永远不会忘记我对你的爱深入骨髓。"

"我向你保证。"克拉拉回答，几乎是哽咽着，她已经输掉了与眼泪的搏斗。但罗丝并没有像往常那样对她不耐烦，只是更用力地拥抱了她好长一会儿。然后她就离开了。

罗丝确实可以照顾自己。有一次，朗·泰勒从她身后凑上去，伸出他那双又大又肥的手去摸她小巧的乳房，罗丝挣脱之后，甩起书包狠狠地打了他的脸，把他的鼻子都打流血了。这是克拉拉亲眼看到的。如果罗丝说她没事，那她就一定会没事。所以，克拉拉一开始并不担心她的安全，她只是担心她什么时候才能回家。可是一周之后，她越来越担忧。并不仅仅是因为一周时间已经比罗丝以往任何一次离家出走的时间多出两倍，更是因为母亲逐渐疯狂的状态和父亲故作镇定的拙劣伪装。如果外面有罗丝不知道的危险的情况怎么办？显然她的父母认为有，否则他们不会那么担心。

克拉拉一直想象着自己看到了罗丝。罗丝离家八天之后，克拉拉放学走路回家，数着步数（她每次上学和放学的路上都要一次数一百步，次数越多越好，不然罗丝可能就回不来了），就在她要拐弯走上自家车道的时候，她觉得自己看到了姐姐出现在马路对面的树林里。那片地方从来没有人清理过，只有树林，绵延出去几百甚至几千英里，都是树林。有时候会有鹿出现，它们吃着草一直跑到路边，偶尔还会有一头熊溜达出来，充满好奇地在每家每户的后院漫步，让人不敢到户外去。但是这一天，只有那么一瞬间，克拉拉觉得她在树林的暗处看到了一抹红色闪现——与罗丝外套的红色一模一样。

当然，巴恩斯警长和镇上的人们已经搜寻过树林了；他们搜遍了方圆几英里的区域。但罗丝可能想办法躲开了他们；她可能先跑到了几英里之外，然后等所有人都放弃搜寻回家之后，或许她又回来了。

克拉拉屏住呼吸，等待着，她的目光在树林里搜索。没有动静。克拉拉非常安静地穿过马路，站在树林的边缘，仿佛罗丝是一头可能会被吓跑的小鹿。"罗丝？"她轻声喊道。没有声音。没有动静。"罗西[1]？"她又喊了一声，然后开始缓慢、小心地走进树林。突然，她眼前又是一闪，一只红翅黑鸟从一棵树上飞出，消失了。

所以树林里的并不是罗丝。但克拉拉总觉得这件事和罗丝有关，这个念头挥之不去。或许从某种神秘的角度而

1　罗西（Rosie），罗丝（Rose）的昵称。

言，这是个消息。

就是从那天晚上起，她开始在窗前守夜。母亲到客厅来喊她吃晚饭时，克拉拉告诉母亲，自己以后不会再坐到餐桌上吃晚饭了。此外，她也不会再去上学。直到罗丝回来为止。

她的母亲不理解。

"为什么你喂猫的时候可以离开窗边，吃晚饭或者上学的时候就不行呢？"母亲双手抵住脸颊问道，仿佛在支撑着脑袋。

她的语气近乎绝望，这也让克拉拉感到近乎绝望，因为她不知道该怎么解释。她必须去喂摩西，再陪它玩一会儿，因为她答应过奥查德夫人；而其余时间她也必须守在窗前，不然她就会错过罗丝或者罗丝捎来的消息。谁知道那个消息会以什么形式出现呢？一开始克拉拉以为可能是一张字条，或者一张看起来像是其他人寄来的明信片，但只有克拉拉知道那不是别人。但也许这些都不是。如果罗丝已经回来了并且就躲在附近，她或许想给克拉拉捎个信，好知道现在回家的时机是不是成熟，如果克拉拉不盯着点儿，她可能会错过她。可是她怎么才能跟母亲说清楚但又不会出卖罗丝呢？她母亲会立刻打电话给巴恩斯警长，大家又要开始重新搜寻树林，而罗丝又会永远跑掉，并且永远不再出现。

"我在等罗丝回家。"她终于说，但没看母亲。

"宝贝，"她的母亲说，"我知道你想念她，爸爸和我也一样，但是在窗前站着也不会让她回家。请你过来好好吃晚饭。这件事我也很难面对……"她的声音有一丝颤抖，眼泪几乎夺眶而出。克拉拉的身体忘记了如何呼吸。她感到头晕目眩，如果不是这时父亲回来了，她可能会昏过去。

"出了什么问题吗？"他用一种自然得有些不自然的语气问道，自从罗丝失踪后他就一直这样。克拉拉不能看他，因为他的脸像母亲的脸一样让她害怕。那张脸并没有因为哭泣而红肿；相反，它的外面贴上了一副愉快的模样，仿佛一个不合适的面具。

她的父亲受不了争论。如果有人在吵架，他一定会从中调停，他忍不住。他会一杠子插进来（"一杠子"是罗丝的词）。"哎呀，我说，"他会做出安抚、息事宁人的手势说，"咱们都冷静一下吧，看看能不能找个折中的办法。"或者，"咱们看看能不能谈谈条件。先各自提需求，就从这儿开始吧。"这让罗丝和母亲很抓狂。（罗丝说，她和母亲之间唯一的共同之处就是都会被他激怒。）在学校里，他也一杠子插进各种事情，罗丝说，让人想把他杀了。但实际上他挺擅长干这个，至少克拉拉这样认为。按照父亲的说法，所有的矛盾都有解决方案；问题只是把它们找到，而他似乎最后也总能找到。

家里的争吵通常——实际上是一直——发生在罗丝和母亲之间。克拉拉跟父亲一样讨厌吵架，而且迄今为止她也从没有跟人吵过架。罗丝对她一直很好，而克拉拉太担心会惹母亲生气，所以从没做错过什么事。所以，这是她第一次作为吵架的一方接受父亲的调停。她对此很感激。

她妈妈则不然。"你别管行不行！"她愤怒地对他说，"你就不能别插手吗，就这一次！"

但他不能。或者是做不到。而且他确实把问题解决了，虽然花了一点时间。他提出的条件是，如果克拉拉照常上学并且按时上床睡觉，那么目前她就可以在窗前站着，也可以在客厅或者她希望的其他地方吃晚饭。

"她怎么吃？"母亲问，嗓音刺耳，"这里没地方放桌子。"

"那我们把盘子放在窗台上。"父亲柔声回答。

"会掉下来的！你看看窗台。太窄了！盘子太宽了！吃的东西会撒一地，你是想让她趴在地上吃吗？你为什么要提出这么不可理喻的建议？"

"那我们就把食物放进一个小碗里，"父亲回答，语气更加柔和，"至少试试看吧，戴[1]，看看行不行。"

"拜托，你能别总是那么好为人师吗？我是你的妻子，不是你的孩子！而且你能不能别再假装……"克拉拉的母亲没有说完这句话就住了口，并离开了房间。

不过，把克拉拉的晚餐装进碗里没什么问题，所以从那时起——除了睡觉，上学和给摩西喂饭并且陪它玩——克拉拉每一分钟都站在前窗或者侧窗前，守候着罗丝。

克拉拉有一间自己的卧室，但她只用来放衣服。从很小的时候起，她就总想睡在罗丝的房间（房间里有两张床），罗丝也同意了。有时候罗丝甚至让克拉拉和她一起睡在她的床上，只是克拉拉现在已经快八岁了，床上有点挤不下了。那是最美好的时光。克拉拉尽量让自己多醒着一会儿，这样她就可以享受罗丝在她身边的感觉，感觉到脖子后面罗丝温暖的气息，但她总是太快就睡着了。

---

1 戴（Di），克拉拉母亲的名字戴安（Diane）的昵称。

那个男人搬进隔壁房子的当晚，克拉拉临睡前刷完了牙，换上了睡衣，把自己的衣服叠起来，并按照第二天早上要穿的顺序整齐地摆放在自己房间的椅子上之后，就回到了她和罗丝一起睡的那个房间，她从地板上把罗丝的衣服都捡了起来，挂在了衣柜里相应的地方。然后她又从衣柜里拿出另一些衣服，扔在罗丝床边的地面上，而且尽量仔细地用脚把它们踢得到处都是。

房间里两人各占一边，而这两边的差异是她们之间开不够的玩笑：罗丝，用她自己的话来说，是个"天生邋遢鬼"，克拉拉则天性喜欢干净。她一生下来就很整洁。"极其整洁，"罗丝曾经逗她说，"令人担忧地整洁。"房间里罗丝的那边永远乱糟糟的。母亲已经懒得为这事训斥她了。如果她愿意住在猪圈里那随便她好了，母亲说，但她是肯定不会帮她收拾的。罗丝认为这是一次全面胜利。

罗丝离家后的那天晚上，克拉拉把姐姐的东西都收拾干净了，她觉得，罗丝回来的时候最好能走进一间整洁的卧室，这样她就能重新开始乱扔东西了。但这是个错误。这个房间看起来太别扭了，让克拉拉睡不着觉，于是过了一会儿她又起床从衣柜里拿出了罗丝的一些衣服，四散在地板上。之后她每天晚上都会换一堆衣服乱丢，这样如果罗丝在夜幕的掩护下悄悄回来，一切都还是她喜欢的样子。

现在，克拉拉爬上床，蜷缩在自己的那半边，想着罗丝，盼望着她回家，也想着隔壁的那个男人，盼望着他离开，直到这两个念头不知道为什么变成了一个，然后她就睡着了。

在睡梦中，她看到罗丝在黑暗中独自游荡。她走得非常慢，而且光着脚。起初，她背对着克拉拉，但是随后她转过身来看着她，笑了。但那不是她平时的笑容。那是一个正在竭尽全力假装她不害怕的人的笑容。

二

伊丽莎白

玛莎又在滔滔不绝。我分辨不清她在说什么，但肯定是让她觉得羞耻的事情。今天早上罗伯茨护士来巡房给我们测脉搏量体温的时候，玛莎就骂骂咧咧的。罗伯茨护士（隔着两张病床之间的空隙朝我挤了挤眼睛，然后）说："我同意。确实是太不像话了。绝不应该允许。把这个在舌头下面放一会儿，好吗？"

她对我们很耐心——大部分护士都是这样，但罗伯茨护士尤其耐心。可爱的姑娘。

玛莎朝着脑子里想象的什么人大喊："有点脑子好不好！"体温表从她的嘴里飞出来，掉在了被子上。罗伯茨护士把体温表捡起来，用一张纸巾抹干净，然后说："我尽量。

这样吧：你把这个放在舌头下面坚持两分钟，我也会尽量有点脑子。怎么样?"

你当场就能爱上她，亲爱的。(我指的是罗伯茨护士，不是玛莎。绝对不是玛莎!)你总是会爱上漂亮的年轻女人，尤其是有脑子的那种。我完全不介意。

实际上我不像刚开始时那么烦玛莎了。来到这里的最初几天，她的唠叨和喊叫几乎把我逼疯，但人总是会习惯的。现在我倒是觉得，分辨出她什么时候完全失去理智，什么时候并非如此，还挺有意思的。有些时候她相当清醒。

从来没有人来探望她。不过也没人来探望我。我寥寥可数的几个还在世的朋友都不能再开车了。戴安听说我要住院的时候说她会带着小克拉拉来看我，但我让她别来。开车过来远得要命，而且路况也很糟糕，我不想让任何人觉得他们不得不来。但是说实话，我现在有点后悔了。我没想过我会在这里住这么久，我也没意识到日子可以漫长到无穷无尽。

但我还有你，我的爱，所以我没有怨言。我还有你和摩西。

如果摩西来看我的话就有意思了。病房里的每个人都会跳下床，想要抚摸它。

我一直在担心它。猫粮肯定几周前就吃完了。如果克拉拉提醒的话（她会的），戴安会再买一些，但是如果发生了最坏的情况，如果我死在这里，那摩西怎么办？克拉拉会想要收养它，可是戴安对猫过敏，所以她肯定没办法养。这件事让我担心了半宿。我真蠢。

我没法跟你形容我有多想家。就是每天的日常，那才是我最想念的。在炉子上烧一壶水。可能跟克拉拉聊聊天，如果她放学回家时顺路过来的话。我非常喜欢跟她聊天，你永远不知道话题会在哪里结束。她并不能像利亚姆那样牵动我的心，不过所有其他小孩也都不能。

克拉拉家有两个小孩：她的姐姐正在经历反叛期，没少让她们的父母伤脑筋，但克拉拉是个乖孩子。不，乖这个词不合适。应该说她很有意思，有时候很招人喜欢，但不是乖。首先说，她天生爱怀疑。我是从她出生时就看着她长大的，她真的是刚到会提问的年龄，就开始怀疑答案了。她会指着烤面包机问："那是什么？"当你告诉她那是烤面包机，作用是把一片面包烤脆的时候，她会斜起眼睛望着你，仿佛在说，"别骗我了"。这话从一个三岁小孩的嘴里说出来，真的很逗，不过现在她快八岁了，这种性格也越发明显，有时候几乎让人意外。我告诉她我要去住院的时候，她问："为什么？"好像她怀疑我在装病似的。我说我的心脏表现得有些不正常，但是没有大碍，我也不会离开太久。她直接问我："要去几天？"我说我不确定，可能一两周，她想了想，然后又问："到那时你的心脏就会被修好吗？"我说我希望如此。那显然不是一个让人满意的回答；她想要直接的肯定或否定，而不是这种搪塞。我预见到她接着该提出关于死亡的问题了，于是迅速转换了话题。我问她能不能每天帮我给摩西喂饭，并且陪它玩一会儿，好让它不会太孤单，她坚决地点了点头说："能。"

然后她说"你会孤单吗？"，让我吃了一惊。我从不认为她是个有同情心或者想象力的孩子。我说或许不会，因为在医院里你的周围总是有很多人。她思考了一下，最终决定接受这个回答，虽然坦白说，我的爱，这让我突然感到一种从未有过的恐惧。周围有很多人并不意味着你不孤单。我决定把你和利亚姆的那张合影带在身上，还有你在查尔斯顿拍的那张照片——这两张照片总能让我格外开心。它们现在就并排摆放在我的小床头柜上，错开了一点点角度。我只要伸伸胳膊就能够到。

罗伯茨护士觉得你很帅。我夸她眼光不错。

说回克拉拉：她在我的家里待那么久，当然不是因为我。在这一点上，我不会骗自己。她是来看摩西的。它喜欢她（这很少见，它是一只多疑的猫），甚至偶尔愿意接受她的爱抚。她并没有尝试把它抱起来，这很明智，因为它不会喜欢。大多数情况下，她只是蹲坐下来看着它，而它则蹲坐下来盯着踢脚板上的一个洞口，那个洞里住着一只老鼠。摩西跟老鼠之间长期不睦。它会花很长时间坐在那儿盯着那个洞口，表现出漫不经心的样子，只是尾巴偶尔不耐烦地抽动，出卖了它的本意。那个洞后面时不时会有一点小动静，或者露出一点小胡须。我曾经想过，那会不会是老鼠的故意挑衅——或许它颠覆了自然规律，开始玩起了"老鼠捉猫"的游戏？摩西会因为看到了希望而浑身绷直，然后向后蹲，把身体拉平，紧张地准备扑上去。克拉拉也会向后蹲，头和脖子向前伸着，下定决心盯紧眼前的场面，一秒钟都不错过。我不知道她期待什么样的结局。我不敢问。

我想念她。如果我能选择一个人来看我，她就是我想选择的人。

午餐吃肝。我讨厌肝。而且我认为给病人吃内脏是不明智的，因为可能正是他们自己的内脏在让他们受苦。不过甜点是苹果派和冰激凌，多少算是慰藉。苹果放得不够，那是一定的，但厨师很擅长做糕点，所以苹果派十分香甜。你知道他们说上了年纪的人会越来越爱吃甜食吗？事实证明的确如此。

在这里，我们唯一的期盼就是一日三餐。他们一定知道，那他们为什么还不多用心一点呢？

午餐后我小睡了一会儿，醒来时我意识到，如果只能选一个人来探望我，我不会选克拉拉，尽管我喜欢她的陪伴。我当然会选利亚姆。你已经在这儿了，所以我们三个人又能在一起了，像从前一样。

*

新的一天。今天周二，我想是，不过并没什么区别。今天早晨我摔了一跤。我猜你会说是我自找的。他们跟我说过不要自己下床，呼叫一下就会有人来，但我想上厕所，周围没人，情急之下，我决定试试。结果我身子下面的两条腿立刻瘫软，我倒在了地上。玛莎当时一定处在清醒的时刻，因为她说"哎呀天哪！"，然后掀开毯子，也开始挣扎着下床。我猜她是想来帮我，她是好心，但真傻，因为她的身体状况还远远不如我。她晃了两下，也倒在了地上。然后病房另一边有人开始呼救，护士们飞奔着冲进来，接着是几分钟的忙乱，直到我们两个都安全地躺回床上。我悄悄对罗伯茨护士说，我还是得去上厕所，她悄悄对我说她会给我拿个便盆来，我不再悄悄地，而是气冲冲地说，我不想用便盆，我讨厌便盆，我想像一个正常人一样使用厕所，而她在床边坐下，握住我的手，轻声说："今天不行，亲爱的奥查德夫人。今天不行，你刚刚摔了跤。咱们再等等吧，等你的双腿能够站稳些的时候。"

你很难冲着这么好脾气的人发火，但我还是发了火。

我是个老累赘。我讨厌这样。如果你的存在只剩给别人添麻烦，人生就没有意义了。

*

半夜，玛莎又开始胡言乱语。一直咆哮，可能还是冲着上次那个人。让他或者她成熟点儿。我很好奇那个人是谁，所以今天早上我决定问问她。我很爱管闲事，我知道，但是日子一成不变，没有尽头，你只能好好利用每一个可能的变化。不然的话，无论最初是什么小毛病把你带到这里的，你最后都会因为无聊而死去。

早餐时间到了，我们都倚着枕头坐了起来。玛莎在吃格格脆[1]麦片。护士们已经帮她把麦片切碎了，但还是不够碎，所以总会有一些麦片渣粘在她的嘴角，让她看起来像是一匹正在吃草料的马，只不过马的下巴上不会有牛奶流下来。公平地说，在床上吃东西很难避免撒到身上。可能是因为双腿前伸，你没办法正常坐直。而且，玛莎的牙口也不行。她嘴里的牙齿都松动了，所以肯定也没起到好作用。护士们在她的脖子下面塞了一条毛巾当围嘴，毛巾总是湿透。

"你那么生气是跟谁呀？"我问。

她转过头来看着我。"啥？"她一边嚼着满嘴食物一边回答。一个人吃东西的方式能让你看到很多，而我可以告诉你的是，玛莎的母亲在就餐礼仪方面对她家教不严。我的礼仪无可指摘，我很高兴这样讲。你也是。你绝对毫无瑕疵。你很少谈到你自己，我的爱——实际上从没谈过，

1　格格脆（Shredded Wheat），美加地区流行的早餐麦片品牌。

除非真到了迫不得已的时候——所以我对你的童年知之甚少，但我知道你成长在一个教养非常好的家庭。（英国人都是这样吗，我很好奇，还是跟"阶级"有关？我从来没弄明白你们的阶级体系是如何运作的，也不知道你在其中的位置。不过你上的是寄宿学校，所以我猜你家里应该不缺钱。我认为把小孩子送到寄宿学校去是极为野蛮的做法，不过这个问题我们改天再细说。）

"你在梦里对着什么人狂吼，"我告诉玛莎，"我只是好奇那个人是谁，仅此而已。"

她又嚼了几口。似乎是在思考这件事。然后她吞咽了两三次，瘦削而衰老的脖颈明显地收缩着，仿佛一条蛇在吞下一个高尔夫球。

"珍妮特。"她终于说。

"珍妮特是谁？"

"我妹妹。"

"她做了什么让你这么生气？"

"总是往男人怀里扑，一个接一个的。最后还跟一个谎话连篇的人渣跑了……"

过了几分钟，看她没有再多说的意思，我问："她最终把问题解决了吗？结局圆满吗？"

"没有，"她说，"不圆满。"

一个私生子——珍妮特遇到的肯定是这种事情。是耻辱，是家门不幸。一个杂种。一个没人要的小孩。

一个"没人要的小孩"。这几个字，甚至这样的想法，在我看来都是亵渎上帝。

*

就寝时间。值夜班的护士已经来了。夜里只有两名护士。她们坐在病房中间的一张办公桌旁边，开着一盏阅读灯，用毛巾遮住，以免打扰到我们。从鼾声来判断，有些病人似乎可以一觉睡到天亮，这让我很震惊。我很少能一口气睡超过两小时。

但你一直陪伴着我，我的爱。我回到过往的某一天，或者某一个时刻，也没什么特别激动人心的，只是一些平凡的日常。我们的"日常"，在利亚姆和我们一起生活的短暂期间，那就是我经历过的最快乐的时光。比如，昨天夜里，我挖掘出了属于那时的一段非常简单的回忆：我在厨房给我们俩准备夜宵（我们很早就和利亚姆一起吃了晚饭，他这时已经睡了，就睡在我们床边那个旧的露营小床上）。有个罐子我打不开，于是我拿着它到客厅去找你帮忙，结果发现你正沉浸在你手中的一本书里（肯定是跟寄生虫或者影响小麦的新病虫害有关的惊心动魄的事情，我毫不怀疑），打扰你似乎是不对的。

这就是神奇的地方。让一个美好的小孩子在我们的房间里熟睡，这让人感觉那么自然，那么适宜，你可以忘我地读书，而我可以做夜宵。

总之，我不想打扰你，于是我把罐子放低，低到可以让你用眼角的余光瞥见它，然后等待着；不出所料，过了好久之后，你慢慢抬起左手，从我手里拿走罐子，你的右手把书放下，用手肘往下压住，以防它自动合上，然后你拧开了罐子的盖子——眼睛仍然没有离开书——让它松松地扣在罐口，然后非常非常缓慢地把它递还给我。我说，"谢谢你，亲爱的"，又过了好久，我已经放弃，转过身往厨房走去的时候，我听到你仿佛是受脑子里某个完全独立的部分支配着，含混地说了句："很乐意。"

这回忆让我开心了一整夜。"很乐意。"

三

利亚姆

　　他把那些箱子搬进屋，又把行李箱拿到楼上之后，天边还有一丝余晖，于是他决定步行到镇上去，看看那里有什么。答案是没什么。有两条垂直相交的街道，一条南北向，与湖平行，另一条从湖边向东延伸，经过一两个街区之后就逐渐消失在树林的边缘。除了几座小农场，一所孤零零伫立在田地里的半新不旧的中学，以及镇子几英里外的一家锯木厂和一家木材场，没别的了：这就是一九七二年九月北安大略省的小镇索雷斯。

　　那天，利亚姆开车在山林中行驶了六个小时。他从小生长在城市里，在他看来，这里的树木实在是太多了。一片片深红与金黄如火焰般染尽山丘，然而，在这些令人目眩的色彩背后，如果你再靠近些，林地便会呈现出令人畏惧的黑暗。如果出于某种原因你成功地拨开密林，深入其中哪怕几码远，你就会被它吞噬，再也见不到日光。

沿着两条主街分布的商店经营的都是当地的生活必需品，也有一两家专为游客开设的商店。有一家小杂货店，后面附着一家仿佛想躲避监管的酒类商店，还有一家邮局，一家银行，一座消防站，一家橱窗里已经摆出了皮大衣和雪地靴的海湾百货[1]。另一家橱窗里摆满钓具的运动服装店旁边是一家矮墩墩并涂成蓝色的纪念品商店，橱窗里有一块写着"印第安和爱斯基摩艺术品"字样的招牌，下面摆满珠子工艺品和石雕工艺品。大多数工艺品的价码都是三位数，个别几件达到了四位数。门上用胶带张贴着一张告示，上面说商店现已停止营业，但是明年会重开。

远离公路的地方有一座古老的教堂，周围的几棵枫树为它增色不少，教堂旁边是一座同样古老的小学校。两座建筑看起来都大到远远超过小镇的需求。利亚姆估计它们都应该是很久前的遗迹，那时北方的富饶景象看起来是能够让你出人头地的地方。如今，除了木材，恐怕只有游客

1　海湾百货（Hudson's Bay），加拿大连锁百货商店。

才能让这个地方保持活力。

在那条从湖边延伸出来的路上，有一家五金商店，一家又小又丑的现代风格图书馆，两家酒吧，其中一家紧挨着警察局，此外还有一家药店和两家咖啡馆。利亚姆感觉到饿的同时才意识到两家咖啡馆都关门了。实际上——他环顾四周——所有的商店都关门了。不仅如此，路上一个人都没有。除了咖啡馆外面有几条狗嗅来嗅去，就只剩他自己了。他看了一眼手表：七点刚过。一个周四的晚上，七点刚过，这个地方已经是一座鬼城。

在某个失去理性的时刻，他怀疑过这一切是否都来自他的想象；不仅是这个从荒野中突然浮现的孤独的北方小镇，而是所有的一切：菲奥娜，过去八年，他所谓的事业，他的人生。白天驾车时，他数次意识到自己没有集中精神：他感到眩晕，他最近睡眠一直不好，而且一直犯着持续而沉闷的头疼。他不时有种坠落感，一种头昏眼花，仿佛脑子里的一切正从一处陡峭的山坡上迅速滑落。驾驶时他不断提醒自己这只是疲倦作祟，现在他仍然这样告诉自己。回房子去吧，他想。找点东西吃，然后睡觉。

回程时他绕道去了湖边，只是为了得到一个完整的印象。他在湖边站了几分钟，望向湖面，湖水光滑清澈，映照着最后一丝天光。四周安静得不可思议。远处的湖岸依稀可见，有港口和小湾参差。利亚姆想，此刻要是再有一头驼鹿到湖边来喝水，那他就如同站在一幅旅游广告中了。他缩了缩肩膀——气温下降很快——往回走了。

奥查德夫人的房子——他的房子——在小镇北端的最后一条岔路上。他出门时没关楼下的灯，现在他站在黑暗的街道上，端详着那座房子。他估计房子的年头应该跟教堂和学校差不多，可能是维多利亚时代的。房子为木结构，考虑到这里林业发达，倒也合理，房子很结实，造型也匀称。在这么偏远的北部，房产的价值不会太高，但是再加上奥查德夫人留给他的钱，仍然是一笔不小的外财。至少能让他有一段空下来的时间好好想想。

他会在这里住一两周，走上前廊的台阶时，他做出了决定。就当放个假。如果他幸运的话，好天气可能会持续到十月。不过，无论发生什么事，当他看到第一片雪花落下，就会马上把房子挂牌出售并离开这里。他不想经历北方的冬天。更南方的多伦多的冬天已经足够糟糕了。

他很高兴自己没关灯。下午他往房子的大门走去时，忽然有种奇怪的感觉，觉得门马上会被打开，奥查德夫人会站在那里，微笑着迎接他，和他最后一次见到她的时候一模一样，那是……多久前了？三十年，三十一年前？差不多吧。

他进屋后把大门关上，然后突然停住了，他感觉似乎听到了什么动静，一种微弱得几乎像是空气流动的声音。但什么都没有。他等待着，继续听。还是没有。想象力过于勤奋了。他朝客厅瞟了一眼——一切都和他出门前一样。

他走进厨房，往水壶里装满水并拧开加热开关，然后走到房子各处把窗帘拉上——他在城里住了那么多年，哪怕常有人从距离他家门口六英尺的地方经过，他都从来没拉过窗帘。房间里都有股沉闷的味道；明天早上他得把窗子打开，给这个地方通通风。

客厅里有一台电视机——实际上应该说是件老古董：他打开电视机，换了几个画面上很多噪点的频道，终于找到了新闻台。他并不关心新闻，他只是想有些声响打破寂静。他调高音量，回厨房里找吃的。橱柜里都是些常见的食材：面粉，糖，盐，萨拉达茶，速溶咖啡，一些金宝汤罐头，一些金枪鱼罐头，一个桃子罐头；没有他想吃的。不过，餐台上有个紧紧盖着软木塞的大玻璃罐，里面装着半罐曲奇。他拔出木塞，闻了闻。他记得这种味道：是燕麦，他小时候不喜欢——每次他来的时候，她都会给他做巧克力碎的曲奇——但她和奥查德先生总是吃燕麦的，熟悉的味道让他笑了。这是他与他们和过去的关联；这让他感觉自己当下的处境少了点奇怪。

他打开冰箱查看里面的东西。奥查德夫人住院前一定清理过冰箱，因为里面没有牛奶、肉类和水果这类容易腐坏的东西。有一罐奶油沙拉酱，一罐柑橘酱，一管几乎用光的人造黄油，还有一包切达干酪，已经长毛了，被他扔进水池下面的垃圾袋。垃圾袋是空的；可能是她离开前倒了垃圾，不然就是帮她打扫卫生的女士之后来过。冰箱里还有一打鸡蛋——他尝试着打开了一个，被它散发的气味吓退，随即把所有鸡蛋都打开，冲进了下水道，这项工作竟然异乎寻常地困难，需要用一把叉子反复敲敲打打。

如果你认为自己只是离家几天，鸡蛋是你走前先买一些放着回家方便用的东西。他在脑海中看到奥查德夫人（就是餐柜上那些照片里的女人，只是老了）炒了一些鸡蛋，在小餐桌上吃下，或者在另一个房间一边看电视一边吃下的样子，他也正准备这么做，她在医院里遭罪的日子已经结束了，这让他感到宽慰。他想知道她是什么时候意识到自己再也回不了家的。

他给自己泡了一杯咖啡，因为没有牛奶，就加了两茶匙白糖代替，然后端着咖啡和那罐曲奇走进客厅。他一块接一块地吃着已经稍微有些不新鲜的曲奇，看着电视上模糊的画面，就这样过了一个小时。十点钟，他上了楼。他认出了奥查德夫人的房间（看起来有人住的那间），没有进去，而是给自己选了靠近房子后面的一个房间。他把行李箱放在一把椅子上，翻找着他的牙刷。他在浴室里已经开裂的洗手池前刷了牙，然后回到了他的房间。

让他安心的是，床已经铺好了；他脱掉衣服，随意丢在地上，钻进被子。他躺了一会儿，突然意识到自己精疲力竭，他关掉床头灯，闭上眼睛的瞬间，驱车北上的漫长路途中他一直在奋力抵抗的种种思绪再次向他袭来。缓慢而无情地瓦解的婚姻，分手的决定，持续数月逐渐升级的关于房产的分歧，以及那个永生难忘的最后的夜晚，在那个曾经是家的地方，商定财产的分配问题。

你拿去吧，你一直比我更喜欢它。

那是你的生日礼物，是我送给你的。是你的。

我不想要。你不要就扔了吧。

书，唱片，装饰品——希腊花瓶，那次期待已久、千载难逢的度假行程的纪念品，然而那次假期从抵达到离开都充满争吵和憎恨。床品，餐具，成套的碗碟。菲奥娜在用报纸包裹水晶葡萄酒杯（她最钟爱的一位姨妈送给他们的结婚礼物）——她包得太快，太用力，结果其中一只酒杯的杯柄折断了。她灼热的眼泪。一场被肢解的婚姻，分别放进不同的纸箱里，她的七个，他的四个，堆在客厅的中间。

过了一会儿，他放弃了入睡的尝试。他打开床头灯，下了床，在行李箱的拉锁内袋里寻找奥查德夫人写给他的那封信，信是八年前写的，他和菲奥娜瓜分家庭的残骸时，在一个抽屉的最底部重新发现了它。他坐在床上，把信纸从信封里拿出来，在膝头展开。

亲爱的利亚姆：

或许你隐约还记得我，你三岁那年，你的父母搬来了圭尔夫市，住进我家隔壁的房子，我们最后一次见你的时候，你也才四岁。然而就在那段短暂的时光里，你在我和我丈夫查尔斯的人生中扮演了非常重要的角色，所以我想我现在应该给你写这封信。

查尔斯在三个月前，也就是三月初，去世了。我本来应该早点写信给你，但是他的去世让我的心情一度非常低落。他得了阑尾炎，需要动手术，手术过程中麻醉出了问题，导致了他的死亡。我想的是，万一你还记得他，那我还是该把他去世的消息告诉你。

我现在已经不住在圭尔夫了，我搬到了北安大略省的索雷斯。我的姐姐住在这里，并且好心地邀请我过来跟她一起住。

我不知道你能否收到这封信——我把信寄去上次给你父亲写信时的地址，那是几年前的事了。我只是抱着一丝希望写信给你，因为我想感谢你带给我和查尔斯的快乐。

我最诚挚地希望你健康平安，好好享受人生，利亚姆。我经常回忆起我们在一起的时光，那些时光总是让我露出笑容。

给你我的爱，直到永远

伊丽莎白·奥查德

他把信重新折起来放回信封，然后放在床头柜上。他依稀记得奥查德夫人和她的丈夫；他们对他很好，他也总是待在他们家里。他记得有一次将要和他们分离时的巨大悲痛，应该是他全家搬到卡尔加里前跟他们告别的时候。可是他那时还那么小，怎么会知道那就是他们最后一次见面呢？

重新找到这封信以来，他已经把信反复读了至少六七遍，但是此时，也就是收到这封信的八年后，经历了婚姻的破裂，还抛弃了事业的他坐在奥查德夫人家里的床上，又回忆起另外一点点与这封信有关的情感冲突：收到信的时候，他和菲奥娜正在忙着发结婚请柬，而这封信引发了两人之间的一次争吵。

彼时，两个人都刚刚在多伦多找到工作；很好的工作——菲奥娜是律师，利亚姆是会计师——挣着不错的薪水，而且以后肯定还能挣得更多。从卡尔加里搬过来，买房，结婚等等动向牵涉很多事情要做，于是（做事讲究规划的）菲奥娜建议两人分工负责主要事项。在其他事情之外，利亚姆选择处理买房的事情；菲奥娜选择筹备婚礼。

对于那些只能由利亚姆亲自处理的婚礼事宜，比如给他的朋友和亲戚们写请柬之类，做事讲究规划的菲奥娜就会规定好一个时间让他完成。就是那天晚上。

他下班回家后，那封信已经在走廊的小桌上等他了。

信封上的收件人是他，但信被寄到了他父亲在英属哥伦比亚大学的地址，信封正面清晰地写着"请转交"的字样。没有寄信人的名字和回信地址，他也不认识上面的笔迹——有点老派的斜体花字，很漂亮。利亚姆疑惑地拆开信，看到末尾的署名是奥查德夫人，立刻被记忆带回三十年前。

他当时就站在走廊里读完了那封信。奥查德先生的死讯让他难过得连他自己都觉得不可理喻，毕竟将近三十年的时间里他根本没有想起过奥查德夫妇这两个人。但是信中说他对他们非常重要，而他站在那里也深深感到，这种重要性是相互的。他决定立刻回信。

"信纸在哪儿？"他喊道。菲奥娜正在厨房做晚饭。两人说好了：她做饭，他洗碗。

"最上面的抽屉，书桌左手边。"

他找到了信纸和一支钢笔，拿到厨房，坐在小小的胶木圆桌旁边，开始写信。

亲爱的奥查德夫人：

我刚刚收到您的来信，听闻噩耗，深感遗憾……

他把信纸揉掉，重新开始写。

亲爱的奥查德夫人，

他停住了。

"你用错信纸了。"菲奥娜说。她正在给猪排裹炸粉，先把排骨在鸡蛋液里蘸一下，然后滚上面包屑。

"什么？"他抬头瞟了一眼。

"那是普通信纸。写请柬应该用淡蓝色那种。"

"我写的不是请柬。我在回一封信。刚收到的——是我小时候认识的一位女士写来的。她的丈夫去世了。"

"哦。太遗憾了。"

他继续写信。他希望写得好一些——他希望信里充满对奥查德先生的回忆，他希望自己能够告诉奥查德夫人一些他很乐于回忆的事情。问题是，他的记忆太模糊，几乎没什么印象了。

"或许你可以写完请柬之后再写信，"菲奥娜说，"那样你就能集中精神。"

"我想马上写完回信寄给她。"他心不在焉地说。

"你继续写也没问题。但如果你先把请柬写完，就不会有时间压力，也会更容易。"

"我现在也没有时间压力。没事的。"

我还记得我们曾经的快乐……

他把信纸揉掉了。然后又把它展开——他想先用这张纸打个草稿。

"我真觉得你应该先把请柬处理完。"菲奥娜说。

"我想先写这封信。这很重要。"

说错话了；话一出口他就意识到了，但写信的挫败感已经转变成烦躁。

"哦，我懂了，"菲奥娜说，"我懂了。你那封信很重要。"

他闭上眼。又来了，他想。虽然菲奥娜聪明、有趣又漂亮，但她比他遇到的所有人都更容易被触怒。"你知道我不是那个意思。"

"我认为你就是那个意思。"

"好吧。"他把笔扔到一边，"你是对的。一个丈夫刚去世的老太太确实不如一堆结婚请柬重要。"他推开椅子起身走进客厅。他找到那一叠淡蓝色的纸，拿回桌子，坐下来，拿起笔。

"你想让我写什么？"

"随你便，那是你发的请柬。"她的声音不再锋芒毕露，她获胜后总是一副宽宏大量的姿态。而他已经完全被惹恼了。他今天晚上不能回信给奥查德夫人了，甚至之后好几天也不能，因为每一次他提起笔来，都会想起此时的对话，并且气得无法正常思考。

"你有一套常用的措辞。"他严厉地说。

"对，不过那是写给我的朋友们的。你对你的朋友们可能想换种说法。"

"我肯定你的措辞是最好的。"

就这样没完没了。并不是一次非常严重的争吵。没有在房间里四下横飞的唇枪舌剑和持续几天的愤怒冷战。直到后来，他才意识到他们为了婚礼请柬而争吵的讽刺意味。但那是他第一次开始怀疑——虽然这个念头刚刚闪现就马上被压下去了——自己有没有喜欢过菲奥娜，更不要说爱她爱到愿意与她共度余生了。

夜里起风了，早晨，他被卧室窗外那棵老白桦枝桠摩挲的声音吵醒。他走到窗前往外看；它有着极为修长摇曳的枝条，上面有金色的小叶子，在房子的后墙上来回拂动摇摆。长发公主[1]，长发公主，他想。

在浴室里，他注意到水池周围的地面湿漉漉的。湿成这样，不可能是他昨晚刷牙洒出来的水。他蹲下来，摸了摸水池底座。那里的木头潮湿柔软。他得找时间检查一下。

他吃了两块燕麦曲奇，喝了一杯咖啡当作早餐，然后开车到镇上去买些正经的食物。在车里他打开广播，得知有十一名以色列运动员在慕尼黑奥运会上被杀害。新闻播报员还没来得及播报详情，广播信号就变成了一片噪声。利亚姆换了几个台——更多噪声——然后厌恶地关上了广播。

杂货店卖的都是些最普通的东西。罐头食品尤其多——肉汤罐头、豆子罐头、桃子罐头、火腿罐头——这很奇怪，因为小镇周围全是农场。也许人们直接从农民手里购买蔬菜瓜果。也许这里位置太靠北所以种不出新鲜的果蔬，而从更远的南方运送容易腐坏的食材的成本又太高。

他和菲奥娜总是在周六上午一起购物。现在他不必考虑她了，反而不知道要买些什么。他把一盒格格脆麦片丢进购物推车，又加了一条塑料盒包装的切达干酪（只有这

1　长发公主（Rapunzel），源自格林童话《长发公主》，又译《莴苣公主》或《长发姑娘》，其中著名的一句就是"长发公主，长发公主，放下你的长发"。

一种可买），一夸脱牛奶和一罐人造黄油。还有白面包片（没有其他选择）和一包牛肉馅。花生酱。柑橘酱——冰箱里那罐几乎空了。更多的咖啡。鸡蛋。在第一排货架的尽头，他终于看到了一些新鲜蔬菜，它们就放在地板上的木箱里——玉米棒，胡萝卜，豆角，洋葱，一箱苹果，还有一箱梨。菲奥娜应该会把所有的蔬菜买下来，所以他只买了苹果和梨——这样做有种挑衅的意味，对此他冷静地承认了自己的幼稚。他抱着两个购物纸袋出门走向汽车时，看到门口用翻过来的板条箱搭成的桌子上放着一夸脱一篮的蓝莓，于是回去买了一篮。

回家路上他又绕路去看湖，在通往湖边的栏杆旁停下车。昨天傍晚这里看起来是那么宁静；如今湖面上波涛滚滚，冲向岸边，在与岩石撞击的地方掀起巨大的浪花，冲刷拖拽着岸上的卵石退去。他看了一会儿，没有感觉，没有想法，然后把自己拉回当下，回到车里。

到家后，他把食物从后备箱里拿出来，堆在厨房的台面上。他正要回去关大门时迟疑了一下，因为他觉得自己好像又听到了什么动静。他再次认定那是自己的想象，于是走到门口，刚好看到一辆警车开上了门前的车道。

四

克拉拉

她以为那个男人是她梦到的，但并不是；早上他的车还在。她突然非常担心摩西。如果那个男人发现它了怎么办？如果他不喜欢猫怎么办？他可能会杀了它！猫粮罐头，摩西的猫食碗，猫砂盆——所有这些都还在鞋帽间里。一罐猫粮能吃两天，幸亏冰箱里现在没放着吃剩的半罐猫粮。如果那个男人还没发现罐头，那他很快就会发现的，他就会知道摩西的存在。克拉拉想象着他追逐摩西的场景。四处搜寻。往家具后面和床底下看，找啊找啊，直到把它找着为止。吓坏了的摩西退缩到角落里，眼睛冒着火，后背弓起，嘴角咧开，由于恐惧而发出沉默的喊叫。

她得去把摩西的东西挪开。她必须趁那个男人不在家的时候偷偷溜进去，收拾起所有的东西，把它们放在……她要把它们放在哪儿呢？摩西不能到她家来，因为她母亲对猫过敏。车库。她可以把东西放在父母的车库里。她也能在那里喂它。

可是第一天早上她没能做到，因为直到她该去上学的时候，那个男人还在家里没出去。这就意味着摩西一整天都要饿肚子。恐慌的感觉再次袭来，直到克拉拉想到摩西多么擅长捕猎。它总是把死去的小鸟叼回家。（克拉拉不喜欢，但是奥查德夫人说猫都是猎手。"那是它们的天性，克拉拉。是猫生来就会的。"）但摩西还是会觉得她把它忘了，它会觉得自己被抛弃了。

在为罗丝和奥查德夫人担忧之外，现在她还担忧起摩西，这三份担忧让她整天心神不定。她觉得胃疼，没办法集中精神，奎恩夫人讲的课她都没听进去。

自从罗丝失踪后，奎恩夫人对克拉拉就格外好。她很严格，如果你上课注意力不集中，她会提醒你，但是现在无论克拉拉多么努力都做不到，但奎恩夫人并没有提醒她，也没有在课堂上点名让她回答问题，也没有问她罗丝失踪的事情，所有这些都是出于好心。

克拉拉的朋友们却提起了。课间休息和午餐时在操场上说的。

鲁丝上气不接下气地说（她有了一根新跳绳，正在尝试着不间断跳上一百个）："妈妈说（喘气）你姐姐很野（喘气）所以她是自找麻烦。"

苏珊好奇地把脑袋歪向一边问道："她为什么要离家出走？你父母对她不好吗？"

"她是不是有小孩了？因为她经常和男孩们在一起，是不是？"莎朗扯着头发问道，她有一头金色的长发，还打着她自己很讨厌的自来卷。

克拉拉最好的朋友詹妮悄声说："别担心，我还是你的朋友。我永远是你的朋友，不管别人说什么。"那种讨好的语气让克拉拉都不想再跟她做朋友了。

课间休息时她选择待在学校的楼梯附近，用一根树枝在土地上给摩西画像。两个圆圈，先画一个小的，加上两只耳朵，两只眼睛，一个鼻子和一个两侧各有三根胡须的嘴巴，然后再画一个大的，加上一条尾巴和两双爪子。猫就应该这么画。她画完就伸脚抹掉，然后再画，再抹掉。那样她就不用抬头看别人了。

她放学回到家时，那个男人的车还在。但那并不一定代表他也在。他可能走路到镇上去了，也可能去了湖边；她得等等看。母亲不在厨房，也不在客厅，于是克拉拉上了楼。父母卧室的门关着，她正在门外犹豫的时候，听到了母亲的声音："嘿，宝贝，进来。"

克拉拉打开门。房间里拉着窗帘，所以很暗，但她仍然可以看到母亲躺在床上的影子。

"我只是躺下歇一会儿。"母亲说。她的声音里带着一丝笑意，但你能听出来那是装的。"我有点累。不过我很快就起来给你做晚饭。今天上学怎么样？"

"还行。"克拉拉说。

"那就好。我过几分钟就起来。"

"你还好吗，妈妈？"

"还好，我没事。现在你先下楼去吧。我这就起来。"

克拉拉下楼来到客厅，接着守夜，这次她站在了侧窗前。她确保自己几乎完全藏在了窗帘后面，这样那个人就算从奥查德夫人的窗口看过来，也不会发现她。这是罗丝离家后的第十三天，就快两周了。昨晚她听到母亲愤怒地对父亲说："你知道最难接受的是什么吗？你的乐观。你那种持续的、不变的乐观，毫无道理！好像我们是在野餐一样！"

片刻沉默之后，父亲开口了，他的声音低得克拉拉几乎听不见。"戴，我只是在尽全力撑下去。就像你一样。"

"这不是什么像我一样，你别假装是！跟她吵架的人不是你！你从来不吵架，吵架都是我去，这样你就能扮演和蔼可亲、善解人意的父亲！所以现在你就可以对自己说，她离开家不是你的错！不应该怪你！那就别假装你能跟我感同身受了！"

克拉拉听着，每一寸身心都因为过度抽紧而疼痛不已。妈妈和爸爸真的真的很难过，她在自己脑海中告诉罗丝，告诉那个正在世界上的某处（比克拉拉去过的所有地方都要遥远）的罗丝。你一定要回来，罗西。请你回来。

*

隔壁似乎没人在家，她正准备趁机过去拿走摩西的东西，那个人一边吃着曲奇，一边溜达着走进了奥查德夫人的客厅。你吃东西的时候不该走来走去，你会把曲奇渣弄得满地都是，你应该坐在桌子旁边吃完。

那个人走到书柜前站住，查看着奥查德夫人的藏书。他是背朝着克拉拉的，但是他转过头的时候，她能看到他的下巴还在动。如果摩西在屋里（不过它很可能不在，它可能逃到花园甚至后面的树林里去了），它会躲在沙发下面，看着曲奇渣掉下来，看着那个男人的两只脚在奥查德夫人的地板上来回走动。它会像克拉拉一样希望他走开。走了就别再回来。那样的话，奥查德夫人就会回家，罗丝也会回家，生活就会回归正常。

终于，那个人吃完曲奇出门了。他没开车，而是穿过车道走向马路，然后左转往镇上去了。克拉拉等了几分钟，以防他改变主意，然后她拿上奥查德夫人的钥匙，偷偷往她家去了。她忍不住蹑手蹑脚的，虽然她知道那个人不在家。她从后门——也就是鞋帽间的门——进去，因为摩西的东西都放在那里，也因为那样的话她就不必经过厨房或者门厅或者客厅等等危险的地方，而且如果她听见那个人回来了，她可以悄悄溜掉，避免撞见他。

她们两家的后院没有隔着围栏，只有一排树木，所以她完全不需要从房子前面绕过去。在鞋帽间里她把摩西的碗和猫粮罐头（只剩下三罐了，她得让妈妈再买点儿了）收拾起来，拿到了自己家的车库里。她把这些东西放在一个角落，这样父亲开车回来的时候不会轧到。然后她又回去拿小猫砂盆。她用一碗猫粮才把摩西引到她家车库。它不喜欢陌生的地方。

这个计划实施得一直很顺利，然后就遇到了麻烦。她忘了要把罐头打开。奥查德夫人的电动开罐器固定在她厨房的墙上，可是克拉拉不敢去厨房。如果那个人没关门厅和厨房之间的门，那他一进来就能看到她。她回到自己家里，把母亲的手动开罐器拿了出来，但她没办法用锋利的尖端刺穿罐头的锡皮。她试了一次又一次，手都疼了，她的身体又一次因为焦虑而忘记了呼吸。

她走进厨房想请母亲帮忙，但母亲还在床上。克拉拉再次出来，坐在厨房门口的台阶上，手里仍然拿着猫粮罐头。她不知道该做什么。不过之后摩西出现了，在她旁边蹲坐下来，这很不寻常，它表现得非常贴心。它端庄地坐着，尾巴卷住两只脚，看着车库顶上的两只乌鸦。乌鸦们也在看着它。其中一只时不时还上蹿下跳地对着它大喊大叫，但摩西连眼睛都不眨一下。克拉拉这才反应过来，摩西没吃早饭，但它对那罐猫粮没有表现出应有的兴趣。这只能说明它抓到别的东西吃了。她必须按时喂它吃饭，好让它别去抓其他东西。

他们俩并排坐着，看鸟，克拉拉的呼吸逐渐恢复了正常。终于，她打起精神告诉摩西："我们必须到奥查德夫人的厨房去用一下她的开罐器，而且现在马上就要去，不然他就该回来了。"她站了起来，摩西也站了起来，他们穿过两家的后院。克拉拉又一次打开了奥查德夫人家鞋帽间的门锁，走了进去，摩西紧紧跟在她后面。她仔细听了一会儿，心怦怦直跳，但是摩西一下子从她身边溜进厨房去了，这说明那个男人肯定不在。不过克拉拉还是踮着脚进去的。她穿过厨房，把那罐猫粮举到开罐器那里，让磁铁把罐头吸牢，打开开关——又马上关掉，她的心跳因为害怕而漏了一拍。她没想到这东西会发出那么大的声音。她仔细听了听。没有脚步声。没有钥匙插进门锁的声音。摩西在她的两腿间绕个不停，把鸟儿忘到了九霄云外。

"你一定要非常认真地听，"克拉拉悄声对它说，"如果他来了，你要给我报信。你明白吗？"摩西不再围着她的双腿顺时针转圈，而是开始逆时针转圈，想看看这样会不会让事情进展迅速些。

她又打开了机器，开罐头的过程中她屏住呼吸。然后她抓起罐头，他们两个一起匆匆逃跑了。

*

日子一天天过去。家里的情况变得糟糕。不知道为什么，气氛越来越紧张，又或者，克拉拉想，是她自己越来越紧张。有时候感觉就像房子里完全不透气一样。一整天里没有一分钟的时间让人觉得正常。

在学校，她坐在自己的课桌前，盯着黑板，看着奎恩夫人往上写字，听她讲课，但是她一个字都没看进去或者听进去。

然后发生了一件事。一天下午，她放学回家的路上看到丹·卡拉卡斯站在前面路边。那段路的两边都没有房子，只有树林，所以除非是放学路过，否则不会有人刻意到那儿去，可是他放学并不路过这儿；他和罗丝一般年纪，是她的中学同班同学。他的父亲是个农民，他们全家住在距离镇子很远的地方，所以，丹上下学都坐校车，像其他家住郊区的孩子们一样。那天下午他一定是在距离目的地好几英里的地方提前下车了。

但他看起来也不像是要去什么地方。他只是站在那儿，手里夹着一支香烟，好像在等什么人。但他等的人肯定不是克拉拉；年龄大一点儿的男孩如果被人看到跟小孩，特别是女孩说话，是会丢死人的。

她继续朝着他走。罗丝喜欢丹，她现在想起来了。或者应该说，罗丝不讨厌他。她说过，至少他不像其他男孩那么傻。

"嗨。"克拉拉走近时,他说。

克拉拉吃惊地站住了,因为他的口气仿佛是跟她认识并且有事要跟她说似的。她以前从没见过他;她只是知道他是谁而已,因为有一次罗丝指给她看过,而且当时他离得老远。但她认为他长得相当不错。他的头发是黑色的,而且非常浓密,虽然长度都超过一英寸了,但还是立在脑袋上。他抽了一口烟,把烟头扔在地上,用鞋底把它碾进土里。周围还散落着一些烟头。

"嗨。"她犹豫着回答。他是真的有话要跟她说吗,她是不是该继续走?

"你是克拉拉,对吧?"

她点点头。

"我只是想问一下,"他说话的时候并没有看着她,用鞋尖踢着地上的一块石头,"你有没有罗丝的消息。比如,她有没有给你寄过明信片或者给你捎过信之类的。"

克拉拉睁大了眼睛——他怎么知道罗丝说过会给她捎信的?

"有吗?"他问,快速瞟了她一眼,又望向地面。

"没有。"克拉拉说。然后一个念头闪过:或许他就是那个捎信的人!或许罗丝就是通过他给她捎信来了。

"你呢?"她问道,突然间因为期待而无法呼吸。

丹用力踢了一脚石头,那块石头从地上飞起,滚到了马路上。他又伸脚把石头勾了回来,并踢向了树林。"没有,"他说,"我还以为你有呢。你什么音信都没收到吗?"

"没有。"克拉拉说。然后,因为这里终于有了一个可以倾诉的人,她说:"她跟我说她会捎个信来,但她没有。"

他点点头。"对。她也说她会捎个信给我。我们说好让她写信给里克·斯蒂尔,省得我父母看到有人给我写信会好奇是谁,然后里克会把信转交给我。他在多伦多有个笔友,所以他父母会认为信是那个人写来的。可是里克也没收到信或者别的什么。"

她盯着他,内心涌起一股愤怒和苦涩的感觉。他想让她觉得罗丝爱他,这是胡说,因为罗丝把所有事情都告诉她了,罗丝从来没有提起过他,除了说他不是傻子的那次。罗丝只会给她信任并且真的非常爱的人(比如克拉拉)捎信。而且无论如何,罗丝怎么会有时间告诉他她要离家出走?她不可能提前知道那天她会跟母亲爆发一次前所未有的激烈争吵。

"什么时候?"克拉拉平淡地说。

"什么什么时候?"

"她什么时候告诉你她要走的？"

"她走的当天。她离开的那天傍晚。她到农场来了。她问我想不想跟她一起走。我走不了。正是收割的时候。我不能抛下我爸一个人收庄稼，他应付不来。但我说收完了庄稼我就去找她。她会写信告诉我她在哪儿。"

在克拉拉的脑子里，一切开始天旋地转。罗丝让他跟她一起走？一时间克拉拉什么话都说不出来。然后她说："我现在要回家了。"

"哦，"他说，迅速瞟了她一眼，有点纳闷，"好。"

她继续走了一两分钟，听到身后有急促的脚步声，丹追了上来。

"嘿，克拉拉，"他说，她继续走，但他也继续跟着，"呃，是这样，如果我说错了什么话，我很抱歉，我只是想知道你有没有她的消息。她是不是平安。"

克拉拉继续走着。

"听我说，"他说，"我不知道你为什么生气，但我们需要保持联系，万一我们两个谁得到消息了呢。如果你想找我，就给我留个条……"他犹豫了一下，"嗯，你会认字和写字吗？"

克拉拉收回刚要迈出去的脚步，猛地转过身。"我当然会认字会写字！我都快八岁了！"罗丝对他的评价是错的，他就是个傻子。

"哦。好，抱歉。那太好了。我要说的是，如果你想要联系我，就给里克·斯蒂尔的妹妹写个条。她叫……米莉或者莫莉什么的。读七年级或者八年级。在你们学校。你认识她吗？"

克拉拉不情愿地点了点头。莫莉是几个大块头女生中的一个。克拉拉从没跟她说过话，但认得出她。

"好的，"丹说，"如果我有什么消息了，我也会通过米莉告诉你的。"

"她的名字是莫莉！她读八年级！"

他似乎笑了，这很不礼貌，因为她说的话没什么好笑的。"好吧，是莫莉。"他说。然后他说"再见"，就转过身，沿着来路往回走了。

*

隔壁那个男人唯一的优点就是他每天晚上六点左右都会出门，而且会外出至少一小时。只要不下雨，他都会步行。克拉拉猜他是到"热土豆"吃晚饭去了，因为他是男人，男人不会做饭。她到房子里去给摩西开猫粮罐头的时候，看到厨房台面上堆放着用过的碗碟和茶杯，不过那些应该是早餐和午餐时用的。它们让厨房显得乱糟糟的，也因而让克拉拉烦躁不安；她费了好大劲才控制住自己没有拉来一把椅子跪在上面开始洗碗并把它们放进橱柜。奥查德夫人从来不会把东西乱丢。

克拉拉的就寝时间是晚上七点（有时候她可以再拖延半个小时），所以她有足足一小时到隔壁房子里去和摩西玩一会儿，让它不太孤单。她仍然在车库里喂它，不过她现在去奥查德夫人的厨房或者客厅时已经没那么担心了，因为那个男人一直遵循同一套规律。

她和摩西也有个规律：摩西吃完晚饭后，他俩就会到客厅里去，摩西会盯着那只老鼠，克拉拉就四处转悠着看看。那四个箱子还放在地板中间。箱子都封着棕色的宽胶带，所以克拉拉看不到里面的东西。不过，箱子上都写着字。字迹很潦草，所以克拉拉费了一番工夫去辨别写的是什么，不过最终她还是都认出来了。一个箱子上写着"客厅"；另一个写着"衣服、打字机"；第三个写着"书、文件"；最后一个写着"杂"或者是"朵"，她不确定是哪个字，也不知道那代表什么意思。

　　有时她会坐在那把以前她和奥查德夫人一起喝茶或者喝柠檬水时经常坐的扶手椅里。椅子旁边有一张高度正合适的小桌子，可以放饮料，还能放下一个装着一块曲奇的小碟子，但是现在没有茶或者柠檬水，也没有曲奇，因为那个人把曲奇都吃了。而这一天，也就是她见到丹·卡拉卡斯之后的第二天，她焦虑得根本坐不住，而且独自坐在那儿，另一把椅子上却没有奥查德夫人，这也让她心痛，然而她正要站起来的时候，摩西又做出了一个很不寻常的举动：它不再去管那只老鼠，而是跳上了克拉拉的椅子，在她的腿上蜷成一团，开始打起呼噜来了。克拉拉特别惊讶，也特别高兴，嘴巴都张开了。她以前听到过它打呼噜——声音真的很响——但她从来没有感受过。它的呼噜让她整个身体都在颤动，仿佛她也在打呼噜似的。

*

　　当然，她知道进入这座房子仍然是有风险的；那个人可能会改变主意随时回家来。但是，为了信守对奥查德夫人的承诺，她除了小心听他的动静，没有别的办法。她本来想让摩西完全搬到车库去住——她向母亲要来了一条旧毛巾，铺在水泥地上给它当床——但它就是不肯睡在上面。那么就只能让它睡在房子外面了，但它还是不干，再说天气越来越冷，它已经不能待在户外，甚至车库都不行了。它坚持要住在它一直住的地方，奥查德夫人的客厅。

克拉拉认为它在等着奥查德夫人，就像她在等着罗丝一样。摩西认为抛弃这座房子就是抛弃奥查德夫人。克拉拉完全能够理解。她也理解为什么她不在的时候它几乎所有的时间都窝在沙发下面。它永远都生活在恐惧中。她也是。她一天比一天更害怕，她甚至不知道是为什么。

*

那个人搬进奥查德夫人的房子九天后，也就是罗丝离家出走二十一天后，他拿了一些空箱子到客厅，开始打包奥查德夫人的物品。那些物品他没有权利去碰，更没有权利把它们从原来的位置拿走。他把那些东西装箱，说明他要在没有经过奥查德夫人同意的情况下把它们从房子里运走。那就意味着他是个小偷。

幸好那天是周六，克拉拉没有上学，全都看在了眼里。

"妈妈。"她喊道。她跑进厨房。"妈！那个人在偷奥查德夫人的东西！"

她的母亲正坐在厨房的餐桌旁，看着当周的《蒂米斯卡明言论报》。不是头版，是其中的一张内页。版面靠近底部的位置有一张罗丝的照片。照片下面写着"索雷斯女孩仍然失踪"，再往下还有大约一英寸长的文字。同样的照片上周也在《言论报》上刊登过，但是那张更大。再之前的一周，更大的一张照片还上过头版，标题是"你见过罗丝吗？"，还有关于她失踪详情的报道。

克拉拉的母亲抬起头看着她，无力地笑着。"已经不是新闻了，你看，"她说，"他们已经去报道其他大新闻了，玉米价格问题。"

从母亲的表情可以看得出，她的脑子里只有罗丝，再没有地方能容得下另一件事。克拉拉想张开双臂抱住她，也想冲她大喊。她的父亲到北湾去了，去那里打听有没有人见过罗丝。每天学校下课后以及周六、周日他都会出去，到四面八方的每个镇子上去找。克拉拉希望他能待在家里；她不想单独待在家，伴随着母亲的绝望。但他一般要在克拉拉睡着后才会回家。

她回到客厅继续观察。那个人正在拿壁炉架上的装饰品：一对黄铜烛台（他随随便便就把蜡烛丢进箱子，蜡烛肯定会折断的）；一个玻璃碗，里面不知道为什么镶着一幅哈士奇拉雪橇的图片；还有一只黑石雕刻的潜鸟。在一个更小一点的箱子里，他放进去一座标着罗马数字的装饰钟（奥查德夫人告诉过她那些是罗马数字，还教会她从一数到一百），以及一件木雕（是房子里除摩西外克拉拉最喜欢的东西），雕的是四个老头围着一张桌子抽着烟斗打扑克，每个人的雕工都非常完美，连他们衬衫上的褶皱和靴子上细丝般的鞋带都清晰可见。

那个人小心地把座钟和木雕的组件（每个木雕的老头都是独立的，连同他们坐的椅子和手里的牌）用报纸包好，然后才把它们放进箱子。接着，他走向奥查德夫人摆放照片的桌子（那里放着她丈夫的照片，那是她最宝贵的东西！），从中挑选出三张照片，小心地把它们收起来。

其余的东西他只是随便收了收而已。看得出他并不在乎那些东西的下场。他把书以外的其他东西都收拾完以后，站直身体，用两只手揉揉后腰，看了一眼手表（已经快六点了），像往常一样出门吃晚饭去了。

那个男人出门几分钟之后，最糟糕的事发生了。本来这该是一件最好的事：克拉拉的父亲比她预期的提前回家了。刚看到他的车驶入车道，她就冲向门厅去迎接他。

"爸爸！"她帮他打开门说道，"那个人在偷奥查德夫人的东西！"

"你好啊，小不点，"她的父亲说，"你刚才说什么？"他脸色灰白，精疲力竭，但是她不在乎。

"隔壁那个男人把奥查德夫人的东西都偷走了！他把那些东西装进了箱子，要把它们都拿走！"

"哦，"她父亲心不在焉地回答，把车钥匙放在门厅的小桌上，"嗯，我想那就随便他吧。"

克拉拉大为震惊。他这话是什么意思？怎么能随便他呢？

"但那些都是奥查德夫人的东西！她从医院回来以后还想要的！"

她父亲看着她。过了一会儿，看他什么都没说，克拉拉深深吸了一口气，又说了一遍——实际上，是在喊叫。"那是奥查德夫人的东西！"

她的父亲蹲下来，伸出双手搂住她的肩膀。他温柔地说："克拉拉，你完全没必要这么紧张。根本不用担心隔壁那个人。他是……"父亲犹豫了。"他是来帮奥查德夫人照看房子的。她不介意。我向你保证，她不会介意的。"

"她会介意的！她很珍爱她的东西！你不像我那么了解她，我知道她爱那些东西！"她突然哭了起来，大声抽泣着，她从来没这样哭过，因为罗丝虽然很疼爱她，但讨厌她哭。可是罗丝走了，没人知道她去了哪里，而且他们都假装什么事都没有，而不是把实情告诉她。每一个人，每一个人都骗了她，连奥查德夫人都是，她说她很快就会回家的，但她没有，现在一个小偷要把她的东西都偷走了，竟然没有人在乎。

她的父亲想要把她拉近些，好哄哄她，但她挣脱开了。"你在撒谎！你不了解她！我了解她！我知道她想要她的东西！你在说谎！你是个骗子！"

父亲站了起来。他说："好了，够了，克拉拉。我知道你很难过，但是你不能这样说话。"

突然间他望向她的身后，她转过身，看到母亲已经来到了门厅，父亲和母亲的目光在克拉拉的头顶交会。她的母亲面露疑惑，而克拉拉扭头瞥向父亲时，她看到他微微地摇了一下头。

"你们都是骗子！"克拉拉大喊，"骗子！骗子！骗子！"

她坐在自己的床上，用牙齿啃着手指甲。她一直啃啊啃，直到长出来的那点指甲都被她啃光，只剩下鲜嫩粉红的皮肤和一丝血迹。

五

伊丽莎白

对面病床的考克斯夫人穿上了她最喜欢的睡裙。我们都带了自己的睡衣来，需要洗的时候，家人会拿回去洗，如果没有家人，就由医院来洗。考克斯夫人的睡裙是一件粉红色的蓬松款，长度还没到膝盖。考克斯夫人的腿应该是我在活人身上见过的最难看的腿；又肥又白，凹凸不平，紫黑色的血管突出着。她一定是从伊顿百货[1]的购物目录里挑中这条睡裙的，想着穿上后能跟当模特的那个女孩一样，真是个大错特错的想法。她家里显然没有全身镜。无知也

---

1 伊顿百货（Eaton Shopping Centre），加拿大各大城市都有的大型连锁购物中心。

是幸福，我想。

我总是穿两件套的睡衣。穿两件套肯定不会错。

我的呼吸越来越困难。我认为是一直躺着的缘故。好像胸口压着什么重东西，好像有个庞然大物坐在上面。可能是一头熊。今天上午医生巡房的时候，我跟他提到了这件事。他大笑起来，用听诊器听了一下，然后说他认为应该不是熊。但他也没说是什么，只是说多垫一个枕头或许会有帮助，于是罗伯茨护士又给我拿来一个枕头。我觉得确实起到一些作用，但呼吸仍然有点吃力。

罗伯茨护士看起来不太高兴。今天早上她来上班的时候眼睛红红的，脸色很苍白。医生巡完房，她给大家发药的时候，我问她："你还好吗，亲爱的？"我的声音很小，这样别人就听不到了。她对我笑了笑，微微耸了下肩，只说了一句："男人。"

不过，玛莎把她逗乐了——玛莎把整个病房都逗乐了，这相当让人意外。罗伯茨护士跟她说要给她打针，玛莎立刻凶巴巴地说："我讨厌打针。"

罗伯茨护士体谅但又坚决地说："我知道，亲爱的。大家都讨厌打针。"然后玛莎说："我比别人更讨厌打针。我讨厌任何东西插进我的身体，我真的痛恨这种事。"停顿了一下之后，她补充说："实话说，我甚至都没那么喜欢做爱。"

罗伯茨护士笑得太厉害，要在床边坐下来喘气。但她还是给玛莎打了针。过后玛莎一直在生闷气。像个小孩一样。整整半小时她一句话都没说，令人非常安逸。我希望她能经常打针。最好一天打三次。

*

昨天她问起我的全名。"伊丽莎白，你姓什么？"她问。我告诉她的时候心里泛起一丝恐惧。她跟我年纪相仿。但是已经三十年了，而且无论如何，她来自非常偏远的北方——他们那儿当时或许看不到报纸。总之，她丝毫没有想起了什么的迹象。

下午的探视时间，杜布瓦夫人的丈夫带着她的两个小儿子来了，她很年轻，住在我正对面的病床，和考克斯夫人相邻。两个儿子里小的那个我估计才十八个月大，还在蹒跚学步，他哥哥肯定快三岁了。两个孩子都有着乌黑的眼睛和漂亮的橄榄色皮肤，像他们的母亲一样。他们穿着配套的蓝黄条纹毛衣，仿佛胖乎乎的小蜜蜂一样在病房里走来走去。平日里杜布瓦先生当然得上班，所以只能周末带他们来。这对他妻子来说一定很煎熬，这个阶段的小孩每天都在变化，她却很少能见到他们。她已经在这里住了三个月，可怜的姑娘。脊椎手术。

他们的父亲很会带小孩，看着真让人高兴。医生都不太允许他们的母亲把头抬起来，所以他要把孩子们抱起来，让他们坐在床沿上，好让她摸摸他们的脸蛋，胡撸胡撸他们的头发，跟他们说他们真乖，她有多爱他们，有多想念他们。

她尽量忍着不哭，但并不总能忍得住，孩子们当然也会跟着难过起来，他们的父亲只得把他们抱下来放在地上。他总是随身带着一袋玩具来应付这种场面，让他们快点恢复正常。甚至有点太快了。我都担心他们的母亲害怕他们不会像以前那样想念她了。

不过，整个病房里的人都非常欢迎他们的到来。小孩子有种令人着迷的魔力。

他们在的时候，我可以几乎没有丝毫痛苦地看着他们。他们离开之后，我才难以抵挡记忆的潮水汹涌而来，其中一些仍然宛如昨日。有一个场面尤其经常反复出现，让我觉得它一定已经在我脑中留下了印痕。我站在厨房的水池前，清洗着油漆刷子。三十五岁的我，穿着一件破烂的旧裙子和你的一件领子磨损的衬衫。我很可能在哼着歌，不过那也许是记忆的杜撰。我刚刚刷完第二遍墙——给我们决定作为育婴室的那个小房间刷上温柔的暖黄色。

我已经不在幼儿园当老师了。我想念孩子们，但让我放弃事业我也毫无怨言，我开心到对于任何事情都毫无怨言。我们已经"努力"了整整三年，终于——终于！——医生确认我怀孕了，已经四个月。孕吐已经缓解，我精力充沛，满心喜悦，几乎不知道怎么办才好。你是个非常小心（而且有时过度保护到让人烦）的男人，总是生怕我会累着，于是为了不让你担心，我答应把粉刷天花板的工作留给你。

所以，我就那么站在厨房的水池前，那是早春阳光明媚的一天，轻柔的微风从敞开的窗口吹进来，我看着温暖的浅黄色从刷子上流下，旋转着汇入下水口，幸福得难以形容，幸福得无法言说，幸福得迟迟没有感觉到我的双腿之间有什么东西在流淌下来。

我第一次流产。一九三四年四月二日，周二，下午三点刚过，我们失去了我们的第一个孩子。

我不会再想那件事了，亲爱的。我会想想利亚姆。

你还记得我们第一次见到他的那天吗？一九四〇年八月二十四日。前一天晚上，伦敦开始了闪电战。我们每天傍晚都通过无线电收听英国广播公司的新闻，每天的新闻都更糟糕。

我还记得你坐在椅子上，稍稍向前俯着身，确保不会漏掉一字一句，你的神色紧张而严峻。可惜我当时没办法给你什么支持。对此我仍然觉得内疚。事实上，当时的我正因为自身的痛苦而不堪重负，无暇顾及其他任何事，任何人。

不过，还是说回利亚姆吧：我记得当时拉尔夫·凯恩刚刚从昆斯搬到圭尔夫。他能受聘好像也与你有关，我不记得了。是你告诉他我们隔壁的房子正在出售，还是纯粹出于巧合他们全家才搬进去的，我也记不清了。但我记得你告诉我他已经结了婚，而且你觉得——但不确定——有了小孩。那个细节一直印在我脑子里。

我当时的状态很差。六周之前我刚刚经历了第五次流产，这次是在孕期将满六个月的时候。他们让我抱了抱我们的孩子——我们的儿子——然后才把他带走。他曾经努力想要活下去，但还是做不到。

我躲在我们客厅的窗帘后，窥视着新家庭的到来，我已经糟糕到了那种程度。好像仅仅看上一眼别人家的孩子，我就能被劈成两半。我们两家的房子中间隔着一片空地，所以他们在一百码开外，我看不清他们的长相，但我看到了三个年幼的孩子；两个女孩和一个小男孩。我看不下去，但又无法将目光移开。

出于礼节，我们应该过去欢迎新邻居，但我办不到。你下班之后自己去了。你肯定说我身体不舒服，这非常符合事实。

但是第二天，你劝说我周末一定要邀请他们来家里喝杯茶或者柠檬汁。"我们必须得这么做，伊丽莎白，"你说，"他们是我们的邻居，而且拉尔夫还会成为我的同事，我们不能假装他们不存在。"

"要是我哭起来怎么办？"我问道，眼泪已经流了下来，"要是我一哭就停不住怎么办？"这种情况一天会发生很多次，我没有力量阻止它发生。

你说不会发生这种情况的，你说我会没事的。这让我非常生你的气，查尔斯，我这辈子还从没生过这么大的气。

我对你大吼，我说你不可能知道，我说你的说法很荒唐。你盯着自己的脚。你多年以来所受的教育并没有教你如何面对一个因为悲伤而疯狂的女人。你也很哀伤，我知道，但我觉得你的哀伤不像我的那么剧烈，那么耗费心力。无数有过同样遭遇的其他女人都从伤痛中恢复过来并且继续生活了下去，这个事实只会在我的绝望之上增添更多的愧疚。我一直认为自己是个坚强并且理智的女人，然而此刻我是那么无助。每一天的每一个时刻，我们失去的孩子们都和我在一起。我没办法让他们消失，我也没办法把他们放下。

尽管如此，我们还是邀请了凯恩夫妇来家里喝茶。我生着气烤好了两个蛋糕，一个巧克力的，一个原味的，还做了一打黄油塔。然后我又做了一些巧克力碎曲奇，那些巧克力碎是我的朋友从美国寄来的，我一直珍藏着，想留到特殊场合才用。你不能怪我没有尽力而为。周六上午，我做了新鲜的柠檬汁。我挑了一件最漂亮的裙子，把头发盘起来，甚至还涂了一点口红。我认真地做了准备，仿佛我即将奔赴断头台，并且下定决心勇敢地死去。

但是随着时间过去，我越发担心自己一看到孩子们就会崩溃，所以他们快到的时候，我认定自己根本说不出话来。就算开口，我也什么都说不出，只会是一声号啕。

敲门声响起时，我恐惧地跟在你身后去迎接我们的客人。他们一起站在前廊上，两个女孩——我看出她们是双胞胎——在前面，父母在后面，还有一个大约三岁的小男孩在最后，揪住他母亲的裙子，正在把她往相反的方向拉。场面有点混乱：你正在拉开门，请他们进来，拉尔夫在介绍双胞胎姐妹，并让她们往前站站，安妮特正在软硬兼施地忙着让小男孩松开紧紧攥着她裙角的小手，但无论如何他都无动于衷。他的一只脚顶住她的鞋子，另一边的膝盖弯曲着，好使出最大的力气，他拉得太使劲了，身体向后倾斜到了几乎与地面平行的角度。万幸他没有大喊大叫。他要省下力气用在该用的地方。

这场拔河比赛太吸引我了，以至于我几乎没怎么注意拉尔夫和女孩们，我甚至不确定我有没有跟他们打招呼。

安妮特焦急地转向我——这时我已经来到前廊——并且向我表示了歉意，她的一只手抓住孩子的胳膊，另一只手仍然在尝试掰开他的小拳头。"太抱歉了，"她气喘吁吁地说，"真是不好意思，他特别认生。利亚姆，跟奥查德夫人问好。"

利亚姆不为所动。他还在使劲拉。然而，在我看来，如果你从他的角度考虑问题，那么他的表现是完全可以理解的：仅仅几天之前他刚刚被迫从他熟悉的家园迁走，然后就被丢在了一个他不认识，也没人问过他是不是愿意在这里住下的地方。他不喜欢这样。他不喜欢自己生活中的任何事情，尤其不喜欢又一次搬进一座新房子，和一些他以前从没见过的"和气的女士和先生"度过一下午的时间。

换句话说，他完全不想见到我，就像我片刻之前也完全不想见到他一样。实际上，由于他的样子跟我的感受太一致，我竟然难以置信地几乎笑了出来。我开始意识到自己的情绪有了明显的缓和。

我说："你好啊，利亚姆，你愿意进来吃一块曲奇吗？"我迅速瞥了他的母亲一眼，她无奈地笑着点了点头。我猜她正为我们初次见面时糟糕的表现而尴尬。她可能听说过我之前是幼儿园老师，怕我认为她没能力管教孩子，但是当时我并没有这种想法；很明显，他是个意志力很强，也很难管教的孩子。

我的贿赂并没有动摇利亚姆的高傲，他当然也就未予理睬，不过他倒是飞速扫了我一眼，仿佛在权衡这个可怕的女人做出来的曲奇质量如何。

我说："不然我还有巧克力蛋糕。你想吃点儿巧克力蛋糕吗，利亚姆？"

这次他明显犹豫了，我一度以为我胜利了，可是并没有，他又开始拉。对于一个三岁小孩来说，他还真挺难被买通的。

我使出了最后的一招。"你愿意在前廊这里吃一点蛋糕，再吃一块曲奇吗，利亚姆？你可以坐在台阶上，也不需要跟任何人说话。"

他停止了拉扯，但还拽着妈妈的裙角，身体斜成四十五度站在那里，低着头，努力思考。

而我已经先于他知道了他的决定。"可以吗？"我低声问安妮特。她说："呃，如果你确定你不介意的话。"

所以，那就是后来发生的事情。利亚姆坐在我们前廊的台阶上，吃了一大块巧克力蛋糕和两块巧克力碎曲奇，几乎是一起吃下去的。我们没拍照片，我也不需要，那个画面已经刻在我的脑子里。那是我计划带入永恒之中的场景之一，我的爱。三岁的利亚姆，坐在台阶上。

六

利亚姆

这位警官不到四十岁，利亚姆猜测，比自己大几岁。他个子不高，但是肩膀宽大，看起来非常结实，想到镇上的伐木营地和酒吧，他或许确实需要这副体格。不过他看上去足够友善。

"早上好。"他一边上台阶一边说。

"早上好。"利亚姆说。

"我只是出于礼节来拜访一下，"警官说，"我是巴恩斯警长。"

"很高兴见到你。"礼节拜访？每个初来乍到的人都会有警察来礼节拜访吗？"你有什么事吗？"

"我能进去坐一下吗，不会耽误你太久。"

"当然，可以，请进。"利亚姆拉开门，把他让进客厅，"请坐。"

"你是昨天到的，"警官问道，坐进一把巨大的软扶手椅里，"对吗？"

"是的，我从多伦多开车过来的。"

"路途很远啊。抱歉，我还不知道你的名字。"

"哦，"利亚姆说，"抱歉。凯恩。利亚姆·凯恩。"

"你是奥查德夫人的亲属吗，凯恩先生？是她的侄子？哦，对了，听到她去世的消息我们都很难过。她是位非常好的女士——跟她姐姐一样，我必须说。你认识高德温小姐吗？"

"我不认识，"利亚姆答道，感觉自己像个冒牌货，"而且实际上，我也不是奥查德夫人的亲属。我小时候，她和她丈夫跟我父母是邻居。他们就住在我家隔壁。在南安大略的圭尔夫。她丈夫和我父亲都在那里的农学院教书。"

巴恩斯警长点了点头，但是没说话。

"他们没有孩子，"利亚姆解释道，"我猜他们把我当作儿子看待。我经常在他家玩。"警察又点了点头。还是没说话。利亚姆补充道："我也有点……惊讶她把所有东西都留给了我。实际上是非常惊讶。我估计她应该是没有其他人来继承这些吧。"

"一小笔相当不错的遗产。"警官终于开口了。仍然非常客气，仍然好像有什么地方不太满意似的。

"是。"

"真希望有人能给我这种惊讶。但我似乎总是遇到另外一种。"警官笑了笑，挪动了一下椅子里的身体，"而且事情似乎进展得非常快，是吧，凯恩先生？你懂我的意思吗？通常来说，遗嘱需要相当长的认证期，而奥查德夫人去世还没太久。实际上，刚刚一周。"

"是的，我知道。"他意识到自己的脉搏开始加速，"但是，事实上，这座房子已经属于我了。"

"这倒挺有意思，"巴恩斯警官说，"怎么回事？"

"她去世前就把房子给我了。一两周之前吧。其他都在遗嘱里，但是她提前把房子给了我。作为礼物。"

"她为什么要这么做，你觉得？比如，为什么那么着急？"

"我不知道。我猜她只是想当时马上给我点什么。"他也问过律师同样的问题，律师给了他同样的答案。

巴恩斯警长若有所思地打量着他。过了一会儿，他说："凯恩先生，我没有权利这样要求你，你不必勉强配合，但如果你刚好有一封律师函或者其他什么文件来证明你说的这些，会让我放心很多。如果还能给我看看带照片的证件就更好了。不过，就像我说的，你并没有任何义务提供这些。"

"文件都在楼上，"利亚姆说，"我去拿。"

会让我放心很多，他一边上楼一边想。你不必勉强配合。说得是。

他走进卧室，从行李箱里翻出遗嘱、他的护照，以及奥查德夫人把房子馈赠给他的相关文件，他把这些东西拿到楼下，交给了警官。然后他又坐下来，假装很放松。

警察不慌不忙地检查文件。他掏出一个黑色的小笔记本，记下了律师的姓名和地址，检查护照上的照片时，还抬眼看了看利亚姆的脸，然后又仔细查看了遗嘱和奥查德夫人馈赠房子的相关信件。最后，他笑着把所有东西都还给了他。"看起来都没问题，凯恩先生，"他说，"非常感谢你。"

在利亚姆看来，警长似乎松了口气，他感到自己的肌肉也相应地放松了一些。他深吸一口气，然后悄悄呼了出来。

"我告诉你这是为什么吧，"警长说道，"隔壁家的孩子——一个十六岁的姑娘——几周前离家出走了。跟她妈吵了一架，说她要离开家再也不回来了。她其实以前也离家出走过，但都是过不了几天就回来了。这次已经过了两周。她的父母非常担心。"

"哦，"利亚姆说，"是啊。肯定……很着急。"

巴恩斯警长点了点头。"她已经满十六岁，离家属于自由选择，没人能强迫她回来。但是两周以来都没人见到过她或者听到过她的音信，这就让人起疑了。"

利亚姆点点头。"你是觉得……你是有什么理由怀疑这里面可能会牵扯到……你们叫什么，犯罪行为吗？"

"没有。所有人都说出事之前一切正常。我问过她的朋友，问过学校，问过她班上的孩子，还给她可能会去的城镇发了照片和寻人启事，也查询了警情中心……一般该做的都做了。我们组织过大规模的搜寻，镇上所有人都出动了，奥吉布韦保护区[1]也来了几个人。我们还从北湾找来了两只警犬和训练员。我们仔细搜索了各处树丛，谷仓，废弃的小屋，方圆几英里之内的所有地方。一无所获。她消失得无影无踪。

"总之呢，我现在坐在这里耽误你的时间是因为，你是

1　奥吉布韦保护区（Ojibway reserve），加拿大安大略省温莎西部的自然保护区。

个刚来到镇上的陌生人，而且搬进了她家隔壁。再加上你来得有点突然，就像我刚才说的，约尔顿先生和夫人现在都有点反应过度。他们也担心他们的小女儿，她七八岁大。我是想让他们安心，证明你的身份属实，这对你，对他们都有好处。而且我觉得也该让你知道隔壁那家发生的事情。"

利亚姆点点头。"有道理。谢谢你告诉我。"

短暂停顿之后，警察说："凯恩先生，你是打算在这里定居，还是准备把这房子卖掉？"他随意挥了一下手中的铅笔，笑着问利亚姆。"我只是出于好奇问一句，不是以警察身份问话。"

"我会把房子卖掉，不过挂牌出售之前，我想先在这里住几周，休个假，"利亚姆说，"我还没决定具体要住多久。部分取决于天气吧。我刚刚辞掉了工作，所以也不必非要赶在什么时间之前回去。"

"是吗？你是做什么工作的？"

"我是个会计师。我之前在一家会计师事务所工作——贾维斯琼斯事务所——在多伦多。"

"听起来是个不错的工作。"

"薪水不错，工作很糟。"

辞职并不是一个理智的决定——他没有新工作接续——但他当时没想清楚；他的脑子里仍然充满上次与菲奥娜见面时的苦楚和怨恨。他人生中的一切似乎都在瓦解，这份工作已经让他厌倦很多年了，为什么不辞职呢？他手上没有正在进行的项目，而且攒了很多假没休，所以他完全能够立刻离职。这就让他有了很多的时间坐在他多伦多那套新租的盒子一样的公寓里，盯着四壁，因为懒惰而瘫软，怀疑自己是不是精神错乱了。

从贾维斯琼斯离职十天后，奥查德夫人的律师从萨德伯里寄来一封信，告知他北安大略的一处房产已经归在了他的名下。心怀感激但又大惑不解的利亚姆给父亲打了电话。

"一个老太太刚刚给了我一座房子，"他说，"奥查德夫人。你还记得她吗？"

电话那头一阵沉默，然后他的父亲说："真好啊。这事是突然冒出来的吗？"

"呃，也不完全是。几年前她就跟我联系上了，她丈夫去世的时候。那之后我们时常通信——偶尔。但我从没跟她见过面。"

"是吗，"父亲说，利亚姆觉得他听起来像是在发呆，"嗯，你小时候她特别喜欢你。他们夫妇俩没孩子，所以我猜……"这句话他没说完，"你跟你母亲说了吗？"

"没有。"他很少给母亲打电话，就算打也完全是出于儿子的责任感。

"最好还是别告诉她了，"父亲说，"呃，"——他的声音变得急促——"我五分钟后还有个会，我得先挂了，不过祝贺你。你也该遇到些好事了。"

利亚姆紧接着问："为什么我不能告诉妈妈？"

"哦，她们两个人之间有点不和。我不知道细节。不过你不用放在心上，好好享受这份遗产吧。"

*

他那天本来打算给奥查德夫人写封信，感谢她赠予的这份惊人的礼物，但是他没腾出空来，然后几天过去了，再然后又过了几天，愧疚感一直在累积。接着，律师的第二封信来了，信上说她已经去世，除了给那位打扫房间的女士留了一小笔钱，她在遗嘱里指定利亚姆为唯一继承人。

信还没读完，他就知道自己要北上一趟；没什么道理可说，只是觉得那是唯一该做的事。他所有的东西都还在箱子里，于是那天傍晚，他把箱子装进车里，凌晨四点，睡意全无的他出发了。差一刻五点时，他已经行驶在400号高速公路上；经过巴里时，路上只有他这辆车。抵达萨德伯里后，他去了律师的办公室，签署了文件并拿到了房子的钥匙。虽然北方的道路状况如噩梦一般，他还是在傍晚六点前到达了奥查德夫人的房前，登上了前廊的台阶，把多伦多、他的事业和他的婚姻全部抛在了身后。

而此刻，刚过了不到十二个小时之后，严重缺乏睡眠并有些头晕目眩的他正坐在一座现在已经归他所有的陌生的房子里，试图向一个警察解释这一切。

"此外，我妻子和我正在办理离婚手续，"利亚姆听见自己说，"所以事情还有点……不确定。"

"听起来像是，他们怎么称呼这个来着，中年危机。"

"我想是吧。"他想弄清楚自己刚才为什么会把这个也说出来了。

"这种事是难免的，"巴恩斯警官说，"不过，确实不易啊。"

"是。"

警官站起身来，把小黑本塞进后裤兜。"好了，谢谢你花时间接待我，凯恩先生。愿你度过一个愉快的假期。"他笑了，"实际上，希望你决定留下来，这里需要一些新鲜面孔，我们这些人互相都看腻了。"

警车开走时，利亚姆才猛然意识到，自从三周前走出他在贾维斯琼斯的办公室以来，这是他第一次和律师之外的任何人说出两个词以上的句子。实际上，如果不算与同事之间的工作讨论，这也是他过去一年中与包括他妻子在内的所有人谈话时间最长的一次。

菲奥娜肯定会说，这恰恰充分证明了她多年前就已经发现的一个事实，那就是利亚姆没有关系亲密的朋友，原因很简单，他没有构建人际关系的能力，就像他没有爱的能力一样。她已经多次表达过这样的看法，最近一次是在两人的第八个也是最后一个结婚纪念日那天，在一家贵到令人瞠目的餐厅（当然是她选的）里。他当时回应说，他能跟她维持八年的婚姻关系，在任何人看来都算是一项成就。那次对话的结果就是两人同意离婚。"我们终于能够达成一致真是太好了，"菲奥娜说，"你不觉得吗？"

他双手插进口袋，站在奥查德夫人的厨房里，茫然地盯着台面上那几袋还没打开放好的食物。与警官的交谈让他脑海中萦绕的那些难以消解的想法和情绪更加纷乱。警察显然对他的说法有所怀疑，而且虽然看起来对律师的文件还算满意，但仍然有可能没有完全信服。利亚姆越想越觉得有可能，如果真是那样，那么情况就不同了：他以为在这里住几周能够让人放松，他可以在这个假期里从过去几个月的压力中恢复过来，好好想想未来的方向。但他不想成为青少年失踪或绑架案的嫌疑犯。

没有什么能阻止他改变计划。警长没有要求他必须留在镇上。他可以把他的箱子搬回车里，马上离开这儿。清理房子里的物品和卖房的相关事宜在国内任何一个地方都可以安排；如果他真的下定决心，几小时之内他就可以离开索雷斯，今晚最远可以到达北湾。然后明天一早他就可以继续出发，去……去哪儿？去干什么？

在思考这一切的过程中，他的身体仿佛没有听从头脑的指挥，因为他发现自己正在把食品从纸袋里往外掏，一堆食品此刻都堆在了台面上，等待着被收拾起来。如果他打算离开，他就要把这堆东西再装回袋子，一起带走。

他盯着那堆食品发了会儿呆。抛硬币决定吧，他含糊地想。他踱步到门厅，在楼梯上坐下，手肘架在膝头，双手悬垂，聆听着房子里孤绝的寂静，突然之间，毫无来由地，他被一种巨大的荒凉和绝望所笼罩，那感觉是如此强烈，让他无法呼吸。他担心自己会晕过去，于是俯身向前，用手抱着头，闭上眼，小心地呼吸。他不知道发生了什么。他仿佛遭遇了一场雪崩。

过了一段时间，那种感觉开始消退。他睁开眼，盯着地板看。浅蜜色的山毛榉地板，和他父母在卡尔加里的家里门厅的地板一样，他们离开圭尔夫之后就搬到那儿去了。曾经还有一块小地毯。红蓝相间。它很容易滑动，尤其是当你从上面跑过的时候。

他看到十岁左右的自己，没在跑，而是像他此刻这样坐在楼梯上，听着姐姐和妹妹们在她们的房间里说笑的声音。他看到他的四个姐妹——两个比他大，两个比他小——冲下楼梯，从他身边经过，跑进厨房，他们的母亲正在那里准备晚餐。他听到她因为她们讲述的什么故事而大笑起来。他记得，即使她们都在，门厅仍然感觉那么空荡。她们的笑声。他内心的空洞。在他的记忆中，这种情况发生过很多次，总是在发生。如果他走进房间时她们正在聊天，她们就会停下来。她们会转过头跟他打招呼，脸上没有表情。

这一定是有原因的，不可能只是因为她们都是女孩，所以自然会排斥他这个家里唯一的男孩，不会是那么简单。他和她们之间有一道障碍——尤其是和他母亲之间；他现在觉得女孩们可能只是在效仿母亲。他的母亲大部分时间里对他似乎都很冷淡，但也有几次，他从她身上感觉到了一种近乎敌意的态度，他直到现在都完全无法理解。仿佛他无意中犯下了什么不可饶恕的罪行。

他坐在楼梯上挪动了一下身体。这个时候你为什么要想这些呢？他想。那都是几十年前的事了。已经不再重要了。

他小心地挺直腰，手撑着地站起来。他感觉还好。雪崩已经过去。

他认为自己现在还没办法决定离开还是留下；他需要干些不需要动脑子的事情，干点儿体力活。他上楼进入浴室，蹲下，又摸了摸地板。仍然是湿漉漉软绵绵的。他伸手沿着排水管的U形弯往上摸。也是湿的。谜团解开了。他想徒手把接口拧紧，但拧不动。他需要一把扳手。他在房子里和车库里都没找到工具，但镇上有一家五金商店。

看来需要跑一趟了，天气很好，阳光炽热，湖面上吹来凉爽的微风，于是他步行前往。到镇中心的十分钟路程中，只有一辆车从他身边驶过，不过镇上的马路上有人。多数是当地居民，他推测；旅游季节已经结束。有些人对他微笑，跟他说早上好。他勉强点头作为回应。在多伦多——在任何一个大城市——人们都肯定会集中精神目视前方，或者盯着自己的脚，根本不太注意你的存在。他觉得他更喜欢那种方式，能少费点力气。

五金商店的柜台后面是个老头。他驼背，面露狐疑。他冲着利亚姆点了个头——其实只是脑袋抽搐了一下，利亚姆也点头回应。也是个讨厌人类的家伙，利亚姆想；我们应该能合得来。五金店里像个洞窟一样，没有窗户，天花板上悬吊着几个光秃秃的灯泡。各种工具在墙上挂着，箱子里堆着，柜台上摆着，地板上摊着。天花板上的房梁上钉着钩子；钩子上挂着斧头、手锯、钐刀刀片——一切上面有个孔眼或者有根绳子能吊起来的东西。

"你要找什么？"老头问。他的态度很粗鲁，仿佛想尽快把生意做完，让利亚姆离开他的店。

"我要一把扳手。"利亚姆说。

"干什么用？"

一个女人从后面的房间里出来，手里端着一杯咖啡。"给你，爸。"她边说边朝利亚姆点点头。"早上好。"她说，更多是礼貌而不是友好。

"早上好。"利亚姆说。那女人三十五六岁。长得好看。身材不错。

"干什么用？"老头尖声重复着。女人把咖啡放下就离开了。利亚姆看着她走掉。

"什么?"他说。

"你买扳手要干什么用!"老头几乎吼起来了,"你要用它干什么!"

先用来把你的脑袋敲碎,利亚姆想。他打算直接离开,但又决定不这么干,这是镇上唯一的一家五金店。"拧紧浴室水池下面的U形弯。那个接口漏水了。"

"好吧。那你需要用这个。"老头走到柜台末端,从一个蒲式耳篮子里拿出一把大扳手。利亚姆付了钱,没有道谢就离开了。

回家路上,他想到了性,想到了性冲动多么不屈不挠。他现在最不希望自己的生活中再有女人出现,然而他的身体——至少是他身体的那个部分——却忍不住伺猎,像一条嗅着野鹿气味的猎犬。

当然,菲奥娜最初吸引他的就是性。她还有很多其他的优点,她美丽,聪明,智慧,所有这些他都很欣赏,但最重要的是她很性感。她对自己的身体极为了解,喜欢它,也愿意分享它,这和他交往过的其他女孩很不一样,那些女孩对自己外表的过度担忧令人厌烦,菲奥娜对自己的外表非常自信。她很笃定。这让他神魂颠倒。

当时的他还并不知道，在上班挣钱、购物、做饭和其他一切每天例行的事情之外，即使你拥有全世界最强烈的意愿，你也不会在床上消磨太久。一天里其余的时间还在等着你熬过去。你其余的生活。

打开奥查德夫人的房子（现在是他的房子）的锁，上楼来到水池渗漏的浴室（现在是他的水池在渗漏，所以是他要解决的问题，这是个令人鼓舞的下马威，因为与他面临的其他问题不同，这个问题有解决方案），蹲下，用新买的扳手把U形弯上面的接口拧紧，利亚姆认为，如果他和菲奥娜真的"相爱"过——虽然他对此也有所怀疑——那么最多也只持续了一年半时间。激情澎湃的十八个月之后，是幻灭与乏味逐渐加深的七年，逐渐地，性竟然成了两人之间唯一还不错的事。

然后，临近结束的时候，菲奥娜甚至对性也失去了兴趣。利亚姆则苦涩地投向了其他人的怀抱。

有人敲门。他站起身，扳手还在手里握着就下了楼。

"又是我。"巴恩斯警长说。

利亚姆感到一阵忐忑。"请进。"他把门打开说。

"这个看着可有点不妙啊，"警察冲着扳手点点头说，"你想找麻烦？"

"哦,"利亚姆说,他把扳手放在门边的小桌上,"抱歉。我在修理楼上漏水的 U 形弯。"

警察笑了。"这我就放心了。刚才一瞬间我还以为得跟你动手了呢。是啊,肯定有一大堆这类问题要处理,老人家通常都不怎么注意。对了,你还应该查看一下房顶,那些瓦片也有年头了。总之,我不多耽误你啦。只是有件事我本来早上想跟你说,但是忘了。现在是猎熊的季节,我不知道你知不知道。有好多兴致勃勃的猎人带着温彻斯特步枪到处转悠,可比那些熊危险多了。不过你最好也离熊远点儿。换句话说,这时候不适合到林子里溜达。就是觉得我该跟你提一句。"

"谢谢你。"利亚姆说,他现在和以后都没有到树林里散步的打算。他想弄清楚警察二次登门是不是有什么隐晦的目的,是不是想要现场抓获他干坏事。

"祝你维修顺利。"警察抬手做了个像是敬礼的手势,然后转身走向他的车。

"呃……"利亚姆叫住了他,"我想问一下。你知不知道镇上有没有木匠或者建筑工人?浴室里漏水那个地方的地板都已经泡烂了,可能需要大修。"

"当然有。吉姆·皮克。他基本上什么都能修。但他很忙，所以你可能需要等等。你可以在加油站找到他。他在那后面有个车间。"

"多谢。还有件事——镇上的咖啡馆，我看到有两家。有哪家你比较推荐吗？"

"没有，"巴恩斯警长说。"不过轻食咖啡馆冬天不开，所以只剩下热土豆能去了。我都不推荐，但随你便。"

女服务员体格壮硕，从头到脚越往下越肥大：先是留着一缕黄头发的小脑袋，没有脖子，耷拉着的肩膀，像火山熔岩一样下垂的巨大的胸堆积在小山一样的便便大腹上，只有上帝知道里面都是些什么。

"要吃什么？"她站在利亚姆身边问。你不想跟她起冲突，这是肯定的。这里空荡荡的，除了他们俩没别人——没有人会来救他。

"我能看一下菜单吗？"

"这个季节没有菜单。"

"哦。好吧，你们都有什么？"一时间，他竟然愚蠢地产生了某种期盼，他希望巴恩斯警长说错了，他希望后厨里碰巧有一个为了避世而来到北方的世界级的厨师。

"汉堡薯条或者肉汁奶酪薯条。"

"没有别的了？"

"这儿没人想吃别的。"她身后的厨房里传来一声痛苦的惨叫。女服务员没有理会。

"那我要汉堡和薯条吧，"利亚姆说，"所有配菜都要。"他犹豫了一下，"你们这儿有配菜吧？"

"有洋葱、芥末酱、番茄酱。"

"能加一片西红柿吗？"如果汉堡肉饼煎得太老——估计肯定会——配上西红柿会好一些。

"没有西红柿。"

"你们有什么我就要什么好了。"利亚姆说。

"要咖啡吗？"

"你们有咖啡？太好了！"他的语气有点过于夸张，她瞥了他一眼，让他想到了响尾蛇这种动物，尽管他从来没见过响尾蛇。她点完单，扭摆着走了。

这番对话莫名让他心情好了许多。店门开了，两个穿着安大略水电公司制服的男人走了进来。他们朝利亚姆点了点头，利亚姆也点头回应，看着他们费劲地挤进靠窗的卡座里。他的咖啡来了，很苦但是能喝；实际上，放了糖和奶之后可以说还不错。他对面空着的卡座上放着一张皱巴巴的报纸；他过去拿起报纸，又回到座位上。是一份

《蒂米斯卡明言论报》，出版地是新利斯克德[1]——他开车过来的时候路过新利斯克德，那是个北方小镇，不过跟索雷斯相比算是大地方了。他寻找着慕尼黑奥运会上枪击事件的新闻，然后才发现这份报纸是每周出版一期，而且他手上这份是上周出版的。头版头条是一张耕地比赛获胜者的照片，下面是一篇关于新利斯克德建设热潮的文章。本地新闻，农业报道，没有提及尼克松或者越南。利亚姆觉得倒是挺让人安逸。仿佛是在无人的荒岛或者外太空。

女服务员再次出现，给他送来了汉堡和薯条。利亚姆斗胆尽最大可能表示了感谢，他可不想在自己的汉堡里发现死苍蝇什么的。她走开后，他偷偷查看了一下汉堡最上层的面包还有洋葱圈和牛肉饼的下面。目前一切都好。他尝了一根薯条。还不赖。

他一边吃东西一边读着《言论报》。直到第五版的最下面，索雷斯才终于被提到了，那里刊出了一小幅照片，照片上是个女孩，头发向后梳成了一个巨大的蜂巢式发型，眼睛周围涂着浓重的黑眼影，正挑衅地望着镜头。图片下

1　新利斯克德（New Leskeard），加拿大安大略省北部蒂米斯卡明区蒂米斯卡明湖岸市辖下的一个镇。

面的说明是：“索雷斯女孩仍然失踪。”

开门的是女孩的父亲，这让人松了口气。利亚姆觉得自己并没准备好面对一位焦虑的母亲。

“抱歉打扰你，”利亚姆说，“只是想来打个招呼。我叫利亚姆·凯恩，我……住在隔壁。奥查德夫人的房子。今天下午搬来的。”[1]

“啊，”那个男人说，“对。”他伸出手，“我叫约翰·约尔顿，很高兴认识你。卡尔——巴恩斯警长——跟我们说了你搬来的事情。”他停顿了一下，“他说他也跟你说了……我们家的事情。”他勉强笑了笑。

“是，他说了。很抱歉，你们一定很……”

“我很想请你进来坐坐，但是我太太现在有些……”

“啊，没关系，我只是想过来自我介绍一下。以后再说吧。”

回到家之后，他把所有的窗帘都拉上了。如果有百叶窗，他也肯定会都关起来。把整个世界隔绝在外面。外面

1　这里按照小说时间线，利亚姆是昨天下午搬来的，不知道是否为作者笔误。

有太多的痛苦。

　　他走进厨房。那个汉堡没让他满足。实际上，他感觉好像什么都不能让他满足，永远不能。他看着仍然散落在台面上的那堆食物。它们似乎是他好几周之前买的。他想吃点甜食；要是有冰激凌就好了，他应该买点儿的。台面上唯一能吸引他的就是那些蓝莓。他直接从篮子里捡着吃了起来。这些蓝莓果实很小但甜得齁人，跟南方产的那些肥大但寡淡的培植新品完全不同。他一把接一把地把它们放进嘴里，不时吐掉果蒂和偶尔吃进去的叶子。

　　他正要离开厨房的时候，发现了旁边墙壁上安装的电动开罐器。上面的磁铁还吸着一片罐头盖子。他走过去，用食指和拇指小心地捏住那片盖子，把它从磁铁上取下，并翻过来闻了闻。气味很恶心。盖子上还留下了一抹应该是罐头里装的东西，他伸手抹了一下：黏糊糊的。有些发干但又没完全干透。至少已经在那儿放了一两天了。

　　他走到水池边，打开下面的柜门，往垃圾袋里看。没有罐头。他把罐头盖子丢进去，又盯着它看了一会儿，然后耸了耸肩，就去睡觉了。

七

克拉拉

父母把克拉拉送回她自己的房间，并告诉她，没有冷静下来之前不许出来。她花了很长时间。她觉得自己明白了罗丝每次和母亲吵架之后的心情，内心的怒火太过强烈，仿佛仅仅用目光就能直接把周围的东西点燃。她以前从没理解过罗丝的感受，但现在她明白了。这也让她比以往任何时候都更加想念罗丝。

她停止哭泣，呼吸也恢复正常之后，便悄悄走出卧室下了楼。她能听到父母在厨房里低声交谈的声音，他们以为她还在自己房间。

她先到客厅的侧窗去查看那个男人在不在家，看起来不像是在家的样子，那么他一定是提前出门吃晚饭去了，很好。但她必须快一点儿，因为父亲或许会决定上楼跟她谈谈。

她从门厅小桌上的小碗里拿了奥查德夫人家的钥匙，偷偷溜出自己的家，来到奥查德夫人家，直奔客厅。摩西从沙发下面钻出来，开始绕着她的脚踝转圈。

"他是个坏人，所以我们只能这样做，"克拉拉告诉它，"但是如果他回来了，你得给我报信，所以你要专心。"

她脑子里想着罗丝，给自己加油。罗丝绝对不会犹豫的。她不会在意如果被抓住会有什么后果。罗丝说，任何人都没有权利告诉另一个人该做什么，除非那个人正在伤害别人。这个小偷就在伤害奥查德夫人。

"反正他也不会知道是我们干的。"克拉拉对摩西说。她的心跳得非常快。如果那个人发现是她了，谁知道他会做出什么事情？但如果她什么都不做，奥查德夫人回家的时候就会发现她的东西都不见了。

她突然产生了一个不安的想法：罗丝有时候也偷东西。但都不是什么贵重或者重要的东西，而且她也从来不偷别人的。罗丝说她那是"商店行窃"，实际上不能算偷。有一次，她在杂货店里把一条好时巧克力棒偷偷放进夹克口袋时，被店老板哈斯先生抓住了。哈斯先生让她离开，罗丝让他死一边去，于是哈斯先生给她的父母打了电话，他们震怒万分（就连从不发火的父亲这次也生气了），罗丝被禁足三个月，在此期间不许和朋友们出去玩。"三个月，就为一条好时巧克力棒！"那天晚上她在她们的房间里气到发疯。"三个月，就为了一条他妈的好时巧克力棒！从现在起，我只要有机会，就一定还要去那个白痴的店里偷东西！"

但罗丝绝对不会像这个人这样去偷别人拥有并珍爱的东西。

她从两个箱子中小一点的那个开始。木雕老头被放在所有东西的最上面，所以她先把他们拿了出来。她把每一件雕像都摆回壁炉架上先前所在的地方，分毫不差，每个老人都回到了自己原来的位置上，中间再摆上桌子。这很容易，因为壁炉架上的灰尘痕迹勾勒出了小雕像被拿走前的确切位置，不过无论如何她都能摆回去的，因为她很清楚他们原本放在哪里。接着，她把那台座钟拿了出来，打开包装，放回壁炉架的正中间。然后是那个男人从奥查德夫人的照片中挑走的三幅。然后是其他。

"那些都是她最珍贵的东西，"箱子清空之后，她对摩西说，"现在我们来打开那个大箱子。"她的愤怒此时已经消散，取而代之的是一种坚定而正义的自豪感。

摩西对那个空箱子很感兴趣。它踮起后腿，朝里面窥视，然后跳了进去，开始把身体挤进角落里，一个角落接着一个角落。

"你应该替我放哨听着点儿他！"克拉拉斥责道，"你要专心！"

实际上，她担心的并不是那个男人会回来——他在外面还得有一阵子。她担心的是父亲上楼发现她不见了。她尽可能地加快了速度。第二个箱子也被清空，一切都放回原处之后，她又迅速把那个男人用来包裹物品的纸都抚平，并且整齐地叠好，放进大箱子里面。然后她站起身，叉着腰，把整个房间检查了一遍。

"好了！"她带着胜利的口吻对摩西说，此时的摩西已经把自己蜷成了一个直角，两条后腿贴着箱子的一边伸展开，两条前腿则贴着另一边。"你真是只傻猫！"克拉拉说，如果是其他时候，她肯定会爱死它这副样子。"但我们得走了。"

她的父亲想劝她跟他和母亲一起吃晚餐。

"就这一次，小不点，"他说，"你能和我们一起吃饭，是你母亲和我最开心的事情。"

"我做不到。"克拉拉说。她正站在前窗的旁边，但并不是在盯着罗丝（她已经在脑子里跟罗丝解释过了），而是在等着看那个男人什么时候回来。一看到他出现，她就要到侧窗去，但目前她不想让父亲看到她在观察隔壁的房子。

不过这或许根本不重要——她父亲似乎已经完全忘记了他们之间的争吵。这对他来说很正常。他很快就会忘掉任何不愉快的事情，并且希望你也忘掉。他想要所有人在任何时候都保持快乐。"他真是活得太累了，"有一次罗丝说过，"我不知道他怎么受得了自己。"

"晚餐都已经准备好，端上桌了，"克拉拉的父亲哄着她说，"过来跟我们一起吃吧，小不点。就这一次。然后你马上可以去喂猫，睡觉前还有足够的时间可以站在窗前观察。怎么样？"

"我不能，爸爸！"

她父亲伸手摸了摸她的头顶。"克拉拉，我们知道这件事对你来说有多难接受，我们也一样。但重要的是让正常生活继续下去，你知道吗。它的重要性在于……"

"可是正常不了！"克拉拉猛地转过身，把他的手甩开，对他说，"什么都正常不了了！我必须待在这儿！你答应过我的!"

"好吧,"她的父亲平静地说,"好的, 没问题。你就待在这儿吧。"

尽管她万分恐惧, 但那个男人回家后发生的事情几乎令人扫兴。他的脑子里一定在想着别的事情, 因为虽然他打开了灯, 但他都走到客厅的中间了, 才发现了变化。然后他就愣住了。克拉拉屏住呼吸。他在那儿站了很久, 一动不动。他侧面对着她, 所以她看不到他的表情。但是之后他慢慢地转身, 转了整整一圈, 审视着房间, 她就能清楚地看到他了。

她以为他脸上会显露出愤怒的神情, 但是没有。他似乎很迷惑, 几乎是……吓坏了。这让她很高兴。这是他活该。

第二天, 每件东西都在原位。她上学前过去检查了一次, 回家后又去检查了一次。一切都是该有的样子。

那个男人一定吸取了教训。在这个一切都很糟糕的时候, 她总算做了些好事。这让她的心情放松了一些。她想象着奥查德夫人从医院回家之后她把这些都告诉她, 然后奥查德夫人向她表示感谢的情景。她想象着罗丝回家后她把这件事告诉罗丝，罗丝拥抱她，夸她勇敢，并且说为她骄傲的情景。

但这只是很小的一件事。除此以外的一切都很糟，而且越来越糟。

*

奎恩夫人来家访了。克拉拉当时刚刚把新选出的几件罗丝的衣服扔在地上然后爬上床，就听到有人敲门的声音。一阵希冀突然涌上她的心头——或许是巴恩斯警长来告诉他们他找到了罗丝。然而，并不是。

大人们走进客厅，关上了门。克拉拉等了几分钟，好确保他们会一直待在客厅里，然后她溜出卧室下了楼。她站在门厅里，双脚踩在冰凉的地面上，不由得蜷缩起来，她把耳朵贴着墙壁。没有人告诉她实情，所以她才不得不偷听，这都怪他们。偷听是罗丝教她的。"这是一种很重要的技巧。"罗丝说过。

他们说话的声音太小了，所以她只能勉强听出几个词。"从没有流过眼泪。"奎恩夫人说。然后是一些关于分工的的话。然后又谈到了朋友们。

*

　　她的朋友们的问题在于，她们一直问她罗丝的事，或者与罗丝有关的事。"我妈妈说她在杂货店看到你妈妈了，而且她看起来很可怕，我妈妈说她看起来担心得要生病了。"克拉拉希望她们跟她说些日常的事情，感觉她们似乎已经忘了她是个跟她们没什么不同的普通女孩。

　　"警察在抓她吧，是不是？"露丝说道。克拉拉大喊："警察在找她！找她，不是抓她，蠢货！抓她不是找她的意思！"

　　"小不点，"第二天早上，她父亲说，"你妈妈和我在想，你放学之后想不想邀请你的朋友詹妮来家里玩。"

　　"谢谢，但是不想。"克拉拉说。

　　"不想？那么……我不知道其他人的名字。有一个叫莎朗的吗？"

　　"有。"

　　"那请她来呢？"

"不，谢谢。"

"那请别的小伙伴来呢？"

"不，谢谢。"

"呃，这太遗憾了。为什么不呢？"

"我已经不喜欢她们了。"

一条新规矩出现了。这些规矩总是突然在她脑子冒出来。第一条是把罗丝的衣服随便丢在地板上，第二条是上下学要数着步数，现在这条是关于她应该怎么刷牙的。一定要按照特定的顺序来刷：上牙左半边快速刷五下，右半边五下，下牙左半边五下，右半边五下，漱口三次，把牙刷在水龙头下面冲，直到她数到十为止。如果她没有按照顺序做好每一步，罗丝可能就回不了家。

周五的午餐时间，她病了。孩子们都要坐在自己的课桌前吃午餐——不吃完是不能到外面操场上玩的——所以她只好坐在那儿努力吃着她的三明治。但她怎么使劲都咽不下去，于是她又喝了些牛奶想要把食物顺下去，但全吐出来了。

这会儿其他人早都吃完午餐到外面去玩了，这是唯一一件好事。奎恩夫人把她带到病号室（那个房间太小了，简直像个橱柜，不过里面有张床）并且陪她坐了一会儿。"你想让我给你妈妈打电话吗，克拉拉？"她问，"你想回家吗？还是说你只想在这儿休息一下，直到感觉好些？"

"我能留在这儿吗？"克拉拉说。她不想待在家里，那里太安静了。

奎恩夫人拍了拍她放在粗毛毯上的手。"当然，"她说，"你想在这里躺多久都可以。"她笑了。"你是个勇敢的孩子，克拉拉。我知道现在这段时间对你来说很难过，但是会好起来的。现在还很难想象，我知道，但是会好起来的。我向你保证。"

*

她回到家的时候，父母卧室的门是关着的，现在这已经是常态，不过克拉拉正要回到楼下时，母亲的声音传来，"罗丝？是你吗？"她的声音听起来迷迷糊糊的，仿佛刚刚睡醒，不知道自己在哪里。

克拉拉打开了门。窗帘是拉起来的，但她能看到母亲的轮廓。

母亲坐了起来。"罗丝？"她的声音很狂躁，因为希望而颤抖着。

"不是，妈妈，"克拉拉说，"只是我。"

"哦。"她的母亲说，语速非常缓慢，仿佛长长呼出了一口气。过了一会儿，她说："好了，宝贝。我过几分钟就下去。"

车道上没有那个男人的车，于是她到奥查德夫人家里去了。她没有坐在曾经属于她的椅子里，她不想要那里的回忆，或者任何回忆。她坐在地板上，后背靠着墙，两条腿在面前伸开。她想让妈妈回来。这个世界上她最想要的就是原来的妈妈，甚至在这个时刻，比她想让罗丝回来还要强烈。她想爬上床，躺在妈妈的旁边，她想让妈妈把她拉近，抱紧她，就像以前那样。她想知道她放学回家后妈妈会在厨房准备晚餐，而不是在床上，而且她会停下手里做的无论什么事情，向她露出惯常的微笑，说："嗨，宝贝，今天过得怎么样？"并且津津有味地听她回答。

她并没想到摩西会爬上她的膝头，但它就是这样做了。它把自己蜷成一个球，深深陷入她的身体，开始打呼噜。她抚摸着它，尽量什么都不想，只是专注地感受着它打呼噜的声音和它在她手掌下面的温暖和柔软，可是这并没有什么用，过了一阵，她放下手臂，只是坐在那儿，像个布娃娃一样，靠着墙。

不过，摩西接下来的举动太让人惊喜，并最终让她心情好了一些。它站了起来，用爪子踩着她腿上的小坑，把前爪搭在她的肩膀上，把鼻子贴着她的鼻子，在半英寸的距离之外直视着她的眼睛。

它的眼睛绝对够大，看起来像是两轮绿色的月亮。克拉拉为了看清它们，几乎变成了对眼。这让她大笑。

"我是不是忘记揉你了，摩?"她问道，她的嘴唇几乎触到了它的。她把双手放在它的两侧，轻轻地揉搓着它修长细小的猫身，一直揉到它的尾巴。

*

那个男人还是没有吸取教训。周五下午晚些时候，在他按照惯例出门吃晚饭之前大约半小时，他又一次把奥查德夫人的东西装进了箱子里。克拉拉正在看着。他打包完毕之后，最后又环视了一遍房间，然后和往常一样出门了。

那天傍晚克拉拉很晚才吃上饭，因为她的母亲很久才勉强下床，于是克拉拉只能多等一阵，这让她很不高兴，也因此非常烦躁。她尽快吃完了饭，然后，嘴唇抿成一条紧绷的白线，她走进奥查德太太的房子，开始又一次把箱子里的东西拿出来。她不知道这件事她要做多少回那个人才能明白。

摩西从不知道什么地方冒出来看着她。

"他非常，非常愚蠢，"克拉拉对它说，"很显然。"她整理完了大箱子，开始整理装着贵重物品的小箱子。摩西过来闻了闻，然后再次踮起后腿，像往常一样往里窥探。

"你现在还不能钻进去，小傻猫，里边还有东西呢，"克拉拉说，并不太严厉，但相当坚决，"请你别在这里碍事。"

摩西抬头看了她一会儿，似乎在判断她有多严肃，然后就跳进了箱子。

"摩西！"克拉拉斥道，"出来！你会把东西打碎的！"

它瞬间从箱子里蹿出来跑掉了。它的速度让她惊讶。"我没有生你的气，"她喊道，"只是你要离这些箱子远一点。"

她打开了最后一尊老头雕像的包装纸，把他拿到壁炉上和他的朋友们待在一起，让他们继续他们的牌局。之后，她想不起来是什么原因让她回头看了一眼。是有声音吗？还是门口的一阵风？又或者只是一种感觉？不管是什么，她转过身，看到了那个男人，他就站在门厅里。

八

伊丽莎白

看来我是回不了家了。今天下午刚吃过午饭，心脏专家鲍林医生来找我。他说检查结果已经出来了，显示出我的心脏，照他的说法，状况不佳。他告诉我的时候语气特别温柔，让你不可能误解他的意思。我为他感到非常难过，宣布这种消息对他来说一定糟透了。我告诉他没事的，我说，为了和你相聚，我已经等了很久，他笑了，双手握住我的手说："好的。好的。"

我想问他我还有多少时间，但发现自己问不出口。

他走后，我的感觉非常奇怪。超然。我不仅与周围的环境分离，也与自身分离。我听到有人在说话，但声音很朦胧，仿佛他们在另一个房间。护士们似乎源源不断地在病房进进出出。他们都在焦点之外。我也在焦点之外。

时间和世界都在继续。晚餐来了，餐盘放在我的面前，这件小事的平凡之处似乎将我从魔咒中点醒。晚餐是没什么味道的肉，也不知道是什么肉，配着疙疙瘩瘩的酱汁，但我几乎是有滋有味地吃完的。我甚至还吃完了我一向非常讨厌的甜品：米饭布丁。一口接一口咀嚼吞咽的间隙，"我要死了"这个事实仿佛海滩上的浪涌一般向我袭来又退去。餐盘被收走之后，我看着对面床位的考克斯夫人脱下粉红色的蕾丝睡裙，换上一件百合色的蕾丝睡裙（她这个人一点都不低调）。我突然觉得，她那肥胖而衰老的身体抬起手臂脱掉旧衣服再换上新衣服的过程有一种近乎优雅的感觉。她拿起（放在床头柜上随手可以拿到的）小手镜，端详着自己的样子，理了理头发，看起来心满意足地爬回床上去了。

最后一轮药在固定的时间送来了。玛莎还是她那副样子。

每天晚上从发药到熄灯会有一小段时间间隔，玛莎经常在这个时候向我讲述她对人生的思考。每天的那个时候她的思路似乎相当连贯。

"只剩我一个了，"发药的推车消失在旋转门的那边之后，她说，"其他人都走了。这是最糟糕的，成为最后一个。我宁可死掉。"

我并没有心情听她诉说。于是我冷漠地回答："反正你很快也得死，就耐心点吧。"

这句话让她闭上了嘴。不过随后我当然会感到内疚，所以过了一会儿，我又无奈地问："那么，是谁都走了？你的兄弟姐妹吗？"

"对。"她说，她还在生气，但又太想跟人说话，舍不得放弃这个机会。玛莎只爱聊她自己的事，她自己就是她最喜欢的话题。

"你有多少——曾经有多少——兄弟姐妹？"

"十个。我家兄弟四个，姐妹六个。"

"那可是个大家庭，"我说，"你们都合得来吗？"

她的鼻子嗤了一声。我要很得意地告诉你，我这辈子从来没嗤过鼻子。

"哦，"我说，"你们所有人都打架吗，还是只有某些人？"

"姐妹之间最要命，"她说着开始兴奋起来，"兄弟们喊打喊杀的，但很快就过去了。姐妹们可是没完没了。爱丽丝和佩姬。她们俩最讨厌。她们可以一直别扭下去，那俩人。她们十几岁的时候因为什么事情吵过架，我忘了是什么了，她们可能也忘了，但那也没用，她们一直没有原谅对方。之后再没跟对方说过话。一个字都没说过。整整一辈子，都没再说过话。没有出席对方的婚礼，甚至都没有出席对方的葬礼。"

"呃，她们去不了，"我说，感觉自己很理智，"至少其中一个是肯定去不成的。"

"唉，我肯定她们都有特别充分的借口，"玛莎望着病房的空间出神，"人们不想参与什么事情的时候总是能编出很好的借口。"

"也没那么好。"我说。

她转过头来看着我。"我以为是你让我跟你说说她们俩的，"她尖刻地说，"还是我误会你的意思了？"

我想，我会想念她的。然后又想，这种想法真是荒谬：我都要死了。

看样子，玛莎也撑不了太久。她非常瘦，几乎就剩一副骨架，但她的腹部鼓胀得吓人，仿佛有九个月的身孕。他们似乎不知道里面是什么。她也不提这个，谢天谢地。

我入睡困难。我很害怕，我的爱。为什么会这样？为什么我们要害怕一件我们每个人都要面临的、如日落般正常的事情呢？我应该坦然迎接它的到来——我不信奉任何神祇，也不相信有"来生"，但无论如何我都绝对相信，我会与你再次相聚。很矛盾，我知道——如果没有可以相聚的"来生"，我们又如何再次相聚呢？但是我的感觉如此强烈，我觉得我现在就和你在一起，除了身体，我的一切感觉官能都有这样的意识，让我无法另作他想。永远带着科学家思维的你会说，这听起来似乎是缺乏想象力与极度的一厢情愿相结合的产物。不管怎么说，我仍然这样相信。（我能想象你正在笑。）

或许是时态的问题。是语法问题。我们的爱存在过，仍然存在，还将存在。在时间伟大的延续中，或许不复存在的只是时态。科学家的你，对此有何看法？

*

我的精神也越来越恍惚。我希望我在最后的日子里不会变成玛莎那样。我害怕极了。那不是梦，那不一样，那是光天化日之下，我就在这里，在这张床上，可是我又不在，我回到了圭尔夫，安妮特正在朝我吼叫，她的脸因为愤怒而丑陋极了，利亚姆张开双臂大喊着，咆哮着。我颤抖得太厉害，几乎站不住；我想要阻止她，我张开嘴想说话，但是什么都没说出来，然后有人说："没事的，奥查德夫人，没事的，你和我们在一起，你没事了。"一位护士正握着我的手，轻轻拍着。"这样就好些了，"她说，"这样就好多了。我们帮你坐起来一点点吧，你从床上滑下来了。"

　　我用了半生的时间，想要抑制那段回忆。在圣托马斯医院的时候，精神病专家利安德医生告诉我，无论什么时候，只要那回忆或者其他与之同样困扰的事情浮现在我的脑海中，我就要冷静但坚决地用一些积极的回忆替代它。他说，我们或多或少都能够控制自己的思想。起初我并不相信他，我认为把如此巨大的痛苦一推了事是不可能的，但实际上，经过练习之后，真的可以。至少，在某些时候。

　　于是我一直在尝试那样做。我在有条不紊地，一点一滴地回忆我第二次见到利亚姆时的细节。那是我们茶会之后的周一或周二，你不在家，你上班去了。我觉得有些倦怠——我想这是必然的，与利亚姆的初见让我过于兴奋，之后必然会有一阵失落。不过，上午十点左右，我听到大门外响起一阵奇怪的拍打声，我打开门，发现他就站在外面，左手高高举起，手掌向前，正准备再次拍向门板。他的右手握着一支比他自己还要大的木棍，那是所有小男孩手里必不可少的东西。

"呃，早上好啊，利亚姆，"我说，小心掩饰着自己巨大的喜悦，"你好吗？"

他思考了一下这个问题，把手里的木棍上下捣了捣，然后抬起头看着我，直奔主题。"我能吃一块曲奇吗？"他问。那是我第一次听他说话，周六那天安妮特甚至都没能让他开口说出一句谢谢。他的嗓音有一点沙哑，对一个年纪这么小的孩子来说很少见。

"我猜，你到这里来就是为了这个吧？"我说，"我们得问问你妈妈。她在哪里，你的姐姐们呢？她们也来了吗？"

他使劲地摇着头；没有，她们没来，他重点强调的是他没有邀请她们一起来。

"你妈妈知道你在这儿吗，利亚姆？"

他注意到地上有什么需要被弄死的东西，于是开始挥动手里的木棍。

"这样吧，"我说，"我们现在拿上一些曲奇回到你家去，不然你妈妈该纳闷你去哪儿了。你能告诉我你是从哪条路来的吗？"我想知道他是不是走到了马路旁边，但谢天谢地他没有；他是穿过我们两家房子之间空地上的白桦林过来的。

我们还没到他家，就先听见了其他人的声音；她们在后院里跳绳，安妮特握着绳子的一端，女孩们轮流握住另一端。她们——那两个女孩——都非常漂亮，金发碧眼，亭亭玉立，像她们的母亲一样，但我记得自己当时在想，利亚姆比她们耀眼一万倍。他真的是一个漂亮的孩子，连你都提到了这一点，查尔斯，你可是很少关注这些的。他有乌黑亮泽的头发、白皙光洁的皮肤和美妙的金棕色眼睛，在我看来，他的姐姐们与他相比，就像月亮遇到太阳一样黯然失色。

我们的出现让安妮特大吃一惊。她根本没注意到利亚姆不见了，她的惊恐和羞愧倒也是正常的反应。我尽量轻描淡写，说他离马路还很远，我见到他有多高兴，她的孩子们多漂亮之类的。她很感激我没有对她产生什么看法，便招待我喝咖啡，我则把曲奇拿了出来。

我们搬了两把餐椅到屋外，放在房子背阴的地方——阳光灼热得令人窒息——我们两人坐着喝咖啡，看着孩子们在院子里四处打探玩耍。院子里有两棵苹果树，树上的苹果大部分已经成熟到可以采摘的程度，诱人地低垂着。

女孩们不停地跳起来去够那些苹果，每次失败后都尖声笑起来。利亚姆正在用手里的棍子敲打最低的树枝。安妮特厉声告诫他小心不要打到姐姐们，他听到后就走开了，开始在花园另一边的花坛里挖小洞。

一架军机从天空飞过，我们两人抬头观看。

"拉尔夫说查尔斯是英国人。"过了一会儿，安妮特说。

"是的。他十二年前过来的。这里的农学院当时在做的研究项目也是他想做的，但在英国他得不到经费。"

"他在英国还有家人吗？"

"只有父母了。他的哥哥五月份阵亡了。在敦刻尔克。"

她沉默了一阵。

"他的父母住在伦敦？"

"是的。"

"可怜的查尔斯。"

"是啊。"

飞机消失在远处一座山丘的后面，天空又恢复了平静，只剩一片广阔而纯洁的蓝。

安妮特说："拉尔夫本来也报名入伍了，但他们说他留在学校里用处更大。"

我点点头。"他们也是这样跟查尔斯说的。"

"但我觉得拉尔夫很愧疚。我还怀疑他怕别人认为这只是他为了不上前线而找的借口。"

她语气中的某些东西引起了我的注意。我看着她，猜测着她自己是不是也那样想过，而且，如果真有的话，这对她和拉尔夫的关系意味着什么。

"那不是借口，"我的语气很坚决，因为她需要被纠正过来，"拉尔夫是一位粮食专家，对吗？跟查尔斯一样。在英国，粮食短缺的情况极为严重，有几万人——几十万人——的军队要养活。拉尔夫和查尔斯在这里想办法提高小麦产量远比到欧洲战场去扛枪更有用。查尔斯手里拿上枪完全就是个废物。"

安妮特紧张地笑了笑，但她看起来松了口气，我们就继续聊别的了。她问起我家的花园——我已经把它改建成了一片"胜利种植"[1]运动的菜地，我也答应帮她依样整理出一片菜地，只是面积要小一点，好给孩子们留出玩耍的空间。我们聊到她的双胞胎女儿劳动节后要上的幼儿园；我认识那位老师——我离开后就是她接替的我，她是位非常

---

1 胜利种植（Digging for Victory），又译"胜利花园"，提倡在私人住宅院落及公园开辟蔬菜种植地，以减轻战时食品供给压力的运动。一战及二战时在美国、英国、加拿大等地都推行过。

好的老师。我们聊天的时候，我的目光一直关注着利亚姆，他正在院子里漫无目的地溜达。

我记得自己血液澎湃，安妮特和我相处得这么好，让我兴奋不已。我没想到会是这样，在我印象中她是个焦虑甚至有些肤浅的女人，起初我对她并不太热情，但我们聊起天来很轻松，而她也似乎真的很欢迎我的到来。我觉得我们可以经常这样闲适、随意地一起喝喝咖啡。而且这样一来，我也能够经常见到利亚姆。

但是之后这一切又几乎白费。我只顾着为我们能这么合得来而庆祝，所以没注意她说的话，过了一会儿我的大脑才意识到她刚刚告诉我的是：她又怀孕了。

是计划外的，她尴尬地笑着说，她对此并不太喜悦，尤其担心会再生一对双胞胎出来。坦白讲，她说，她觉得三个孩子已经让她疲于应付。她指的不是女孩们，女孩们都很可爱，她说的是利亚姆。他非常棘手。她有时候对他一筹莫展，他让她精疲力竭。

她说出这番话时，利亚姆离她只有六英尺。他听到自己的名字被提到，便抬起了头，但他在安妮特的椅子后面，所以她没看到他。但我看到了他，而且我看出他都听见了。他应该不会理解他母亲所说的全部，但他能听懂其中的要点。我知道他听懂了。

我非常愤怒。非常愤怒。几秒钟之内，我的情绪就从兴高采烈的乐观转变成交织着愤怒、嫉妒和绝望的火气。她完全不顾小孩感受的草率；她毫无节制的繁殖能力；她又要把一个或几个她实际上并不想要的孩子带到这个世界上，而与此同时我却饥渴般想拥有一个自己的孩子的事实。我知道这是一种过激反应——我甚至当时就知道——但她这样说利亚姆之前都没想过先看看利亚姆在什么地方，再加上之前她竟然完全没有意识到她三岁的儿子一个人跑了那么远到我家，而且很有可能跑到马路边上，这些事情在我看来都是极为可耻的。

我紧紧握住茶杯，望着凯恩家后院里夏末时节逐渐发黄的草坪，竭尽全力想要抑制或者至少掩饰我的感觉，不是因为这样对安妮特不公平，而是因为我知道，如果她察觉到我有哪怕一丝一毫的反感，某个小男孩就再也不会来敲我家的门了。

双胞胎姐妹中的一个帮我解了围，她为了够到一个格外诱人的苹果，一头撞到了树干上，哭着来找她的母亲。等到她被哄好的时候，我已经恢复了平静，我们继续喝着咖啡，聊着其他闲话。

　　告辞时，我甚至成功地用尽可能随意的语气问她：如果孩子们（我故意没有只说是利亚姆）愿意的话，能不能允许他们自己到我家来玩。安妮特担心他们会打扰我们，于是我告诉她我们自己不能生孩子，但我很喜欢和小孩相处。她表达了同情，并说，他们当然可以去。我们俩还制订了一套规矩，好确保他们的安全：他们绝对不能接近马路；如果他们到我家来了，我会立刻给她打电话，他们回去的时候我会再给她打个电话，好让她留心。他们最多只能吃一块曲奇，而且如果他们不乖了，我会立刻把他们送回家去。为了保护孩子们不受伤害，理智的女人们制订了理智的规则。

　　如果我刚好站在厨房的窗前，我就能看到他来了（总是利亚姆自己来，正如我早就料到的），他徘徊在白桦林中，手里拿着棍子，仿佛古代的朝圣者，他不时停下来敲打东西（这恐怕就不太像古代的朝圣者了），迷失在神秘的童年世界里。趁着天气足够暖和，我们坐在前廊的台阶上，他拿着一杯牛奶和一块曲奇，我拿着一杯咖啡。最初他的来访都很短暂，带着明确的目的；他吃完曲奇，任务完成，就会离开。不过，随着他与我相处得越来越融洽，他留下来的时间也长了。这很像驯服一只野鸟：给它们面包屑。安静地坐着。不要急于求成。

有时我们会聊天。他可能会提问——"为什么会有虫子？"——或者说出个发现——"我的屁股比你的屁股小"——但很多时候我们并不怎么说话。请和谢谢这两个词我是一定要让他说的，但除此之外，我完全满足于他的一言不发。（正如我也完全满足于你的沉默一样，我的爱。你们两个都不是你所谓的健谈的人。安静的男性对我肯定更有吸引力。）

当天气变得太冷，不适合再坐在前廊的台阶上时，我们就进屋去，坐在厨房的桌子旁边。我买了一些玩具——一副木质拼图，几件丁奇[1]小玩具，一本涂色书和蜡笔，用来绘画的白纸（他非常擅长绘画）和一些书籍：《小熊维尼》《彼得兔》《费迪南德》《摇尾巴狗贝丝》。[2]

都是些普通、简单、便宜的东西。这些东西让每一个走进门来的人知道：在这个家里，有一个小孩。

1　丁奇（Dinky Toys），始创于英国的全球玩具品牌，以出品各种造型的压铸玩具车为特色。
2　均为经典童话故事。

九

利亚姆

"这个月不行，"吉姆·皮克说着，在一块新木料上钻了一个小巧的孔眼，"十月可能也不行，我手里排着的活儿太他妈多了。而且我的搭档还把我甩了。确切地说，不是搭档，是免费劳动力。换句话说，就是我儿子。跑到南方一个什么破大学上学去了，学当兽医。轻松的行当啊，兽医。最苦也就是在奶牛屁股后面趴一趴，根本没什么实际劳动。挣钱特多，日子轻松……"

他直起腰，在一罐螺丝里面翻找。"你辛辛苦苦把孩子养大，一天三顿饱饭，漂亮暖和的房子，教他们一门好手艺，他们怎么着了？跑去学当兽医了。我跟他说，你要是真的特别喜欢动物，养条狗不就行了吗！或者养匹马！养头大象！都比当兽医的学费便宜。我眼看着要变成穷光蛋了。"

他是一个面相凶狠、满脸风霜的大个子，但他其实特别为儿子骄傲，又怕喜形于色的样子被人看出来，所以说话的时候根本不抬头，不过利亚姆已经从他的语气里听明白了。

"把那把螺丝刀递给我好吗？不是，那把小的。对。"

利亚姆说："问题是，我想尽快把房子卖掉，浴室的地板烂成那样肯定不会给人留下好印象。"

一周多以来，无论大事小事——他以后的人生该怎么办，离开这里之后要去哪儿，午餐吃什么，等等——他都尽量避免做出任何决定。他花了几天时间开着车探索了附近的乡村，这里很美，他不否认，绵延不绝的野湖、山石和森林（他已经开始逐渐习惯森林了）。他偶尔会打开汽车的收音机，在翻越花岗岩山丘时，有时能接收到广播信号，他能听到些新闻片段："大陪审团起诉五名白宫工作人员违反联邦窃听……"然后就听不见了。"《华盛顿邮报》的调查记者……"然后又听不见了。

除了这些旅游项目，他只是零敲碎打地把房子修理了一下——拧紧了橱柜门上一条下垂的铰链，更换了一个门把手（为此他又去了一趟五金商店，店里那个老头的女儿又来了，但这次她还背着个婴儿，让他彻底没了兴趣）。

不过，行动的时候到了。现在或许感觉上仍然是夏天，但这种天气持续不了多久，而且他早已确定无疑的一件事就是，无论发生什么，他都要在第一片雪花落地之前离开这里。

"为什么不在上面铺一层油毡呢？"吉姆·皮克建议道，"那样就没人看得出来了。至少他们搬进去之前不会发现。"

"是，嗯。"利亚姆说。实际上，虽然很难解释，但他觉得他需要认真修整奥查德夫人的房子，尽可能把它以最好的状态出售。这跟他最终能卖多少价钱无关，虽然这是他给出的理由。他不确定自己为什么要这样——或许是想向那位他已经不太记得的女士表示感谢。他觉得自己跟她和她丈夫几乎毫无关联，这让他感到不安。他仔细看过客厅里摆着的相框，也能认出他们夫妇二人，他知道自己曾经与他们相处过一段时间，而且过得很开心，但那都是些零星的记忆，完全算不上真正意义上的回忆。他想不起与他们待在一起时的细节。他们当时什么样？他当时什么样？这让他觉得他实际上并没有资格住在奥查德夫人的房子里，并且继承一切财产。

吉姆·皮克说:"我们这儿居然来了个诚实的南方人?这个世界是怎么了?你刚才说是老奥查德夫人的房子?"

利亚姆并没有说,但吉姆·皮克显然知道。毫无疑问,现在镇上的每个人都已经知道了所有应该知道的事。他搬进来之后就陆续有一些女人出现在前廊,有年轻的,有年长的,都带着欢迎的微笑,并送来各种食品当作礼物。利亚姆没有邀请她们任何一个人进屋,连那些长得好看的人都不例外。他怀疑她们登门不只是出于邻里友爱。

"是的。或许你可以先来看一下地板的状况,告诉我该怎么处理,需要什么东西,然后我试试自己把它弄好?我会按时间付你钱。"

"你那个房子的问题不是卫生间的地板,"吉姆·皮克说,"别去管卫生间的地板了,那不要紧。你的麻烦在于房顶。十年前就该修了,这么长时间雨水不断渗进来,我都不愿意去想象房顶下面变成什么样了。再帮我找一个这种尺寸的螺丝,好吗?"

利亚姆在罐子里翻找。

"问题是,我得先给杰夫·帕特森修房顶,还得是天气一直这么暖和的情况下。天冷的时候是不能铺房顶的,瓦片粘不住,来一场风暴就全吹飞了。而且现在就我一个人忙活。没有免费劳动力去干脏活累活，没人让我责骂，肯定是苦差事。同样的螺丝再给我一个。谢谢。修房顶可是重活，累得要命。在梯子上爬上爬下，还得扛着木材和瓦片什么的。那些瓦片看起来很薄——哎，单片的瓦"——他停下，琢磨了一会儿——"单片的瓦确实很薄，但一摞瓦片就像铅一样重。然后你发现烟囱要倒了，你就还得修烟囱，在梯子上来来回回地搬砖，一桶一桶地往上运灰浆，也没人在旁边帮你递东西。靠着自己一个人干完这些活儿要花很长很长时间，比两个人一起干的时间多出三四倍。帮我拿着点儿另一头，好吗？得把它翻过来。"

他正在修一个窗框，一个巨大的窗框，横在两个锯马上。上半部分还装着玻璃。利亚姆抬起窗框的一头，他们一起把它翻了过来。它足有一吨重。他不知道如果自己不在这里，吉姆·皮克该怎么应付。

"我答应了戈德·宾这周内把它做好，"吉姆·皮克说，他指的是窗框，"然后我就把这事忘了。做个新的其实更快，但他是个小气鬼，所以我只是更换烂掉的部分。所以你是做什么的，呃……我忘了你叫什么了，我很不擅长记名字。凯恩，是吗？"

"是的。我是个会计师。以前是个会计师。"

"但现在不是了?"

"对。"

"怎么搞的?"

"我不干了。"

"听起来是个轻松的行当,这里加点数,那里减点数呗。你为什么不干了?"

"我不喜欢。"他觉得没必要撒谎。他也觉得这些问题没有任何意义,但是这里的人爱管闲事的程度让人惊奇。

吉姆·皮克大笑了一声。"嚯!我猜你没小孩,对吧?"

"对。"不要孩子是菲奥娜的决定,不过利亚姆也百分之百愿意顺从她的意思。他的童年生活并不愉快,也无法想象自己会喜欢做父亲。

"那你现在有什么打算?"

"不确定。"

吉姆·皮克摇了摇头,惊叹于他竟然还挑三拣四。吉姆正在用刨子推削一条木料,动作持久而平稳。淡色的新木在刀片前卷出气味清新的木屑。"诀窍是一直要保持力道均衡,"他说,"还有个诀窍是不要刨得太狠。实际上这应该算第一个诀窍。要不断检查。刨多了就没法补救了。"

他蹲下来,斜眼瞟着木料的平面。"还可以再多刨一点，"他说，"你要试试看吗？"

"我还有别的事要忙。"利亚姆说。在利亚姆看来，这家伙的想法清楚得像是文在他的脑门上一样。他需要一个人在梯子上爬上爬下，搬运瓦片和砖头，而利亚姆就站在眼前，没有工作：简直是天作之合。

吉姆·皮克又推了一下刨子。"好吧。但基本上我要说的是，即使天气允许，我也没办法在接下来的几周内修好你的房顶，这就是说要等到明年春天再说了，除非我有帮手。所以，依我看，你有三个选择：一是你可以就这样把房子卖掉，价格上打个折；二是你可以去新利斯克德或北湾，看看能不能在那儿找到一个没有活儿的建筑工愿意每天跑大老远的路过来干活，对此我非常怀疑；三是你可以帮我干完我手里的活儿，这样如果天气仍然暖和，我就能有时间修好你的房顶，即使天气凉了，我也能帮你修好浴室的地板。你来选。"

利亚姆点了点头。"我会好好想想的，"他说，"感谢你的建议。"

"不客气，"吉姆·皮克欢快地说，"建议是免费的。"

回到家之后，他躁动不安地从一个房间晃到另一个房间，仔细考虑着吉姆·皮克给出的选项。从另一个城镇找人来干活的想法可以放弃了，吉姆是对的，那是不可能的。于是他只剩下简单的二选一（这也是他这段时间里最不喜欢做的选择）：要么现在就把房子原封不动地卖掉，但他越来越不想这么做；要么扛着瓦片在梯子上来来回回，那样可能会要了他的命。拿个主意吧，他想。天啊，你到底是什么毛病？

毛病就是他的脑子里充满了胡言乱语。菲奥娜已经习惯在深夜来找他，凌晨三点是她最喜欢的时间。属于迷失灵魂的时刻。她在他耳边低诉着充满敌意的闲言碎语：利亚姆，你努努力会死吗？周六晚上花一两个小时招待我们的朋友会死吗？你像一坨混凝土一样坐在那里，他们一定都弄不懂你是什么毛病。当他连哈欠都懒得掩饰地回答说，他们是她的朋友，不是他的朋友时，她的眼睛睁得大大的：老天爷，你是对的！我太抱歉了！你不是有那么那么多的朋友吗，那么你想邀请谁来吃晚饭呢？等一下，我去拿笔和纸，我们列个名单。

他不需要她来告诉他，他再清楚不过；即使小时候在学校里，他也没有交朋友的天赋。有随意的交情，但没有亲密的友谊。就好像在他和别人之间有一条河，不宽，但又黑又深，而他从来不知道该如何跨过去。

他长大后才显露出来的唯一天赋就是和女人相处。她们觉得他长得很帅，这是他人生这场博彩中唯一走运的一次。但这永远无法转化为持久的关系。发展到某个阶段之后，他就必须结束。与菲奥娜在一起的八年是仅有的例外，而且他确凿地知道，这段关系能维持那么久，只是因为他们两人都无法接受它走向失败；菲奥娜拒绝在任何事情上失败，而他则相信，或者自欺欺人地认为自己相信这段关系会成功；相信自己终于跨过了那条河。

当失败到了无法否认的地步时，它让利亚姆比以往更加孤僻，也让菲奥娜更加狂躁。

你似乎没有能力与其他人融洽相处，利亚姆——我指的不只是我，我指的是所有人，我指的是全人类！我想你应该去看心理医生。我是认真的，我真的这么认为。

这里有一个关于婚姻的真相，凌晨三点他盯着天花板想。人们应该得到警告：在你立下那些誓言之前请三思，因为没有什么，绝对没有什么，能比一场糟糕的婚姻更让人孤独。

还有另一个真相，下午三点他站在奥查德夫人的厨房里沉思。这一切你已经说了他妈的无数遍了！现在闭上嘴，继续生活吧！
· · · · ·

　　他又上楼去看了看浴室的地板。没有改善。如果他不采取点措施，地板就永远会是那个样子。马桶旁边还有一小块地方也湿漉漉的，他很纳闷这些水渍是从哪儿来的，直到他抬头看了看天花板；果然，正如吉姆·皮克所料，那是屋顶漏水的后果。他的卧室里也有。他去查看了隔壁的小卧室，然后又去奥查德夫人的卧室里看了看；这两个房间的天花板似乎都还完好，所以目前漏水现象只限于房子的一侧。

　　但是环视奥查德夫人的房间又让他想到，他迟早都需要把她的物品处理掉。为什么不现在就开始呢？迫在眉睫的事情是决定如何处理屋顶，但他反而先开始整理奥查德夫人的物品。他对任何人都不必负责，除了他自己，他可以按照自己的喜好去做、不做或逃避任何事情。

　　奥查德夫人房间的衣柜和抽屉里都是她的衣服，他觉得自己不该去碰。他得打听一下她在镇上还有没有别的朋友不介意过来帮忙收拾。在房子后侧的那间小卧室里，他找到了她的一些文件。所幸她已经很有条理地把所有文件都整齐地保存在贴着标签的文件夹里了。他把那些文件夹分成两类；一类是可以立即销毁的，一类是他需要更仔细地查看一下的。处理文件让他感到宽慰，无论是关于什么的文件。这是他习惯的，也是他擅长的。

之后他才想起来检查那张小单人床的床底，并在那里找到了一个破旧的手提箱。他把箱子拖出来，蹲下身去，打开了它。里面装满了图画。不是技术图纸，也不是艺术家的习作——是一个孩子画的画。孩子的年龄已经大到能够画出可以辨认的主题——最上面的那幅画可能画的是一辆消防车，有着明亮的、颗粒状的蜡笔红色，背景则是激情涂抹而成的红黄相间的火焰——但仍然稚气未脱，把颜色涂抹在线条内仍然很有挑战性。图画的两个上角还残留着思高[1]胶带，已经变得脆弱易碎；这幅画曾经被贴在墙上。利亚姆把它翻了过来。在右下角，奥查德夫人一丝不苟的笔迹写着：利亚姆。4岁。1942年12月。

他惊讶得几乎身体不稳。曾经有过整整一面墙的画——都是他的画。是在哪里？在厨房吗？对，就是冰箱对面的那面墙。奥查德夫人把它叫作"利亚姆的画廊"。还有非常多的蜡笔、铅笔和涂色书，都放在一个特殊的抽屉

1　思高（Scotch），著名胶带品牌。

里——完全属于他自己的抽屉，姐姐们不会去里面乱翻，弄坏他的蜡笔，或者在他辛辛苦苦完成的图画上胡乱涂抹。每当他新画完一幅画，他就会拿给奥查德夫人看，她会严肃认真地看上一会儿，然后做出一些评价，比如："画得真的很好呀，利亚姆。我特别喜欢那辆消防车——看它跑得多快！你来看看这个，查尔斯，是不是画得特别好？我觉得应该把它挂在画廊里，你觉得呢？"他回想起她的声音，她对他说话的时候，语气中似乎总是带着笑意。她会把那幅画拿到奥查德先生坐着看书的地方——他总是在看书——他也会仔细观赏它，并郑重地同意必须把它挂在墙上。

他的骄傲。他记得他的骄傲。那种感觉在他体内油然而生并膨胀，让他觉得自己强壮了一点，高大了一点；对自己更有信心了一点。很特别。

他仍然蹲在原地，而另一段早已被遗忘的记忆突然涌现。他们全家动身迁往卡尔加里的那天，他曾经想逃到奥查德夫妇家里去，结果他的母亲追了上来，把他抱起来并锁进了车里。

那天临近傍晚的时候，他从杂货店买回一些空箱子，开始打包整理奥查德夫人的私人物品。不是家具——家具可以单独出售或者与房产一起出售——而是那些小件杂物、装饰品、照片、各种小零碎等等。

他从客厅开始，因为大部分杂物都在客厅。装着他自己物品的那四个箱子仍然在他抵达当晚放置的原处；他觉得既然没打算在这里久留，也就没有打开那些箱子的必要。

他记得奥查德夫人的几件东西。一件魁北克木雕——做工相当好——雕的是四个老人围着一张桌子玩牌的场景。曾经摆在他们圭尔夫家里的壁炉架上，像在这里一样。那也是整座房子里他最喜欢的东西。他决定把它留下。还有那个马车座钟，同样放在壁炉架上，同样熟悉，是件好东西；他也要留下。他用报纸小心翼翼地把这两样东西包起来，连同三张镶在相框里的照片一起放在一个小箱子里——其中两张是奥查德先生和夫人在一起的照片，还有一张是奥查德先生在圭尔夫房子前廊上读书的照片。其他的东西他就不那么在意了，就随它们去吧。

他把除书籍外的所有杂物都打包完毕后，决定今天就到此为止，然后就步行到镇上的"热土豆"咖啡馆吃晚饭去了。来索雷斯一周多，已经吃腻了汉堡的他决定试一试肉汁奶酪薯条，结果这道菜果然如他意料中一样没有惊喜，但同时又特别让人上瘾，所以他现在交替着吃；今天吃汉

堡吃到腻，明天吃奶酪吃到腻。几天以来，他一直想要鼓
起勇气问那位响尾蛇女侍者能否考虑偶尔给他做个烤土豆。
土豆皮是粗纤维——他知道自己有点缺乏粗纤维。

他来早了，这是个错误——六七个青少年正挤在一个
卡座里，尽可能地拖延回家的时间。他们吃着薯条大声说
笑：全球性青少年行为。点唱机上正在播放着《领头羊》[1]，
这首歌已经老掉牙了，而且音量太大。让利亚姆惊讶的是，
响尾蛇似乎并不在意这种吵闹。她面色慈祥地看着这群乌
合之众。

他本想拿上一本奥查德夫人的藏书，边吃边看，但他
忘了，于是他第三次读起了上周的《蒂米斯卡明言论报》，
并跳过了写着约尔顿家女儿失踪新闻的那页。然而他发现
自己还是很好奇，一个月甚至更早之前，她会不会也是在
这家咖啡馆厮混的青少年之一。他有几次看到过她的妹妹
放学回家。他觉得她看起来很凄凉。无论她和她姐姐的关
系如何，现在的她一定非常难受。

他点了肉汁奶酪薯条，喝掉了两杯咖啡，然后在夜色

1　《领头羊》(Leader of the Pack)，20世纪60年代美国流行女子合
　　唱团"香格里拉"(Shangri-Las) 的著名金曲。

中徘徊到湖边。

天空阴沉，没有月光，但他仍然能依稀看到湖面。湖面平静得不可思议，仿佛在等待着什么来自外太空的大事件发生。是冬天，利亚姆想，他翻起大衣的领子，双臂环抱住自己。冬天快来了。

回到家之后，他走进客厅，并打开了灯。没走几步，他就发现一切都变了。或者应该说，一切都没变；他之前做出的改变已经复位。复位成了过去的样子。

他呆立当场，纯粹的、冰冷的恐惧让他全身一阵痉挛（他后来觉得这挺荒唐的）。仿佛时光倒流了一般。他环视着房间，不确定自己是否产生了幻觉。又或者他实际上根本没有收拾过，他只是梦见自己完成了一切。

然后，他恢复了理智。他，利亚姆·凯恩，当天下午把奥查德夫人的私人物品装进了箱子，然后，有一个目前身份未明的人趁他出门期间，把箱子里的东西放回了原处。这里不牵扯任何形而上学。问题只在于那个人是谁。以及为什么。他再一次环视房间，慢慢地转身，寻找线索，但一无所获。他走向壁炉架。所有的装饰品都准确地——丝毫不差地——摆回了原位——这真有些离奇：落灰的痕迹证明了这种精确度。应该是个对这里非常熟悉的人。是奥查德夫人的清洁女工吗？但清洁女工肯定会做清洁啊，她会把灰尘打扫干净。

他突然又有了另一个想法：无论是谁，这个人知道他外出了，而且会外出很长时间；他用过的包装纸被抚平了褶皱并整齐地叠好，放进了一个空箱子里——除非有足够的时间，否则谁会费这个工夫。有人在监视这座房子吗？监视着他的一举一动？这个想法让他毛骨悚然。然后一个更可怕的念头出现：这座房子里还有别人吗？

他快速走遍了楼下的房间，查看了储藏室、鞋帽间和楼梯下的柜子，然后又上楼检查了所有的柜子，他的心跳得很快。什么都没有。没有人。一切都和他离开时一样。他回到了楼下。据他观察，除了那些装饰品，其他东西都没人动过，更没有被盗。他自己的四个箱子也没被碰过。他查看了后门；锁着的，像正门一样。没有破窗而入的迹象。那个人肯定有钥匙——这个想法让人极为不适。

他想过给巴恩斯警长打电话。但什么东西都没丢，也没有其他损失，他该说什么呢？

突然间，他有了答案：必然是清洁工。首先，她有钥匙，而且她当然不会打扫房间了，因为她不再受雇这么做了。他想起自己与律师的谈话；奥查德夫人在遗嘱中给清洁工留了一小笔钱，所以她跟这位老太太的关系一定很好，可能这些年来都是同一个清洁工过来打扫的。也许她这次来是因为伤感，她是来跟这个地方告别的，看到这里被腾空，她很难过。这说得通。她把所有的东西都放回去，这样她就能再多看一次这个房间原本的样子，符合奥查德夫人期望的样子。她才不在乎利亚姆的想法，在她看来，他才是闯入者。

她趁他外出时才过来，要么纯粹是巧合，要么——现在他想了想，觉得更有可能的是——她像镇上的其他人一样知道他的行踪，精确到分秒。

*

他原本计划第二天把所有东西重新打包，但是在多伦多时那种终日无精打采的感觉再次袭来，凌晨三点，他突然确信他和菲奥娜犯了个错误。他们应该更努力，尤其是他，应该更努力。至少他可以真正地竭尽全力，让自己更善于交际，更擅长与人相处。

凌晨四点，他决定一早就给她打电话；到了早上，他想起了他们后三分之二段婚姻生活的状态，改变了主意。接下来的三天里，他无法思考，几乎无法行动，这种情况本来可能会持续几周，结果在第四天的早上七点钟，他被一阵敲门声吵醒。利亚姆咒骂着，匆忙穿上牛仔裤下了楼。

"计划有变。"吉姆·皮克说，免去了客套寒暄。他的卡车停在车道上利亚姆的车子后面，卡车后斗里伸出两把梯子、几片胶合板和一堆各式各样的板材。"你很走运。还记得杰夫·帕特森的房顶吗？我本来下周打算修的那家。谁曾想他在钱上出了问题。因为他好多年没交税，加拿大税务局扣了他一大笔钱，一大串零。所以他没钱修房顶了，起码今年是没戏了。咱们先修房顶，然后再修被泡烂的地板，你觉得怎么样？"

"啊……好，"利亚姆说，"太好了。"

"那就好。咱们现在就该上去看一眼，看看破成什么样了。"

利亚姆不喜欢"咱们"这个说法，也这样说了，但不知道为什么，十分钟后他已经坐在了房子的屋脊上，尽量不往下看。从这个高处，你可以看到湖，湖面比从岸边看要大得多；以前看起来像是远处对岸的地方，其实只是一些岛屿，在这些岛屿之外，海湾和内湾向远方一直延伸，最终消失在一片薄雾中。吉姆·皮克对风景不屑一顾；他正忙着四处撬起瓦片，并且对着瓦片下面的惨状忍不住骂骂咧咧。"房子的这一边，全他妈的得换掉，"他终于说道，"我的老天呀，你看看这个。"

"这一堆东西到底是什么？"

"是瓦片和下面的胶合板。瓦片都是钉在胶合板上的。全都烂了，这就是不定期修缮房顶的后果。看看。"

他揭开利亚姆身边的一块瓦片，用螺丝刀戳了戳下面的木头。"看见没？"

利亚姆看到了。胶合板好像是一块海绵，螺丝刀陷了进去。

"你再看看瓦片边上都翘成什么样了，看见了吗？太阳晒的。旧的瓦片会出现这种情况。"

"这些都算上，要花多少钱？"

"费用包括材料费和人工费。人工费是绝对大头，不过有你免费帮忙的话，我可以把人工费砍掉三分之一。"

"我记得你说过，如果你一个人修屋顶，工时要多出三到四倍。"

"我说过吗？"吉姆说，"我不记得说过这话。"他咧嘴一笑，"我说的是熟练工，你是个生手。我这么说你可别介意。"

"我不介意，"利亚姆说，"实际上这是个好消息，因为你的意思是说我没多大用，所以我待在这儿真的没什么意义。那我就解脱了。"

吉姆大笑。"好吧，咱们就按人工费减半来算吧。如果你帮我忙，那你只需要付一半人工费就行——就是我的那一半，熟练工的那一半，所以严格来说我的人工当然不止一半的价钱。但我给你算便宜点儿。我是认真的。你不应该拒绝。我们明天就开工。"

似乎各种问题最终还是会得到解决的，利亚姆觉得这应该算是好事。奥查德夫人的遗嘱被整理清楚之后，他会得到不少钱，但过程可能还要好几个月，他的积蓄不够支撑他到那个时候。他需要把房子卖掉来维持生活，并想清楚自己的长远之计。

屋顶上仿佛有什么咒语，让他从惰性中清醒过来，这一天剩下的时间里他做了一些琐碎的家务，更换床单，打扫厨房，洗衣服。出门吃晚饭之前，他再次打包了奥查德夫人的零碎物品。到六点钟一切完成之后，他就到"热土豆"去了。

回家路上到湖边停留几分钟已经成为他的一种习惯，但这天晚上他没去，这意味着他比平时早了几分钟到家。他进门时还在想着第二天的事情，思忖着跟吉姆一起干活会是什么样子，所以一两秒钟之后他才意识到，如果不是电视机自己打开了，那么就一定有人在客厅里。这个想法让他不寒而栗。他小心翼翼地推开了客厅的门。

隔壁家的小女孩正在把那些装饰品从箱子里拿出来，拆开包装，把它们放回原来所在的地方，同时她还在——大声地——自言自语。"我没有生你的气，"她喊道，"只是你要离这些箱子远一点。"

起初她并没有注意到他。然后她因为什么事情四下看了看，于是他看到了她满脸的惊愕，随后是确定无疑的恐惧。他知道自己必须说些什么来安抚她，但想不出该说什么。面对着一个你以前从没见过面，此刻却站在你的客厅里自言自语，还把你的东西弄得乱七八糟的小孩，你到底应该说什么呢？

"嗨。"他说。

十

克拉拉

她动弹不得。她正准备把其中一个打牌的小老头放回壁炉架上原本的位置，可是现在她的手就凝固在半空中。不过，那个人看起来并不生气，所以过了一会儿，她的恐惧也消失了，只是感到特别气愤。

"这些不是你的东西！"他还没来得及再多说什么，她抢先厉声说道。

那个人似乎吓了一跳。他说："呃……事实上，是我的。"

"不是！这都是奥查德夫人的！"

"它们以前是奥查德夫人的，"那个人小心地说，"但她把它们留给了我。"

克拉拉不知道他是什么意思。她说："'把它们留给了我'是什么意思?"

那个人思考了一会儿。"就是人们临死之前会想好死后要把自己的东西留给谁。奥查德夫人觉得她想让我拥有她的东西。"

这完全没有道理。克拉拉说:"但她还让我照顾……"她正要说出"摩西",但及时住了口。"她让我帮她照看家里的东西,直到她回来。她住院了,但她很快就会回家的,她说过她不会去很久。"

那个人张口想要说什么,但又把嘴闭上了。他双手插进牛仔裤的口袋,望向窗外,皱着眉。看着他的样子,回想着他说过的几句话,加上从奥查德夫人住院到现在已经很长很长时间了,再加上她告诉父母那个男人在打包奥查德夫人的东西时,她的父母并不紧张,所有这些在克拉拉的脑子里汇集起来,融合成一个可怕的想法。

"她死了?"她问道,她的喉咙突然一阵发紧,几乎说不出话。

那个人从窗口转过身。他看起来忧心忡忡。"是的,"他说,"很抱歉。我……以为你已经知道了。"

在一阵长久的沉默中,克拉拉尝试去消化这个巨大的、不可能的事实。但她的脑子似乎无论如何都不能接受。她知道死亡意味着什么，她依稀记得奥查德夫人的姐姐去世时的情景。他们把她装在一个盒子里，在地上挖了一个大洞，把盒子放进去，然后她不知怎么就去了天堂。这意味着克拉拉再也见不到奥查德夫人了。她们再也不能一起喝茶吃曲奇，或者一起看着摩西监视老鼠了。她再也不能跟那些木雕小人一起玩了，也不能和摩一起玩了。摩怎么办？

"她是不是也想让你带走摩西？"她凄惨地问。

"摩西？"那个人说。

"对，她的猫。是我一直在照看它。"大颗滚烫的泪珠从她的脸颊上滑落，但她竟然没有感觉到。

那个人看起来很担忧。他马上说："没有，她没有提到猫——如果你愿意，你可以把猫留下。不过，我没看见这儿有过猫。"

"它藏着呢，"克拉拉一边抽泣一边说，"它不喜欢陌生人。但我不能把它带回家，因为我妈妈对它过敏。"

"哦，"那个人说，"好吧，我们想想办法。不过不是现在。现在你该回家了。"

"它可以留在这儿，但归我所有吗？"

"当然。但是……"

"我可以过来跟它一起玩吗？"

那个人犹豫了。"这个我还不确定。我们以后再考虑，你现在得回家了。我还是和你一起回去吧。我得和你的父母谈谈，告诉他们……奥查德夫人的事……"

"他们已经知道了。"克拉拉说，突然意识到他们肯定知道了。她把木雕小人放在它的朋友们中间，它应该在的地方。"他们知道她死了。他们没告诉我，就是这样。他们假装她还会回家。他们骗了我。"

父亲让她上楼准备睡觉，所以她没听到那个人说了什么，但他离开之后，父亲来到了她的房间。克拉拉正坐在罗丝的床上。

"我很抱歉，小不点，"父亲站在地板上胡乱散落的一堆罗丝的衣服中间说道，"我想，我们应该早点告诉你才对，妈妈和我。我们正准备跟你说，结果罗丝就……不在这儿了，我们觉得这件事会让你过度伤心，所以我们想等……"

克拉拉知道他希望她从床上站起来，走向他，伸出双臂环抱住他的腿，说没关系的，但这不是没关系。一切都不是没关系。

他走过来坐在她身边，伸手搂住她。她努力想要弄明白，奥查德夫人怎么可能不在了。曾经有过一个叫作奥查德夫人的老太太，现在没有了。这怎么可能发生呢？过了一会儿，父亲站起来，亲吻了一下她的额头，然后离开了。她听到他走进他的卧室的声音，以及父母的低语。

还有些别的东西，一种领悟，无法言说，但与她刚刚得知的消息有关联。这种领悟在她脑海最深处的黑暗中徘徊。是关于谎言的，她父母的谎言。忽然间，它浮现出来：罗丝。罗丝可能也死了。也许父母没有告诉她，就像他们没有告诉她奥查德夫人的死讯一样。如果她现在去问他们，她知道他们会怎么说；他们会说罗丝很好，他们只是有点担心她，因为他们不知道她在哪里，自从她离家那天起，他们就一直这么说。克拉拉曾经把那当作真的，在连续几周的担忧中，她一直抱定这个信念。罗丝还活着，因为她的父母是这么说的。

但是现在她不能再这样说服自己。她再也不知道他们说的话是不是真的了。这个想法让她的胸口紧缩成了一个又硬又密实的小疙瘩，像一个核桃，憋得她无法呼吸。她俯身向前，坐在罗丝的床沿，试图喘一口气，但就是喘不上来，怎么也喘不上来，她的耳边响起飓风般的咆哮声，房间突然变黑，她向下坠，下坠，下坠，然后一切都消失了。

克里斯托弗森医生在。他微笑着把手放在她的额头上，抚平她的头发说："我知道这段时间对你来说很辛苦，克拉拉。你没有生病，你只是很难过，这是可以理解的。我要给你开点儿药，让你感觉平静，好不好？"

她的父母站在他身后。她望向他们的时候，他们都焦虑地对着她笑了。医生递给她一个玻璃杯，里面有些药水。药的味道很奇怪，但挺甜的，所以她喝下去了。

"真棒，"她把药喝完后，医生说，"我们现在要下楼去说点事，但我走之前会再上来看看你是不是感觉好点了。看看你能不能入睡，好吗？"

父亲和医生出去了，但母亲没有紧跟着他们，而是坐在克拉拉的床边，为克拉拉盖好被子，就像在克拉拉小时候她常做的那样。她把被子拉到克拉拉的肩头，然后亲吻了她的脸颊。"好好睡，宝贝。"她悄声说。她的眼睛周围泛着大片暗紫色，你能听出来她在竭尽全力地让自己语气轻松。"一切都会好起来的。"

母亲走后，药物开始起作用，周围事物的边缘变得模糊，但就在克拉拉陷入昏睡之前，她看到隔壁那个男人正站在奥查德夫人的客厅里。

"她死了?"克拉拉问他。他把双手插进口袋里，低头看了看地面，然后又看了看窗外，像他以前那样，然后他转过头来直视着她，像他以前那样，他张口想要跟她说什么，但还没来得及说，她就睡着了。

周末的大部分时间，她都在客厅的窗前站着。她的母亲和父亲经常走进来，一开始两个人里总有一个会站在她的身边，克拉拉不喜欢这样，因为这让她更难集中精神去祈愿罗丝没有死，祈愿她能回家。但过了一阵子，他们就不再这样，而只是坐在沙发或椅子上看书或者看电视。这些事情他们通常不会在白天做，即使周末也不例外，那都是晚上的消遣。克拉拉知道他们进来是想陪伴她。她希望他们不要这样。

她的母亲现在白天不再昏昏欲睡。克拉拉见过她吃药，所以可能克里斯托弗森医生也给她开了药，好让她感觉好一些。

*

一周以来，奎恩夫人都允许克拉拉在课间操和午餐时间留在教室（如果她愿意的话），克拉拉也总是在教室里待着，不过之后有一天，天气晴朗，而且格外暖和，奎恩夫人说："你看，克拉拉，我觉得今天到外面走走对你有好处。已经是十月了，像今天这么好的天气我们不太常遇到了。"

星期四也是个好天气。克拉拉坐在台阶上，像往常一样用棍子在土地上画摩西。昨天夜里下过雨，泥土的表面结了一层硬痂，上面还布满了细小的圆形凹痕，仿佛那些雨滴是卵石一样。她画上去的时候，那层硬痂就碎掉了，所以摩西的边缘有些粗糙。

她本来不想出来的，但幸好她还是出来了，因为没过几分钟，莫莉·斯蒂尔就从小树丛中走了过来，那是高年级的女生们课间休息时聚在一起咯咯笑着对男生们评头品足的地方。

"嗨，"莫莉笑着跟克拉拉说，"我能在这儿坐一会儿吗？"

克拉拉点了点头。她不再画画，放下了棍子。

"你不用停下来，"莫莉说，"你画的小猫真好看。它是你的猫吗？"

克拉拉犹豫了一下，然后点了点头。

"它叫什么名字？"

"摩西。"

"真是个好名字。我叫莫莉，而且我知道你叫什么名字。你叫克拉拉，对吗？"

克拉拉的心跳得很快。莫莉是里克的妹妹。里克是丹的朋友，丹就是那个觉得罗丝爱上了他，还说罗丝要给他捎信的男孩。如果丹想找克拉拉，就会通过莫莉来告诉她。

"我哥哥是丹·卡拉卡斯的朋友，"莫莉说，"你知道丹吧？"

"是有消息了吗？"克拉拉按捺不住地问道。

"我不知道，但里克说丹有话要跟你说。他今天下午放学后会等着你。他说就在上次的那个地方。他说让你一定要走上次那条路回家，这样你就不会跟他走岔。你知道那地方在哪儿吧？"

"知道。"那个地方就在马路边，离她家不远。一定很重要。如果不是重要的事情，他肯定不想又一次从那里走路回家。

下午好久才过完。结果奎恩夫人又把全班留到很晚，因为有人偷了别人的尺子，她给大家一段时间主动坦白。偷尺子的人最终还是没有承认，已经非常生气的奎恩夫人只好让他们都回家了。克拉拉几乎一路狂奔着往回跑。

"嗨。"她出现时丹说。他又在抽烟，好像从上次之后一直没停过似的。他的脚边散落着一堆烟头。

克拉拉上气不接下气地说："有消息了吗？"

他摇了摇头。"没有。但我想跟你说件事。非常重要的事。你不能告诉任何人，明白吗？"

"好。"但她失望极了，以至于很难专心听他说的话。为什么这么多周过去，仍然没有消息？

"如果你告诉了别人，我就会惹上很大的麻烦，"丹说，"我可能会被逮捕。所以你要保证不会告诉任何人。"

"我保证。"

"在你的胸前画个十字，对上帝发誓。"

她在胸前画了十字。

"好。"可是随后，不管他想说什么，他似乎都不知道该从何说起。他凝视着树林的方向，过一会儿才终于看向克拉拉。

"你知道罗丝来找我的那个时候？就是她离开的那天晚上？她让我跟她一起走来着？我说不行，因为我要收庄稼。"他停住了。

"这些你上次告诉过我了。"

"是，我只是帮你回想一下，克拉拉！我只是怕你忘记了，所以帮你回想一下，好吗？我要告诉你的是，罗丝跟我说了她要去的地方，懂吗？这样收完庄稼我就可以去找她。她说她要去多伦多，她要去基督教女青年会的青年旅舍，因为那儿肯定会有，她说，他们在所有的大城市都有青年旅舍，而且非常便宜。她说她会先在那儿住几天。然后等她跟其他孩子一起找到别的住处之后，她每周还会回一趟青旅，看看有没有我给她写的信。不过她一搬到新地方也会马上给里克写信，把地址告诉他，这样我就可以往那个地址给她写信。然后去那儿跟她会合。"

他把抽完的烟头弹到一边，又磕出一根——也是那包烟里的最后一根——点燃，在烟雾缭绕中眯起眼睛，因为吸得太用力而开始咳嗽起来。

克拉拉的脑子里一下子充满了各种想法。在多伦多的罗丝。一个巨大的城市。会有成百上千的汽车跑来跑去，甚至比某一年复活节父母带她们去过的萨德伯里的车还多。到处都是高楼大厦。很多陌生人。罗丝谁都不认识。

"她还说了另一件事，"丹继续说，"就是她不打算用真名，免得有人来找她。警察或者别人。她打算叫自己罗文娜·琼斯。我不知道她为什么选了这个名字，我猜她只是喜欢这个名字的发音，而且这个名字跟她名字的首字母一样。而且，如果有人给他们看她的照片，为了不让人认出来是她，她要把头发剪掉，剪得非常短，像我的头发这么短，而且她也不会再化妆。"

他抽了一口烟，从鼻子喷出来，望着地面。克拉拉正在尝试想象出剪短了头发并且不再化妆的罗丝的样子。她做不到。

"问题在于，"丹再次抬起头来说，"她没写信。我自己也不怎么爱写信，我不太擅长写那玩意儿，但我每周都给她写两封信。每个周日和周三写好。每个周一和周四寄出。我越来越担心，因为我从没收到过她的回信。

"所以上周末我搭车去了多伦多。来回一趟花了我整个周末的时间。我去了基督教女青年会的青年旅舍，问他们有没有罗文娜·琼斯的信。前台的女人说有。她不让我把信拿走，但她给我看了信封，就是我写的那些。我写的所有的信都在那儿。所以罗丝一封信都没拿到。我问起她有没有在那儿住过，还把时间段告诉了那个女人，她查了一下说有，住了一晚。那是罗丝离开这儿二十四小时之后的第二天晚上。所以她当天晚上没有赶到多伦多，她到不了，太远了，但她第二天就到了。"

他审视着克拉拉的脸。"我很抱歉跟你说这些，克拉拉。你还是个小孩子，我不该让你担心。但我不知道该怎么做。你知道，如果警察正在找她，那他们需要知道她去了哪儿，什么时候去的，还有她给自己起了什么名字，还有她看上去跟以前不一样了。但问题是，她让我保证，让我对上帝发誓不会告诉任何人。我其实连你都不该告诉的，可我真的不知道该怎么办了，这件事快把我逼疯了，而且我估计她会觉得我告诉你是可以的。"

克拉拉点了点头。丹似乎松了一口气。他继续说了下去。

"但是问题在于，这是隐瞒信息。这是犯罪——对警察隐瞒信息。我可能会进监狱。或者他们甚至会认为我与她的失踪有关，因为我是最后一个见到她的人。至少是这一带最后一个见到她的人。但我向她保证过，我对天发过誓，绝对不会告诉任何人。可是现在已经五周了。我不知道是不是应该告诉他们，哪怕罗丝永远都不原谅我。哪怕我为这件事进了监狱。可是，老天啊，进监狱。我是说，我的父母……"

他抽完了烟，把烟蒂碾入脚下的泥土里。他瞟向空烟盒，又认真地看了看，好像里面还有可能藏着一支烟似的，然后，他把烟盒揉成一团，扔到路边的灌木丛里，这么做不好。

"你觉得呢?"他问,"我应该打破承诺吗?"

承诺就是承诺,罗丝说过。而且他已经对天发了誓,所以无论如何他都不可能打破承诺了。但是如果罗丝遇到了危险,她或许会希望丹打破承诺,这样巴恩斯警长就能去救她。可是,如果巴恩斯警长把丹抓进监狱怎么办呢?

这个问题太严重了,让她感到慌张。"我不知道。"克拉拉咬着手指甲说。

"嗯,"丹说,"我也不知道。"

之后两个人都没什么可说的,于是各自回家了。

她像往常一样去了奥查德夫人的家(只不过现在是凯恩先生的家了),喂摩西吃了晚饭。它吃完之后,她就盘腿坐在地板上,看着它把自己塞进箱子的各个角落里——最近它对箱子比对老鼠更感兴趣。之前她一直很注意在那个人回家之前离开,但这一次她在等待着他。

他走进门厅看到她之后就停住了。他看起来并不像是在生气,但似乎也不太高兴见到她。摩西听到那个人的脚步声出现在前廊的时候就已经逃之夭夭了。

那个人叹了口气说:"是这样的,克拉拉——你的名字是克拉拉吧,不是克莱尔,对吧?"

克拉拉点了点头。

"好，克拉拉。我猜你刚才是在跟猫一起玩吧？"

她没有听清楚他的问题，因为她的脑子全都是她想问他的事情，但她还是点了点头。

那个人也点了点头。他说："很好，而且我知道你的爸爸妈妈说过可以让你过来，我也很高兴我不在家的时候你过来玩。但我在家的时候更愿意一个人待着。这并不是说你做错了什么，我只是更喜欢一个人待着。所以你现在该走了，好吗？"

他的这番话完全被克拉拉当成了耳边风。他说完后，她等了几秒钟，确定他已经说完了，然后她说："如果你知道一些事情，但你没有告诉警察，因为你保证过不会告诉任何人，但是后来你还是告诉他们了，因为是真的非常非常重要的事，那他们会把你关进监狱吗？"

十一

伊丽莎白

玛莎的情况很不好，可怜的人。今天上午医生们来看她了。他们拉上了她病床周围的隔帘，小声地说着话。小声说话从来不是好兆头。后来护士把隔帘拉开，他们又冒出来，一大群人继续查房。我等着玛莎告诉我们具体细节，但她没有，事后想想，这同样不是个好兆头。

终于，她开口了，声音比平时安静得多，所以只有我能听见。"如果我不想做手术，也必须得做吗，伊丽莎白？"

我替她感到一阵阵的恐惧。我一点一点地、痛苦地让自己倚着枕头坐直身体，这样我就更容易转过头看着她。即使是费这么一点力气，也已经让我气喘吁吁，过了一会儿我才能开口回答她。感觉好像生命正从我的体内流逝一样，亲爱的。一分一秒地流逝，像是渐渐退去的潮水。

我定了定神，然后对玛莎说："不是的。身体是你的，所以由你决定。"

"那就好。"她说。

她好一阵子没再说话。然后："我害怕他们会劝我做手术。"她也竭力从床上坐起来并转身看着我。她似乎吓坏了。她说："如果他们要劝我，伊丽莎白，你会替我撑腰吗？你能把你刚才说的话告诉他们吗？告诉他们身体是我的？"

我说："天啊，玛莎，这个你自己肯定也能说吧？"

"我怕他们，"她的回答很简单，"他们太聪明了。至少你讲起话来很有学问。你知道应该说什么。"

"或许只是个小手术呢，"我说，"他们说了你到底出了什么问题吗？"

"他们不知道。他们说他们要到我身体里看一看。但我不想让他们到我的身体里来，我已经七十五岁了，伊丽莎白，我不想让人在我的身体里到处看！"

我能理解她的恐惧，我也能明白她是被医生们吓住了。无论是不是"讲起话来很有学问"，我都能和她感同身受。当你穿着睡袍躺在这里的时候，你已经处在了一个不够强势的位置。你很容易感觉自己在受人欺负。但是你必须相信他们的判断，毕竟，他们是专家。

"我觉得你应该问问罗伯茨护士，"我说，"你应该问问她那算不算是个大手术——也可能只是个简单轻松的小手术呢，你或许会改变主意。"

我等着她跟我说她不会改变主意，但她什么都没说，我望向她的时候，发现她衰老苍白的脸颊上有泪水滑落。我感觉糟透了；我觉得某种程度上来说，我也在欺负她。我说："哦，玛莎，我很抱歉。我当然会帮你跟他们说的。下次他们来的时候，我会提出我们想跟他们谈一谈，我们两个一起。我们会弄清楚手术到底是怎么回事，然后如果你不想做，我会帮你说出来，如果你愿意的话。"

她看起来安心多了，但是夜里她又发起了狂。对着人们大声喊叫，哭泣。哭泣是之前没有过的。

我自己也无法入睡。我躺在床上，想运用理智把恐惧消除。把它摆脱。我试着从宇宙而不是个人的角度去思考，我想缩小"自己"的重要性，把我的人生视作时间长河中的匆匆一瞬。我想象着自己回了家，在黑夜的死寂中站在后门外（这个表达很有意思，你不觉得吗？黑夜的"死寂"？），仰望着夜空的恢宏璀璨，努力把我这微不足道的七十二年的人生与漫天星辰那绵延数十亿年的寿命相提并论。

你知道当你把一块木料投入篝火的时候，会出现很多转瞬即逝的小火花吗？不是一路欢快地冲上天空的那些，而是更小的，刚一迸发就几乎立刻熄灭的那些？那就是在星辰比照之下的我的人生啊，我的爱。瞬间消逝。在开始前就已经结束。

利亚姆让我焦虑。我一直在反复阅读他的来信，最近的几封信里他的语气让我担心。我把他所有的信都带到医院来了——并不太多，他每年只来一两封信，再加上一张圣诞节的贺卡，而且我们是八年前你去世后才恢复联系的。是我先给他写的信，我向你保证过不会主动联系他，但我食言了——他那时已经二十八岁了，我认为当年的承诺已经不适用了——因为我觉得他应该想要得知你去世的消息。他爱你，查尔斯。我确定他绝对没有忘记你。

我没有他的地址，但移居索雷斯跟玛乔丽一起生活之前，我处理了你的文件，在里面发现了一份你同事们的通讯录，不光是在圭尔夫和多伦多的同事，也有在全国其他大学的前同事，拉尔夫·凯恩的联络方式也有。他在英属哥伦比亚大学，于是我通过他转寄了一封信。我害怕即使已经过了这么久他或许仍然不希望我跟利亚姆联系，所以我没有在信封上写下我的姓名和地址，只是写了"请转交"。

让我喜悦到难以言表的是，利亚姆不仅收到了信，还写来了回信，而且他的回信写得好极了。他说虽然他对自己的幼年生活没有太多确凿的记忆，但其中最美好的就是和我们一起度过的时光。他说在他的记忆中，我们的家总是很温暖，在"温暖"这个词的两种含义上都是。他记得你是个非常安静也非常和蔼的人，总是在看书，但也总是能够随时把你的书放下，专心去听他想要告诉你的随便什么幼稚的事情。他说你教会了他用手指和脚趾一起数到二十。（他当了会计师，所以你的教育显然卓有成效。）

在信的末尾他说他要结婚了，还说他和他的未婚妻菲奥娜会很希望我能去参加他们的婚礼。（我婉拒了，当然，因为我知道安妮特和拉尔夫会在场。）他跟我提了一下菲奥娜——说她是个律师，他们在多伦多安了家，那是他们两个人都非常喜欢的城市，还说他们买了房，诸如此类，向我描绘了一番他的生活。

我读着信哭了。我能从字里行间看到他，这么多年之后再次和他取得联系，而且我手里握着的证据证明了无论安妮特是不是真的尝试过，她都没能成功地在他头脑中灌输进厌恶我的念头，而且我还知道他过得很好，很幸福，没有遭受过长期的伤害，所有这一切都让我快乐得无法形容。

我问他能否寄给我一些婚礼的照片，收到照片后我又哭了，因为我们疼爱过的那个男孩没有变，查尔斯，他的脸长了一些，也多了一些棱角（但这些变化只是让他看起来更帅了），看上去有一点窘迫，男人们在他们的婚礼上似乎经常是这副样子，就好像他们正在做什么让人尴尬的事情，被当场抓住了一样。

他的第一封来信和之后的所有来信我都反复阅读了很多很多遍，但是几天之前我才第一次一口气把这些信从头到尾全部连起来读了一遍，也就是那个时候我才注意到他语气的变化有多大。最初一两年他的信写得很有朝气，全是他和菲奥娜已经做完或者计划要做的事情，但后来就逐渐变得……乏味，这是我唯一能想到的词。乏味而简短——甚至句子都变短了——关于他们生活的细节也变少了。最近的几封信读起来很勉强，好像他在竭尽全力没话找话。好像他的生活中没有什么值得一提的事情。

当然，这些或许都是我的想象，他可能只是累了，或者脑子里有一大堆别的事情。但我觉得不是。我觉得他不快乐。我担心极了。这也让我觉得，他第一次回了信，我就认定他过得一切都好，我是不是错了，我是不是在欺骗自己。

我非常想帮助他，但是除了给他一些经济上的保障，我想不出还可以做什么。钱不是解决一切问题的方法，但可以减轻一些负担。我非常希望能帮他减轻负担。

*

时间表现得很奇怪。有时候一个下午好几天都过不完，有时候整整一周会完全消失不见，而我发现今天又是周五了，我们吃鱼。我讨厌鱼。

*

我总是忘事。这又是一个关于衰老的提醒，就好像我需要提醒似的。今天下午，我的律师来见我了。格兰特先生。他五短身材，特别爱出汗。他穿着深色的羊毛面料西服套装，真要命啊，这里的气温足有八十华氏度，他看上去像个熟透了的李子。

我完全忘记是我让他来的。几天前，我问罗伯茨护士能否帮我给他的办公室打个电话，请他过来一趟。我当时说的是让他尽快过来，我说我时日无多了。

总之，他来了，我振作起精神告诉他，我想修改遗嘱，把一切都留给利亚姆。由于你没有其他直系亲属，而玛乔丽也比我先去世，原本我的遗产应该会分给几个远方的表亲，但他们住在西部，而且我跟他们几乎没有任何来往。把一切都留给利亚姆好得多。

让我极为难堪的是，其实我一年前就已经把遗嘱修改好了。我完全想不起来了。显然我的大脑现在正在把所有信息存进某个蛛网密布的黑房间，但我已经不再拥有那个房间的钥匙。

我正要为浪费格兰特先生的时间而向他道歉，又想到还有些事我希望他帮我安排。我决定把房子送给利亚姆。不需要写在遗嘱里，而是现在马上办。那是一座很好的房子，我能想象他住在里面的样子。他在那里会很开心，而且这也解决了照顾摩西的问题。遗嘱的认证可能会需要很久，而且，如果我一直不死怎么办？谁知道我还要在这里躺多久，几个月都有可能，那就意味着利亚姆可能需要等上一年或者更长时间才能拿到遗产。我一直放心不下，我觉得他现在就需要帮助。

格兰特先生不赞成这个想法——但说实话我也从来不在乎他的意见，他曾经是玛乔丽的律师，这是我找他的唯一的原因。他说如果我痊愈了想回家怎么办，这话让我火冒三丈：我都已经苟延残喘了，我再也回不了家这个事实应该是再明显不过的。我尖刻地说，如果奇迹发生，我就在萨德伯里租一套公寓来度过我在这个地球上最后的日子。于是他改变了策略，耐心地说（耐心听上去可能会显得非常居高临下，查尔斯，特别是男人们耐心讲话的时候。你自己时常也会犯这样的毛病），在多伦多工作和生活的人得到一套位于索雷斯这种北方偏远地区的房子也派不上什么用场，只会徒增负担。我说如果真是这样，利亚姆可以把房子卖掉。

格兰特先生温和地说（这种口气同样高高在上）："奥查德夫人，我会劝你不要把事情搞得那么复杂。"然后开始长篇大论地解释这个决定会如何把事情搞复杂。"鉴于这些原因，"他总结道，"如果你考虑通过遗嘱把房子和其他财产都留给他的话，我会更加高兴。"

到这时我已经很累了。我说："格兰特先生，你高兴与否目前不是我首要考虑的问题。我想让利亚姆现在就拥有这座房子。请安排。我希望在本周内办完。"

他随即放弃了劝说，同意起草相关文件并在周末前拿来给我签字。毫无疑问他会因为这些麻烦事而收我一大笔钱，但我不在乎。

我以为把一切都安排妥当之后能感觉好一些，但是并没有。焦虑感在我的身体里横冲直撞，我的爱。感觉如同一大群奔腾的水牛。

我刚意识到，我忘了告诉他我希望能够葬在多伦多的乐山公墓，长眠在你的身边，而且我不希望举办葬礼。完全不要。我担心关于我的往事会被重提，我在索雷斯的朋友和邻居们可能会得知。我不想因为这个被人记住。我明天会写信给他。

*

我一直想起我们早年在圭尔夫的日子。那些"之前"的日子。

有一天上午，我带了一份砂锅炖菜到凯恩家去——这是早期，他们搬来后的那个十月或者十一月前后。安妮特的肚子已经很大了（她认为自己怀了双胞胎的直觉是正确的），我知道她站在灶台前面会很不舒服，于是每周我会带着做好的饭菜过去一两次。安妮特和拉尔夫去的教堂里也有其他女人送饭来，所以大多数时候她都不用下厨。

那时她的两个女儿都已经上幼儿园了，所以安妮特每天在家带利亚姆。那本来应该是他们两人最宝贵的一段时间，她应该好好享受，但正相反，每一次我见到她时，她似乎都更加苦不迭和心烦意乱。

有一天上午，我走进她家门口时，已经听见了她的吼声和利亚姆的哭声，她打开门之后，我看到利亚姆正坐在地板上痛苦地号叫着，他的身边凌乱地散落着一本被撕得粉碎的书。

安妮特只看了我一眼，泪水便奔涌而出。"那是拉尔夫的一本参考书，"她说，两只手几乎绞在了一起，"他一定会非常生气，我不知道该怎么跟他解释。利亚姆知道这么做是错的，伊丽莎白，他知道他不能进拉尔夫的书房，那是家里唯一一个不许任何一个孩子进入的房间。他是故意的，我能从他的眼神里看出来；他在奚落我，他是有意这样做的，因为他知道这是错的！”

　　那一刻我几乎要鄙视她了，查尔斯。我竭尽全力才没有冲口而出告诉她：对于一个三岁小孩来说，这种表现是再正常不过的，安妮特，他想得到你的关注，你为什么不能多关心他一点呢？而且你白天为什么不把书房的门锁上呢？把钥匙藏起来。问题不就解决了。

　　但我问她愿不愿意让我把利亚姆带回我家里照看一下午，这样她就可以在接女儿们回家之前休息一下。

　　她看着我的样子仿佛我告诉了她长生不老的秘密。她说：“哦，伊丽莎白，真的吗？那真的是太……那真的是太好了……”

　　我知道，因为我自己没有孩子，所以“我不了解实际情况”，也就没有评判别人的资格。我非常清楚这一点。这些年来我每天都与许许多多母亲接触，我知道所有的母亲不时都会对自己的孩子失去耐心。但问题在于，安妮特总是那样对待利亚姆。我从没见过她和利亚姆一起大笑，或者用疼爱和喜悦的眼神看着他。一次都没有。

　　他和我度过了一个最完美的下午。我们用亮红色的羊毛线把一些小纸盒串在一起，制作了一辆货运火车。在其中一个车厢里我们放上了通心粉，在另一个车厢里放上了葡萄干，在第三个车厢里放上了六七个果实饱满的豌豆荚，在第四个车厢里放上了玉米麦片。（事实证明，我犯了一个错误。这一天结束时我有很繁重的清扫工作需要完成。）我们的火车没有车轮，但这并没有让它的速度有丝毫的减缓，我们拉着羊毛线绳，拖着它满屋跑。

玩累了之后，我们就用葡萄干做了一些曲奇。之后我们蜷缩在沙发里，读了《摇尾巴狗贝丝》，期间利亚姆在我的膝头睡着了。我曾以为我永远不可能感觉到一个熟睡中的孩子的重量。这对我来说几乎是奇迹。

傍晚时分，安妮特过来接他回家时，利亚姆把她拽进客厅，给她看我们的火车——这个我们一起做出来的无与伦比的作品，并站在那儿抬头看着她的脸，自豪地雀跃着。她看了一眼，说："哦——奥查德夫人很聪明是不是？你有没有感谢她让你度过了这么开心的一个下午？"

她没发觉他有多么希望她能够赞赏这件在他的帮助下才做出来的了不起的东西，他多么渴望得到她的赞扬啊。这期待如日光般明显，她却浑然不觉。

我记得，几个月的时间里我一直在想，天上的诸神在几乎把我摧毁之后，终于改变了心意，积极主动地把利亚姆推进我的怀抱。安妮特怀的双胞胎预产期在一月。那个时候，产妇和婴儿通常都要在医院里住上至少十天，于是安妮特的母亲同意在这期间过来帮忙照顾家里其他孩子。但是就在圣诞节前，她在自家大门口的冰面上滑倒，把胯骨摔断了。

安妮特一下子陷入了恐慌和绝望。拉尔夫的母亲明确表示她不会主动来照顾孩子。他们的日子不宽裕——那时学术界的工资不高，和现在的情况一样——而且多了两口人要养活只会更拮据，所以雇人过来帮忙也不在考虑范围之内。

我还记得自己尝试着鼓起勇气问你，我们是不是应该跟他们提出让利亚姆过来住在我们家；这样拉尔夫只需要把白天上幼儿园的女儿们安排好就行了。你犹豫了，可以理解——毕竟，你几乎不认识利亚姆——然后我建议我们邀请他来过个周末，作为"试住"。我记得你同意时我高兴极了。

你还记得他和我们一起度过的第一个夜晚吗？我很焦虑，怕他半夜醒来之后觉得不安，于是我们在我们的床脚边搭起了一张旧的野营小床，并为他铺好。他爬上去的时

候看起来高兴极了。我们做好了他会大哭的准备，但他没
有哭。

我在床上坐了一整夜，看着他，我的爱。看着他呼吸
的起伏。我不知道我体会到的是痛苦还是喜悦。

十二

利亚姆

"好几周她都哭丧着脸,"吉姆说,"好几周!再给我点儿砂浆。你在那儿别动,我把桶递给你。"

他们正在重建一个烟囱。不是利亚姆的烟囱,他的烟囱还好,这个是维拉德夫人的烟囱,烟囱上原来的砂浆已经糟得厉害,拿一把勺子就能从砖块之间挖掉。

他们花了一周的时间起早贪黑,修好了利亚姆的屋顶,接着又用两天半修了浴室的地板,而他竟然像受虐狂一样很享受这两份苦差。忙起来的感觉很好,虽然体力上非常辛苦,但精神上相当轻松——不需要承担责任,不需要做决定,按照吩咐干活就行。全部工作完成后,他向吉姆道了谢,付给他全额的报酬,然后跟他告别,以为就是这样了,自己在建筑行业的小试身手就此结束，他又是个无事一身轻的人了。但是到头来他发现，独自度过无所事事的日子在情绪上又让他直接跌入了谷底，仿佛从一处斜坡上滑下去，坠入一片充满了苦涩、遗憾和日常自我厌恶的沼泽。他可以立刻收拾东西南下，在远方把房子处理掉，但那就需要他做出决定了，于是他又回去找到吉姆，说前廊的台阶需要更换，按照之前说好的条件，再干一次怎么样？

此刻他正站在梯子顶端，手脚都冻僵了；昨天晚上风向转北，早上他拉开窗帘时，几乎确定自己看到一片雪花懵然无知地飘落：这是他离开的信号。

"好几周！在房子里走来走去。也不睡觉。也吃不下饭。凌晨三点我起来上厕所，发现身边的床上没有人，她在客厅里，在黑暗中站着，看着窗外。外面一片漆黑。哦对了，我这就把砂浆桶拿给你，抱歉。"

他拎着桶，沿着屋顶的斜坡往下走，但不小心一脚踢到了油灰枪，油灰枪开始往下滚，越滚越快。利亚姆侧身扑过去要接住它，脚下的梯子也开始倾斜——他抓着檐沟接住了油灰枪，但同时感觉到脚下失去了重心，梯子正在歪倒。

"我的天啊，利亚姆！天啊！"吉姆松开砂浆桶，像一只惊慌失措的螃蟹一样迅速从屋顶上蹿了下来。他横卧在屋顶的边缘，伸出手来——利亚姆抓住了他的手，两个人费了很大气力才让梯子恢复了直立的状态。

"老天爷，太悬了！"吉姆说，"下边可是硬石头地面，我让你死这儿了可怎么办？索雷斯的娘们儿会怎么说，这可是她们好几年里头一回见到个帅哥。她们得把我生吞活剥了！"

"谢了。"利亚姆说着，惊魂未定。

"我差点没吓死。"吉姆说。他站起身，又爬上屋顶。

砂浆桶已经自行掉落地面。利亚姆等心跳恢复正常，然后爬下梯子，往桶里装满砂浆，又提了上去。

"你还好吧？"吉姆问。

"当然。真的谢谢你。"

"没事。任何物件如果从房顶上滚下去了，你就由着它们掉下去好了。我刚才正跟你说什么来着？我刚才跟你说的。"

"你太太想念你们的孩子。"他小心翼翼地爬到吉姆铺在屋顶的防潮布上，蹲下来，拿起锤子和凿子，开始把旧砖上的砂浆削掉，好重新使用，他小心地注意把碎砂浆都铲在防潮布上。吉姆说，如果这些碎屑落在屋顶上，就会滑得要命，他们可不想再出危险了。

他还没见过吉姆的太太——她叫苏珊。一周前，她让吉姆邀请他去家里吃晚饭。从某种程度上说他很想去：邻居们基本上已经停止源源不断地给他送砂锅炖菜了，大家都传说他不善交际，这是事实，他也处之泰然，但后果就是"热土豆"他真的有点吃腻了。

尽管如此，他还是拒绝了苏珊的邀请。即使在状态最好的时候，他也很不擅长社交场合的闲聊，一想到整晚都要避开关于他私生活的善意询问，他就难以忍受。所以他用抵挡其他人的同一套说辞答复了吉姆，他说他晚上有很多事要做，要处理奥查德夫人的文件和物品等等。这是个很蹩脚的借口，吉姆面露狐疑，但也没有坚持。

"对，苏珊，"吉姆说，"她情绪很低落。我是说真的很低落。我自己其实也有那么点同样的感觉，但是咱们男人更擅长处理这类情绪。你用一辈子——实际上，也是孩子的一辈子——培养他自力更生，尽量保证他能受教育，这样他以后就有更多出路，诸如此类，无论如何每个月都要存点钱，这样将来如果他想上大学，你就能供他上大学，结果谁曾想，你做到了，他长大成人，离开家了，你非但没有觉得喜悦，反而好像整个世界都塌了一样。我不知道该拿她怎么办，好像她生病了一样，她甚至都瘦了。上上个周末，我带她去了北湾，想稍微安抚她一下，我以为让她花点儿钱，她心情就能好一些，她就喜欢花钱。但她什么都没买。这才真的让我担心了，我跟你说。哎，我怎么找不着那个——哦。谢谢。

"我们就他一个孩子，你懂吧？他刚生下来的时候，看起来就挺乖的，自己能应付一切的样子。一个孩子能让家里充满多少欢乐，是你想不到的。而且，他一直是个好孩子，你知道吗？从小就是，从来没有给我们惹过麻烦，他走了我们真的没理由开心。总之现在就剩下我们了，就我们俩，她和我，在这些空荡荡的房间里大眼瞪小眼。感觉好像对我们来说一切都结束了。我猜也确实如此，从大自然的角度来说。我们完成了我们的任务，她现在根本不关心我们会怎样。"

他停下来看着利亚姆。"然后，你猜怎么了？"

"怎么了？"

"你猜啊。"

"我猜不出来。"

"他回家了。周日的傍晚。门一开，他就在眼前，肩膀上背着旅行包……你的砖清理得怎么样了，我这儿快用完了。"

利亚姆龇牙咧嘴地直起腰，把一堆清理好的砖头抱到吉姆面前。他身上的每一块肌肉仍然是一动就疼，但至少他开始拥有这些肌肉来感觉到疼痛了。当然，跟吉姆相比他还什么都不是，吉姆能把一箱八十磅重的瓦片搬上梯子，仿佛箱子里装的只是锯末，而利亚姆一开始搬半箱瓦片都很吃力（吉姆则会在他身后窃笑），不过他在进步。在屋顶上他也更自如了。他到哈德逊湾商店买了一双耐用的靴子，考虑到他还有一两周就要离开这儿，这么做纯属浪费钱，但这种靴子的抓地力更强，他也不再总是觉得自己有从屋顶滑落的危险了。

"这回我们讲到哪儿了？"

"你的孩子肩上背着旅行包。"他并没有聚精会神地想要知道之后发生了什么，不过这总比陷入自己的思绪中好多了。

"啊对，旅行包。他说他这次回来就不走了。他不喜欢金斯顿[1]那种南边的城镇。太大了。人太多，太吵。

"苏珊和我只剩下站在那儿目瞪口呆的份儿。不知道该说什么——甚至都不知道该有什么感觉，你懂吗？见到他

1　金斯顿（Kingston），加拿大安大略省东南部城镇，位于安大略湖畔，临近圣劳伦斯河源头。

当然很高兴，但是……那么多的梦想和计划，念了那么多书……结果是这样！又回家了。走了一个月都不到！"

他看着利亚姆。利亚姆点点头，在靴子里活动脚趾，保持血流畅通。

"我跟你唠叨这么多的原因是，"吉姆说，好像他真的需要有什么原因似的，"我想听听你的建议。"

"我的建议？"利亚姆说。

"呃，或许用看法这个词更合适。可能也不是看法。不管是什么吧。问题在于，你也知道，我从没离开过索雷斯。我生在这儿，以后也会死在这儿，没去过任何其他地方，也不想去。你可能会说这是错误的，但现实就是这样。我是个北方人。我就这样了。苏珊也一样。

"但是你希望自己的孩子不只这点出息，你明白吧？你希望他们走出去，到外面广阔的世界去多看看，做点有意思的事情，活得比你精彩。孩子们也想这样，至少是那些能有点魄力和激情的孩子。他们拼命想要离开这儿。但最逗的是，考尔[1]不是唯一一个走出去又被打回来的人。这

---

1 此处英文是Cal，如果按照译名手册仍然是卡尔，但是与巴恩斯警长的名字 Karl 音译完全相同，肯定会混淆，所以此处译为考尔。

种事似乎经常发生。孩子们就是适应不了，在外头。我一直在想，这到底是个普遍现象，还是跟这个地方有关。是不是他们生下来就在骨子里打下了北方的烙印，怎么也无法抹去。所以我想问你的是这个：我猜你上过大学，对吧？"

"对。"

"在你家乡上的么？"

"不是。我在卡尔加里长大，去多伦多上的多伦多大学。"

"离开家难吗？我是说，你想过家吗？"

不。他从没想过家。

他高中最后一年临近期末时，有一天，母亲在楼梯上从他身边经过，用她惯常对待他的轻慢语气说："哦，对了，利亚姆，我差点忘了，你父亲前几天来过电话，说他会供你读完大学。显然你已经知道了。"她在指责。

利亚姆小心地点了点头。"是的。"

"只是好奇问一句，你跟他保持联系多长时间了？"

"有几年了。"他的父母在他六岁那年离了婚，他的父亲搬到了温哥华居住。利亚姆十六岁时，整整十年没有在他生活中出现过的父亲写信给他，说要来卡尔加里参加一个研讨会，并提出和他见面吃个午饭。那是非常尴尬的一餐，两个人都不知道该说些什么。父亲表现出的歉意多过其他任何情绪——他并没有说出口，只是他的样子流露出来的。之后想起来，利亚姆觉得那是因为父亲知道，或者至少能够猜到，在一个全是女性的家庭里，利亚姆的生活曾经——以及仍然——有多么悲惨，但在利亚姆小时候，身为父亲的他并不知道该怎么做。从那之后，只要父亲来到利亚姆的城市，他们就会见个面。利亚姆并不觉得他们的见面很有意思，但他仍然期待着这些会面，他很感激父亲跟他联系，尤其是看到父亲似乎也很感激能够跟他联系之后。

因为没有其他的话题，他们毫无意外地谈到了学业。利亚姆的成绩很好，尤其是数学，他的父亲随即鼓励他上大学。"如果你的数学好，就去念数学专业，"父亲说，"大多数人学不来这个，所以你永远不会失业。"这似乎是个好主意。至少是个离开家的理由。

"我知道了，"他的母亲说，嘴角弯出了一个熟悉的苦笑的弧度，"你决定去哪里了吗？"

"多伦多。"

"你被录取了？"

"是的。只要我期末有成绩就行。"

"所以你要搬出去了。"

"是的。"

"你应该及时让我知道这些情况的。"

她转过身，继续下楼去了。她没有问他要学什么专业，他要住在哪儿，他未来有什么打算。他们再也没有提到这个话题。那年的十月，他收拾好行囊，离开了家。

所以，他从来没有想过家。

"没有，"他停顿了一下，然后告诉吉姆，"但是我的情况不一样。"

"怎么个不一样?"

"就是……不一样。"

*

那天晚上，他找出奥查德夫人精心保存下来的他小时候的画，在空余的房间里摊开，寻找线索。但除了一个小孩的涂鸦之笔，他什么也没找到。他记得全家搬到卡尔加里之后，他就再也没有画过画，无论是白描的还是涂色的都没画过。他隐约记得曾经有个人，大概是一位老师，反正肯定不会是他的母亲，鼓励他画一张画，但他拒绝了。他的这部分能力似乎已经永久封闭了。事实上，回头看，他不知道他的整个人是否也曾经封闭过一段时间。当他尝试回想当年的自己时，他看到的只有一个孤单地坐在那儿的小孩。

长大一些之后，他的情况有所改善，中学生活总体还好。到那时他已经学会了如何跟人聊天，他和同学们相处得也很融洽。有几个男生放学后经常聚在一起厮混，说说笑笑的，用可乐瓶子装上烈酒喝。他知道他也可以加入他们的行列，他们也这么表示过，但他最终没有。他还是跨不过那条河。他不能冒险——虽然他也不知道自己到底有什么不能冒的险。或许是怕他们会把他看透。看出他性格中的重大缺陷。所以他一直保持距离。他因此得到了为人冷漠的名声，但他可以接受。

放学后，为了尽量晚回家，他到公共图书馆做作业。他并不反感做作业，事实上他发现大多数科目都很有趣，尤其是数学。数字的极致简洁，它们所遵循的固定不变但又让人沉浸其中倍感满足的规则都让他着迷。它们是合理的，而且比人生的其他方面合理得多。

他十五岁左右的时候，放学后女生们也开始出现在图书馆里，有相当一部分女生想要他帮忙解答数学作业题。

"你有什么地方不明白？"他会问。

"呃，都不明白，真的。"在某些情况下，事实证明她们说得一点不夸张，不过他尽力去帮她们。过了一段时间他才意识到，让她们感兴趣的不是他的大脑，当然也不是数学，但他最终弄明白过来了。他还懂得了有时性也是表达感谢的一种方式，到了这个阶段，人生就变得有意思多了。

他尽量缩短在家的时间，他精确地掐算分秒，让自己走进家门时晚饭刚刚摆上桌。他的姐姐和妹妹每顿饭全程都在喋喋不休。她们的母亲微笑着听，偶尔提出个问题或者温和地责备几句。利亚姆几乎跟隐身了一样。他觉得自己是隐形的。他把她们隔绝在自己的世界之外，吃完他的晚饭，一言不发地走开。

有一次，母亲出乎意料的举动把他吓了一跳，她转向他说道："那么，你就没有任何要补充的吗，利亚姆？"她的声音里透着敌意。

他茫然地看了她一会儿，然后说："没有。"

他的母亲打量着他，脸上挂着生硬的笑容。"有时候我真不明白你何必跟我们坐在一起。"

"为了饭。"说完，他就起身回他的房间去了。

*

离开家之后，他再也没有回去过。

*

他和吉姆第二天要开始一项繁重的工作，为住在海角的一对老夫妇建造一个新厨房，所以当他们修完烟囱之后，就先过去做了些测量。那座房子很暖和，老夫妇还大方地为他们提供了咖啡和曲奇，想到要在那儿工作一两周，他们两个的心情都不错。吉姆还和房主聊起天来了，就像他跟其他人聊天一样，所以他们收工时已经不早了。利亚姆没回家，而是直接去了"热土豆"，并在吃晚饭之前到男厕所里匆匆洗了一把。

他在这家咖啡馆里也开始自在了一些。女侍者对他仍然不屑一顾，但当地人会跟他点头致意，而且非周末的晚餐时间，这里几乎没有小孩。他坐进他最喜欢的卡座，打开这周的《蒂米斯卡明言论报》（他现在自己买报纸看），不慌不忙地吃着汉堡和薯条。虽然他跟吉姆说要回去整理奥查德夫人的文件，但他其实并不急于回到那座空荡荡的房子里，那里与他的童年有着微弱但又令人不安的关联，而且还有一些事情在等着他决定。

但是，他回到家时，房子里并不是空荡荡的；隔壁的小女孩又来了，正盘腿坐在客厅的地板上。上次见到她并跟她的父亲聊过之后的两周以来，他都没再见过她，他以为之后会一直这样了。

"是这样的，克拉拉。"他说道，并好言好语地解释，因为他挺可怜这个孩子，而且除了她现在正在他家客厅里这件事，他对她没有任何反感，他说如果他外出时她过来和猫玩是完全没问题的，她过来他会很高兴，但他喜欢一个人待着，他在家时不希望家里有其他人。不过，即使他正在说话，他也能看得出她根本没有听。她正用一种紧张到令人警觉的目光盯着他。

"所以你现在该回家了，好吗？"他把话说完了。

那个孩子等待了几秒钟，好像是要确定他已经说完了，然后说："如果你知道一些事情，但你没有告诉警察，因为你保证过不会告诉任何人，但是后来你还是告诉他们了，因为是真的非常非常重要的事，那他们会把你关进监狱吗？"

利亚姆完全没想到，于是下意识地回答。"不会啊，"他说，"他们不会把小孩关进监狱。"

她想了想，那双清澈的大眼睛终于不再盯着他，而是望向了他左侧身后的什么地方。这么小的孩子竟然问了这么一个诡异的假设性问题，他不知道背后有什么缘故。然后，她的目光又转回到他的身上，她问了另一个问题，事情突然变得清晰起来。

"如果他不是特别小的小孩呢？"

警铃开始响了。所以，这不是假设性问题。

"他多大？"利亚姆小心地问。

"十六岁。也可能十七岁。"

她认识一个男孩，这个男孩知道一些与她姐姐的失踪有关的事情，除此之外没有别的可能。利亚姆猜测自己不太可能让她说出他的名字，但如果能让她继续说，她可能会透露更多的细节。但问题在于，他不想成为那个让她继续说的人。那是她的父母或者巴恩斯警长该做的事，也可以说基本上是除他以外的任何人都更有资格做这件事。无论如何，他都帮不上忙，他甚至不知道她问题的答案：加拿大现在会把十六岁的孩子关进监狱吗？

"我觉得不会，但我不确定，"他说，"这可能要根据实际情况来决定。但你需要马上把这件事告诉你的父母，克拉拉。现在，马上。这真的很重要。"

"'实际情况'是什么意思？"

她小小的下巴绷紧，呈现出一种非常坚定的态度。除了恼怒，他还不太情愿地对她有了一点钦佩。她现在的生活一定完全乱套了，但只要她有问题，就一定要找到答案。只是别从他这里找就行。

"克拉拉，这件事真的很重要。你要跟你的父母说。"

"我不再跟他们说话了。"

他吓了一跳。"为什么？"

"他们对我说谎。"

"我不确定是不是真的。又或者可能……"

"是真的！"她匆忙地站起来，怒气冲冲，"他们对我撒了谎！我问他们事情的时候他们就撒谎！"

"好吧，"他赶紧说道，"好。"她几乎马上就要暴怒着冲出门去了，尽管他很希望她离开，但他知道他绝对不能疏远她。可他又不知道该怎么做，该说什么。他没有和小孩打交道的经验，不知道他们在特定的年龄阶段有多少理解力，也不知道该怎么和他们交谈。他唯一能想到的就是争取时间，这样他就可以把麻烦事转交给别人去应对。

"这样吧，"他说，"你想不想让我查一下他们会不会因为……一开始没说然后又说了，就把一个十六岁的孩子关进监狱？我可以去试着弄清楚。"

她疑虑重重地看着他，她的目光聚焦在他的左眼，然后一下子闪到右眼，然后又闪了回来。他发现自己正在屏住呼吸。

"好的。"她终于说道。

"我会去问的。我尽量在明天下午你放学回家的时候告诉你。明天不行就后天。但是现在你必须回家去了。"

他应该跟她的父母说，当然。他知道一些跟他们的孩子有关的信息，而他们自己还蒙在鼓里，这显然不太合适。但她似乎非常抵触他们。如果这样一来她再也不开口了怎么办？

他到门厅打了个电话。是一个女人接听的。"警察局。"她说。

"我想找一下巴恩斯警长，"利亚姆说。

"他现在下班了，"对面的声音轻快地说道，"有急事吗？"

"倒不是什么急事。但非常重要。"

"能等到明天早上吗？"

他犹豫了一下。"我想可以吧。"

"您能留一下姓名吗,先生?"

"凯恩。利亚姆·凯恩。"

"啊是您,凯恩先生。您是奥查德夫人的……是您搬进了奥查德夫人的房子吧?"

"是的。"他无奈地回答。

"好的,先生。没问题。明天一早我就会告诉他您来过电话。"

利亚姆晃晃悠悠地走进厨房,抓起一把一周前买的已经蔫了的蓝莓塞进嘴里。电话响了。

"凯恩先生,"巴恩斯警长语气欢快,"你给我打电话了?"

利亚姆把满嘴没有充分咀嚼的浆果连同六七个果蒂一起往下咽,结果对着话筒狠狠呛到了。

"你还好吗?"警察问。

利亚姆爆发出一阵剧烈的咳嗽,然后用手掌抹去电话上的黏液。"抱歉。蓝莓。"他又咳嗽起来。

"慢慢来,"巴恩斯警长说,"你得小心果蒂上的那些小枝杈,他们故意留着就是为了让你觉得自己买到了正宗的鲜货。现在好点了吗?"

"好了。抱歉。"

"没事。你找我有什么事吗？琳达觉得你听起来有点担忧，所以她给我打了个电话。"

"哦，对。好。是跟隔壁那个失踪的孩子有关。"

"我马上就来，"警长的语气突然严肃起来，"我还需要十到十五分钟。今天是太太们放假的日子，我在家看孩子呢，我现在就给她打电话，她就在这条街上。你哪儿都别去。"

利亚姆赶忙说："如果可以的话，最好还是别让人看到警车开过来。我们能找个别的地方见面吗？"他不想让克拉拉觉得他出卖了她。

"当然。到我家来就再好不过。咱们住得很近，往镇上去的方向，第一个路口左转，8号。车道上停着一辆普罗拉[1]。"

与奥查德夫人的房子相比，这座房子缺乏魅力；它是现代风格的两层建筑，前脸扁平，没什么新意。不过屋里就好多了；进门后是一个大厨房，厨房朝向一个更大的客

1　普罗拉（Prowler），常见的警车款型，此处指警车。

厅，客厅一端的大型柴炉和整个房间的超级混乱缓解了客厅的呆板方正。柴炉周围摆放着几把扶手椅和一张原木制成的咖啡桌，巴恩斯警长把利亚姆迎进屋时伸手指着它们。

"随便坐，"他说，"我刚把咖啡煮上。"

利亚姆走到那几把椅子前，从其中一把椅子上捡起了一只袜子、一份报纸、一本唐老鸭漫画、一袋被压扁的薯片和一把剪刀，迟疑片刻后，把这堆东西放在了地上。他坐下了。然后他又站了起来，捡起剪刀放在了茶几上——袜子说明有人光着脚。

柴炉正散发着热气。炉前有一扇玻璃门，能让人看到火焰卷着木料熊熊燃烧的样子。这是个大柴炉，但房间也很大，需要一些取暖设施。杂乱无章却令人舒适，利亚姆想。这与他和菲奥娜在多伦多的家的客厅完全相反，后者整洁得让人不敢坐下。那并不是一个家，他此时觉得。只是一座房子。他想知道有没有什么诀窍能把后者变成前者，那正是他和菲奥娜都缺乏的。或者说，如果他们足够在意那座房子，也足够关心彼此并愿意去尝试的话，他们本来也可以学会的。

他可以听到左边一个房间传出的电视的声音。有枪声和激动人心的音乐——应该是一部牛仔片。确切地说是

《正午》[1]——他辨别出了那首特别难听的主题歌。屏幕上会飘满杂乱无章的雪花干扰。如果你从小到大看的电视信号都很差，那你的眼睛可能就会自动排除干扰。或者说，如果你从没有见过清晰的画面，那你便会把模糊当作正常。

巴恩斯警长把两杯咖啡放在小桌子上，还拿来了牛奶、糖和几把小勺，他从另一把椅子上拿起一副耳罩、一条毛巾和一把水枪，把它们放在其他椅子上，然后自己也坐了下来。

"哦对了，"他说，"我一直想跟你说——咱们之间就省掉客套吧，我叫卡尔。"

"好的。我叫利亚姆。"荒谬的是，他竟然很高兴。就像是学校里新来的小孩出乎意料地跟孩子们的小头头成了朋友。他冒昧地问了一个半私人的问题："这工作是不是很棘手？在一堆熟人里当警察？"

"那倒没有，"卡尔说，"如果你有犯罪记录，或者如果我认为你应该有，那我在你面前就还是'警长'。否则就不会。如果我在每个人面前都摆出警长的模样，那我就不会

---

1 《正午》(*High Noon*)，又译《日正当中》，一部上映于1952年的美国西部题材的黑白电影。

有任何朋友了，我家里的其他人也不会有朋友了，那就有点孤独了，只剩下我们自己。不过，在其他城镇我会更注意保持距离。我对那里的人不太了解。"

"你还负责其他几个城镇吗？都是你管？"

"对，就我一个人。再加上琳达管行政。几个城镇，外加伐木营地。都是小居民区。各种地方的各种事都管。所以我才有了这个。"他拍了拍自己的肚腩，虽然从利亚姆坐的地方看过去，他的肚腩似乎并不太大。

"在普罗拉里坐了太长时间的后果，"卡尔说道，"还得去所有的咖啡馆坐着，听别人聊八卦。吃了那么多蓝莓馅饼——这是工作的重要部分，你知道吗，吃蓝莓馅饼。不然你怎么知道发生了什么事呢？"他笑了，"好了。咱们说正事儿吧。从头开始说。不要遗漏任何细节。"

电话响了。卡尔从齿缝里咒骂了一声，站起身来。"好的，"他对着话筒说，"让他们先封锁现场，我明天早上去查看。"

"抱歉，"他对利亚姆说，"有人往五金店的窗玻璃上扔了块砖头。不意外，那家的店主是个刻薄的混蛋，是我我也不介意搞他一下。"

他再次重重地坐在椅子上。"好了。你要把一切都告诉我。从最开始说起。"

最开始就是那只猫吧，利亚姆觉得。"我发现奥查德夫人有只猫。"他说，然后一直说了下去。他把他能想到的一切都跟卡尔说完之后，警察坐在那里望着炉火沉吟了一会儿。

"嗯，你带给了我这一天里最好的消息，"他终于说道，"或许是我这一年里最好的消息。虽然到头来或许还是一无所获，但至少这是条线索。我们一直没找到任何可以调查的线索。一丁点都没有。所以多伦多的警察同样无从入手——我一直在跟他们沟通。当然，我们不知道那个女孩是不是在那里，那里只是孩子们通常会去的地方，是他们唯一听说过的地方。他们觉得能在那儿打份工，顺便玩一玩。结果发现在那儿找不到工作，也找不到地方住，最后只能在街上晃。街上可一点都不好玩。那是个危险的地方。尤其是对年轻女孩来说。而且现在冬天就要来了。"

隔壁房间传来一阵猛烈的枪声，还有孩子们的欢呼声。

"你有孩子吗？"卡尔问。

"没有。"

"嗯，我告诉你吧，他们虽然个头和长相各不相同，但他们全都觉得自己什么都懂，所以也最容易成为被伤害的目标。"他摇了摇头，"她妹妹找到你，我们真是运气太好了。"

"我想不通。她为什么要跟一个陌生人说这些？"

"孩子们干的事儿，谁能说得清原因呢？你就住在隔壁，是最容易找的人。不过你说她觉得父母对她说了谎？"

"对。她说他们撒谎了，没把奥查德夫人去世的事情告诉她。我去找她父亲谈过，我告诉他，我不小心说出了实情。他对我态度挺好的——他说反正这件事他们也没办法再瞒着她了。他说他们认为现在把实情告诉她，对她来说会非常难以接受。"

卡尔若有所思地点点头。"他们的想法也是可以理解的，但那或许就是她来找你的原因：每个人都尽量向她保证没有什么可担心的，而她很清楚情况恰恰相反。然后你出现了，在无意中把真相告诉了她。所以她信任你。我跟你说，我在这些小城镇当警察快二十年了，信任就是一切。如果人们不信任你，他们有事就不会跟你说，如果他们不跟你说，那你就完了。无论如何，我们都不能让她对你失去信任。"

利亚姆不自然地扭动了一下身体。"呃……如果对你来说没什么差别的话，我宁愿不多掺和这件事。我不太愿意……"他想不出怎样措辞比较合适。

"你不太愿意什么?"

"呃,你知道——一个小女孩自己跑到我家来。除了她和我,没有别人。这样让我觉得不太合适。如果有人看到她……我宁可置身事外。"

卡尔盯着炉火。利亚姆等待着他的回答。

"我也赞同,这不是一种理想的状态,"卡尔终于说,"而且正常情况下我也不愿意。可惜我没有别的办法了,所以恐怕你只能勉强坚持一下了。"他露出想要让人安心的笑容,"这么说吧。那些房子两边窗户能互相看见,对吧?最好的办法就是你确保她父母从他们家客厅的窗户能一直看见她就行了。"

警察随便就否定他的意见,还假设他愿意将自己置于这样的境地,这让利亚姆很恼火。"我不明白为什么我要坚持。你为什么不能找她谈谈?而且你找她谈才更合理吧。"

"我是个警察,"卡尔冷静地说,没在意他的语气,"她在保护这个男孩,无论他是谁,他们怕的就是我这样的人。她最不愿意找的人就是我了。"

"那就找她父母,"利亚姆断然说道,"他们可以慢慢从她嘴里套话。"

"你自己告诉我说她不跟她父母说话了,"卡尔说,"我们决定不了她会向谁吐露心事。"他起身往柴炉里添了一块木料——炉门打开时,一股热浪扑面而来——然后又坐下了。他们看着火舌在新添的木料周围舔舐着,像是在尝鲜,然后开始把它吞没。利亚姆满心怨怼。

警察瞥了他一眼,然后苦笑了一下。"好吧,实际上我没有权利要求你这样做,而你作为一个与案子没有任何关联的平民,也绝对有权拒绝。但就像我刚才说的,这是我们得到的第一条线索,我真的绝望了。她失踪的时间越长,就越有可能遭遇不测。我们不能放过这个机会,我们必须查出这个男孩是谁以及他都知道些什么。"

他抬头望着利亚姆。"等我们查清楚了,你的任务就完成了,你知道。你可以装上防盗门,换锁。杀了那只猫。或许也可以不杀那只猫。所以我们说的也就是几天时间。而且无论如何,你很快就会把房子卖掉并离开这儿了,是不是?所以人们不会有时间产生那些龌龊的想法。"

这倒是。利亚姆一时忘记自己很快就要离开这里了。但他又想到自己之前有些自作多情;卡尔的友好,两人之间以名字相称等等这些表现,只是为了让他放下戒心和防备的策略,为了之后卡尔无论说什么,他都会同意去做而已。别扯淡了，他告诉自己，对自己的多疑感到厌恶。刚才的想法毫无理性：卡尔当时根本不知道他要说什么，也不知道会需要他的帮助。

卡尔在观察他。"我们现在说的是一个孩子的生命，利亚姆。每过去一小时，找到她而且她还活着的机会就变得更渺茫。你只是恰好处在一个可以帮忙的位置。"

无论卡尔的动机或者行事方法如何，他说的这一点确实无可争议。不过，利亚姆并不是因为想到了罗丝，想到报纸上那幅模糊的照片里她虎视眈眈地盯着他的样子，才抑制住自己的烦闷而最终同意的；他是为了克拉拉。那天傍晚她在他的脸上搜寻着，迫切需要信任他——信任某个人——但又不确定是否能信任他的样子，在他心中唤起了某种遥远但又强烈而悠长的共鸣。

他点了点头。"好的。"

"太好了。谢谢。"

有电视的房间里此时传来了那种适合骑着马奔向夕阳的可怕的音乐。卡尔拖着沉重的身体从椅子上站起来，走到门口探出头去。"该睡觉了，"他说，"詹姆斯——刷牙。凯瑟琳——换睡衣。然后换个儿。别胡闹。"

他回来坐下。在他身后，两个身影一闪而过，跑上楼去了。卡尔又站了起来。"要不要吃点冰激凌？"

"当然。"利亚姆说。

卡尔走进厨房旁边的一个房间，出来时双手各举着一大盒冰激凌。

"巧克力的？香草的？还是都要？"

"香草的。谢谢。"

卡尔放下盒子，再次消失，这次是走进了通向车库的侧门——开门时带进一股冰冷的空气——然后拿着锤子和凿子回来了。"这是家庭自制的，"他说，"图书馆的乔做的。是爱好也是生意，你得直接从她那儿买。用的是本地奶牛的奶油做的，没尝过的只能说是白活了。不过她还没完全调整好配方，这冻得比水泥还结实。我们撅弯了好几把勺子了。"

他把其中一盒的盖子掀开，开始用锤子敲打里面的东西。利亚姆在想这把凿子上次是凿过什么。然后他又想，如果有人用车库里直接拿来的凿子凿开一盒冰激凌并盛出一碗递给菲奥娜，她会做何反应，她对食物的洁癖已经到了偏执的程度。他觉得自己这个时候想到她真是太烦人了。

卡尔的孩子们出现在楼梯的拐弯处。他们的目光只在利亚姆的身上停留了一瞬间，判定他是个完全不相干的人，然后就转去盯住冰激凌了。

"哈，太好啦！"男孩说，"我们能吃点儿吗？"

"明天，"他们的父亲一边凿一边说，"这位是凯恩先生。跟他问个好，然后去睡觉。"

"嗨。"孩子们异口同声。

"嗨。"利亚姆回应。

"我们现在能吃点儿吗？"男孩问。

"不行，你们该睡觉了。"

"这不公平！"女孩说，"你们现在就能吃！"

"你们明天吃的时候，我们就不吃了呀。睡觉去吧。"

"可是爸爸……"

"最后一遍。睡觉去。好好睡。"

他们转过身，不情愿地上楼去了。

"所以我们要做的是，"警察说，"明天……你觉得她放学之后会过来找你吗？"

利亚姆点点头，心想，这家伙怎么能让日子看起来这么轻松呢，即使是在眼下这种承担着巨大的忧虑与责任的时候，他也面不改色。他似乎很清楚他在这个世界上的位置，并且在各种意义上都能应对自如。

"那么，明天你告诉她，如果这个男孩马上过来找我们并且把事情说清楚，他就不会因为隐瞒信息而进监狱。"

"我猜你说的是真话吧？"利亚姆问，把思绪拽回到当下的事情上来。

"是的。"

"他不会被送到一个不叫监狱但实际上就是监狱的地方，比如什么'青少年管教所'之类的地方吧？因为我不想骗她。我们这样有点像是……在利用她。"

"我们当然是在利用她。我也在利用你。到这种时候，连我奶奶我都一样利用。但我保证，如果只是隐瞒信息，他一定不会有事。当然，如果他涉嫌犯罪，那就另当别论了。"

利亚姆点了点头，卡尔直接承认是在利用他，这一点又让他思考。他带着巨大的欣慰——他的这种欣慰也真可悲——认为，如果卡尔的铁面无私是诚恳的，那么卡尔表示的友谊也一样是。卡尔想什么就说什么，纯粹又简单。

"好的。我告诉她之后，该怎样呢？"

"我们等等看那个男孩会不会联系我们。"

"我们要等多久？"

"我们需要留出时间让你告诉克拉拉，再让她转告那个男孩，所以至少要等二十四小时，比我希望的时间长很多。

你确定你不能说服她告诉我们那个男孩的名字吗？"

"我觉得她会守口如瓶的。要是不管用怎么办？如果他没联系你们呢？"

"我会去查。实际上，无论如何我都会去查，我只是不会声张而已。"

他递给利亚姆一个碗，里面装着凿下来堆成小山的冰激凌和一个勺子。"吃吧，"他说，"小心，别把牙崩碎。"

十三

克拉拉

"但是你真的确定吗?"克拉拉问。因为如果丹还是被逮捕了然后一辈子关在监狱里怎么办?

她放学回家时,凯恩先生在他家门外的前廊上,让她过去一下。

"是的。我真的确定。"

"为什么?"

他犹豫了。"我问了一个警察。"

克拉拉心里吓了一跳。

"没有什么可担心的,"凯恩先生迅速地说,"我没说那个男孩是谁。我也不知道他是谁,你没告诉我,记得吗?"

"你问的是巴恩斯警长吗?"

"是的。巴恩斯警长说，只要那个人立刻把他知道的一切都说出来，就不会有事的。但他必须马上说出来，克拉拉。这非常非常重要。"

这说明罗丝的处境极其危险，就在此时此刻。也许有一个人正拿着刀偷偷地靠近她。这个想法把她吓坏了，她足足过了一分钟之后才能开口说话。然后她说——她的声音如同哀号——"我不能马上告诉他因为他是高中生我得让我学校的一个女孩去告诉她的哥哥也就是和他在同一个高中上学的他的朋友让他从校车上中途下车来见我可这需要两天的时间。"

一阵沉默。

凯恩先生说："抱歉，你能再说一遍吗？"

她又说了一遍。

他思考着，望向窗外。看着他的样子，看到这件事让他忧虑的样子，新的恐惧叠加在连续好几周的旧的恐惧之上，已经太过沉重，突然间，一切都涌上心头，溢满眼眶，她哭了，她放声大哭，时而呜咽，因为如果罗丝现在死了，那是因为她，克拉拉，没能及时告诉丹。

凯恩先生双手插进牛仔裤的口袋里，转过身来。她能看得出他真的很讨厌她哭，像罗丝一样讨厌。她竭尽全力想让自己别再哭了，怕他又要说："你现在该回家了。"

凯恩先生转身走出了房间；她以为他是因为她哭个没完才离开的，但他随后又回来了，还递给她一盒纸巾。她擤了擤鼻涕，终于不再抽泣。

"那你给他打个电话呢？"凯恩先生突然说道，"这个男孩。你可以现在就给他打电话，从这儿打，让他给巴恩斯警长打电话。"

她想了想，啜泣减弱成了抽噎。

"我不知道他的电话号码。"

"如果你知道他姓什么，我们可以在电话号码本上查查——如果你不希望我看到，你可以自己查，我来教你怎么查。你知道他姓什么吗？"

她是知道的，但她现在怎么也想不起来。

"和你一个学校的那个女孩呢？你知道她姓什么吗？"

她知道自己知道那个女孩姓什么，但是她哭得头痛欲裂，而且她太担心罗丝，已经完全吓懵，根本没办法思考。

凯恩先生在奥查德夫人经常坐的那把大椅子上坐下，手肘撑着膝盖。他看着地板，伸手揉了揉后脖颈。终于他说："好吧，你已经尽力了，克拉拉。到了你什么都做不了的时候，也没必要再多想。明天去跟那个女孩说就行。"

他们坐了一会儿，恐慌感逐渐平息。地板很凉。为了不提醒凯恩先生她还在这儿，克拉拉非常安静地起身，溜去坐进了曾经属于她的那把扶手椅。出于某种原因，凯恩先生移动了椅子的位置，让它们正对着克拉拉家的窗户，她的椅子紧贴着房间正中那些已经在那里摆了很久的大纸箱。

"那些箱子里是什么？"她问道，忘了不该提醒他她还在这儿。

凯恩先生抬起头，吓了一跳。"什么？那些箱子？是我的东西。从我以前住的地方搬来的东西。"

"你为什么离开以前住的地方？"

他又低下头盯着地板。"我的妻子和我都觉得不想跟彼此在一起了。"

"你们不喜欢对方了？"

"我们曾经喜欢，但是后来就……不了。"

"哦。"克拉拉说。她不知道还会发生这种事。她决定以后再思考这个问题。"那你为什么不把里面的东西拿出来呢？"

"因为我很快就要离开了。"

他刚来的时候，她曾经希望他立刻离开，但是现在她发现自己不希望了。

"为什么?"

他耸了耸肩。"生活要继续啊。"他朝她勉强笑了笑。

"你为什么不能在这儿继续生活呢?"

"你一个晚上问的问题已经够多了好吗,克拉拉?"

"但是你多久之后就要离开?"

"我还不确定。"他俯下身,解开鞋带,然后重新把它系好。

克拉拉觉得,不确定就意味着有可能是好多好多年,那就好。"在你确定之前,我们能把这些箱子推过去靠着墙吗?"

似乎所有问题都要经过很长时间才能通过凯恩先生的耳朵进入他的大脑。克拉拉不知道他耳朵里是不是有耳屎。她以前有过,听什么都特别模糊。她不知道自己是不是应该再说一遍,大点声,但随后他说:"我觉得能吧。如果你想的话。"

"那样就整齐多了,"她解释说,"而且你也不用一直绕着它们走来走去了。但我们需要把空箱子放在前面,好让摩西能爬进去。"

那个人噗嗤一声,仿佛是不耐烦,又好像是在笑。然后他终于不再没完没了地研究地板，而是抬起头，对着她笑了。她以前从没见过他笑。他笑起来很好看。

"好吧。"他说。

他们两人起身把所有的大箱子都推到了墙边，把小箱子放在前面给摩西。房间看起来仍然不如没有箱子的时候整齐，但确实有所改善。所以，这是那一天发生的一件好事。

$*$

等待与丹见面的感觉就好像你坐在车上要去一个很远的地方，途中你特别想上厕所，但走了好长好长的路，都没有厕所。第二天上午在学校里，她趴在课桌上，眼睛看着奎恩夫人，但一个字都没听进去。课间休息时，她径直走到外面，心脏怦怦直跳，担心莫莉没在，担心她会因为嗓子疼或者拉肚子而没来上学。但她在，她看到克拉拉走近，就过来找她了。

"你为什么要跟他见面？"克拉拉表达了意思之后，莫莉好奇地问。在此之前，她一直表现得非常得体，从来没问过问题。

"我保证过，不能告诉任何人。"克拉拉啃着手指说道。她已经没有任何指甲了，很难找到可以啃的东西。

"是跟你姐姐有关吗？"

克拉拉惊恐地看着她。如果莫莉猜到了，并且告诉警察说丹知道一些关于罗丝的事情怎么办？然后会发生什么呢？

莫莉拍了拍克拉拉的肩膀。"别那么害怕，"她亲切地说，"我不会告诉任何人的。"

那天晚上她吃不下饭，她强迫自己吃，结果都吐了出来。她仍然站在窗前吃饭，虽然现在这样做也没什么意义了，因为罗丝在多伦多，而且除非克拉拉把她救了，否则她也回不了家。克拉拉的呕吐物溅到了窗台和地板上。母亲走进房间，说："哦天。没事的，宝贝。我马上就清理干净。你想在沙发上躺一会儿吗？然后要不要试试吃一块原味曲奇？"

克拉拉拒绝了，她想去喂摩西，跟它聊会儿天。母亲抚摸着她的头发。"好吧。摩西是个好朋友，是不是？"

她喂完摩西就坐在地板上，看着它钻进各种箱子，在里面把自己变成三角形、正方形和圆形，直到凯恩先生用钥匙开门的那一刻，摩西又把自己变成一只猫，逃之夭夭了。

凯恩先生问："一切都还好吗？"

她悲惨地耸了耸肩。

"你跟那个女孩说了吗？"

"说了。"

"好。太好了。那现在你能把做的都做了。"

她微微地点了点头。

他看起来有点恍惚，等她开口。"你是有事情想要告诉我吗？还是有问题想问我？"

"我们能打开一个箱子吗？"

他皱起眉头。"你父母现在应该希望你回家了吧？"

"我跟妈妈说了我要多待一会儿。"

他犹豫了好久，她以为他要让她回家了，但他最终点了点头。"那么，我想可以吧。当然。"

他选择了上面写着"客厅"的那个箱子，把它从地板上推过去，一直推到与侧窗对齐的地方，就像那些椅子一样，但更靠前。然后他从厨房拿来一把刀，只用一下就快速划开了长长的胶带，打开了箱子。

里面放着一些大件物品——两盏带有方形木头底座的

台灯，一个装着刀、叉和勺子的皮箱，这些餐具的手柄看起来很精致，他说是用骨头做的，但他不知道是什么动物的骨头。还有个木盒子，盒盖是用铰链连接的，盒子里的小隔层装着雕刻的小人，凯恩先生说那是雕成人形的棋子，但它们看上去根本不像人，而且象棋是成年人玩的游戏。盒子里还有一个画着方块的棋盘，他把棋盘放在奥查德夫人椅子旁边的小桌上，给克拉拉指出每个棋子的位置。箱子里的最后一件东西是一个奶油色的花瓶，带有铁锈红的花边，花瓶的边缘处还有黑色的跳舞小人。克拉拉最喜欢这件东西。

"你死后这个能给我吗？"她问道，那个人微微笑了笑说，当然。

"那几个打牌的小人能不能也给我？那是我最喜欢的东西。"

"是吗？"凯恩先生说，"这就有意思了，它们也是我最喜欢的东西。好吧，我死后可以把它们也给你。还有别的吗？"

"没有了，谢谢你，"克拉拉礼貌地说，"这些就够了。"

他们把大箱子里的所有东西都找地方放好了，除了那副刀叉和勺子，凯恩先生把它们拿进了厨房。客厅看起来很拥挤，因为奥查德夫人的东西也在，不过凯恩先生似乎并不介意。他把大箱子摞起来，克拉拉把包装纸叠起来，然后凯恩先生把它们都放到鞋帽间去了。

他们收拾完的时候，已经快到睡觉时间了，所以克拉拉没等凯恩先生开口说，就回家了。

她上楼换好睡衣，刷了牙，然后又下楼跟她的母亲道晚安，但母亲不在厨房里。"妈妈？"克拉拉喊道。没有人回答。克拉拉走进客厅，想看看母亲是否在那儿，结果透过前窗看到她在外面和凯恩先生说话。他们在说什么？这让克拉拉紧张起来。他们聊了很长时间，凯恩先生在点头，然后她母亲也在点头。克拉拉咬着手指甲。他们微笑着再次点头，然后母亲转身回屋里来了。

克拉拉害怕地问："你跟凯恩先生说什么了？"

"哦，我们只是在聊天，"母亲说，"我出去倒垃圾的时候他正好看到我，就过来说了几句话。"

"你们是在说我吗？"

母亲轻柔地从克拉拉的脸上拨开几缕头发。"说了一小会儿。别担心，宝贝。他说你很乖，说他不介意你过去喂摩西。"克拉拉开始放松，但是紧接着母亲又补充说，"可是说真的，克拉拉，他自己也能喂摩西啊，你知道。这件事不需要你专门过去做了。"

克拉拉惊恐地盯着她。如果她不喂摩西，她就没办法见到它或者凯恩先生了。"必须让我来做！我答应过奥查德夫人，所以必须是我！而且摩西怕他，它真的很怕。而且它需要我陪它一起玩，凯恩先生不陪它玩！我必须要过去！"她的声音几乎变成了嘶喊。

母亲说："天哪，克拉拉！好的好的，但是凯恩先生在家的时候你不要待得太久，也不要烦他，他这一天下来，一定需要一些安定和平静。"

所以，最终一切都没事了。

十四

伊丽莎白

医疗顾问来见玛莎了。当时我们刚吃完早餐，玛莎的下嘴唇上粘着一小块碎麦片。我努力示意她擦擦嘴，但她没看我，所以那块麦片就一直粘在那儿。

罗伯茨护士告诉医生们，玛莎希望我也一起讨论，他们似乎很乐意的样子。他们把我俩病床的隔帘都拉上了。医疗顾问是个体格魁梧、笑口常开的人，玛莎此时的状态差到只是看了他一眼，就吓得一句话都说不出，所以从一开始就是我来说话。

我问他是否可以跟我们解释一下手术的具体内容。他欢快地说，会在腹部切开一个垂直的刀口，还可能有一个较小的水平切口。"会留下一道疤痕，"他说，"但它会褪色的，而且无论如何您都不会穿比基尼的，对吧，威利斯夫人？"

玛莎露出一副难以置信的表情。她的眼神发狂。

我问他们做手术是要寻找什么，他说他们强烈怀疑她有个"增生"。我问如果是这样的话，把那个增生切除是不是就完事了，玛莎就会好起来了，这时，他的语气变得更温柔了——我想，玛莎在沉默中表达的痛苦是如此强烈，连他都开始意识到了——他说仅仅是切除本身似乎还不太够；可能还需要更多治疗。而且即便如此，他说，他们也不能说这就算"治好了"。只是会争取更多时间。我舔了舔嘴唇——我的嘴非常非常干——然后说："如果她不做手术，那么还……还会有多长时间……"

他点了点头。"病情越来越严重了，所以应该不会太长。"

"威利斯夫人七十五岁了。"我说。他又点了点头，然后说："当然，这是另一个需要考虑的因素。"

我们默默地看着对方，他穿着剪裁得体的西装，我穿着睡衣，在我们两人之间的床上，躺着一个穿着白色棉睡裙，领子上绣着小雏菊，下嘴唇上粘着碎麦片，此刻正处于极度恐惧之中的灵魂。

我们没办法进行讨论。玛莎过于激动，所以顾问走后，值班医生给了她一些镇静剂，她一整天都在昏睡。说实话，我自己也想来点镇静剂。我感觉很糟糕。我的心脏正在以一种最狂乱和最可怕的方式跳动着。

我希望我今晚不要死。我不想以这样的方式死去，亲爱的；我希望能够平静地告别我的人生。我希望临终时能够感觉到你陪伴在我身边。

凌晨时分，我回到了圭尔夫。那是个夜晚，我在户外。漆黑一片。我在房子的一侧摸索着往前走。然后我来到厨房，光脚走在地板上。在通向门厅的门口，我站住了。四周完全黑暗，但有种噪声，一种敲击声，响得吓人。我屏住呼吸，可是那敲击声越来越大，它会把所有人吵醒的，会把安妮特吵醒的。但醒来的不是安妮特，而是我。

我以为我要死了，我的爱。那敲击声来自我的心脏，而且我无法呼吸。当我尝试着吸气的时候，它就在我的胸腔里发出极为恐怖的呻吟，那声音大到惊动了一个值夜班的护士，她过来在我身下垫了一个枕头，又给我倒了一杯水，扶着我喝下去，而我几乎是遗憾地意识到，我还得再多活一小会儿。

数不清有多少次我问自己，一切怎么变成这样的。如今，隔着三十年的时光，我清晰地看到了答案：是一点一滴。

*

安妮特在半夜临产，比预产期提前了两周。我之前已经和他们说好，到时候无论几点钟我都会过来，拉尔夫送安妮特去医院的时候我会帮他们看孩子，所以，一月份某个寒冷彻骨的凌晨三点听到有人敲门时，我们立刻就知道是什么事了。

分娩的过程遇到了麻烦。安妮特大出血，被抢救回来之前失了很多血。两个婴儿（让这位母亲喜形于色的是，都是女孩）的个头都很小，医生们说她们和她们的母亲都要继续住院，直到三个人的身体都强壮些，或许要住几周。拉尔夫来找我们的时候看上去焦虑而歉疚：我们之前提出的是帮他带十天儿子，但现在他来问我们能不能继续帮忙照顾他，而且到什么时候为止还不确定。

我告诉他我们很乐意。（你当时还没下班回家。）至少就我而言，这是真话，我很乐意，但即使我不乐意，我还能说什么呢？这也有你的功劳，因为你回家后也接受了这个决定，只是看起来略微有些惊讶而已。

安妮特和双胞胎在医院住了四周。在这四周里，她的儿子实际上是我们的儿子。

我不后悔拥有过那段时光，我的爱。正如我无法因为经历了风雨就后悔见到过彩虹。那段时间里最美好的事就是看着你和利亚姆在一起。我没想到你们两个人会发展出一段如此融洽的关系；你是个非常矜持、内向的人，也几乎不跟小孩打交道。可是利亚姆发现了你身上一个连我都不甚了解的侧面，并且我怀疑你自己同样不了解。出于某种原因——也许正是因为你不知道怎样和小孩子说话，所以你用演戏来解决问题——从他到我们身边的第一天起，你就扮起了英国管家，而他则是贵族老爷。你还记得吗？

"早上好，老爷。"利亚姆每天早上从床上爬起来时，你都会这样说。（确定他要在我们家多待一阵子之后，你唯一的要求是让他住到'育儿室'去。你说你想找回属于我们两人的私密空间，我又怎么能反对呢。利亚姆和我一起装饰了那个房间，在墙上拼贴出一排正在行军的蓝色大象，正好在孩子视平线的高度——这花了我们三天时间，看起来蔚为壮观。）"我相信您睡得还好？现在需要为您准备洗澡水吗？"（还没完全睡醒的利亚姆，嘴角已经咧到耳朵根了。）

"我觉得最好晚点再说，"我在一旁用轻柔的声音说，"你上班要迟到了。"

"夫人建议晚点再说，那么现在就赶快穿上昨天的衣服去吃早餐如何？我们需要穿什么呢……短裤、外衣、更多的外衣……好了。我能建议您穿上袜子吗？这座老城堡的地板太凉了。"

看着你想要帮他穿袜子的样子尤其让人快乐。尽管你才华横溢，但你并不是一个灵巧的人，而一个四岁的孩子（利亚姆在他母亲分娩的前一天刚满四岁）也不太灵巧，尤其是他的脚。

"请您把脚趾伸直，老爷。呃，不是……请您把脚趾向前伸直好吗，对着袜筒？好多了，但还是不太行。或许我们可以试试……？"

早晨总是匆匆而过，当然你白天都在上班，但有时你会及时赶回家给他讲睡前故事，这是与孩子分享的宝贵时刻，看着他的想象力起航。

之后不久，你开始经常出差，我想应该是到安大略省和曼尼托巴省[1]的农场去考察，所以跟他见面的机会也少多

1　曼尼托巴省，加拿大西北部的一个省。

了，但是在那四周里，你们两人的关系已经非常稳固。我并不是说你像我那样爱他，查尔斯，但你非常非常喜欢他。而且毫无疑问，他也爱你。

三月初的一个周四上午，双胞胎出生四周之后，终于和她们的母亲一起回家了。邻居们纷纷前来探望，还带上了粉色的钩针外套、粉色的小帽子、粉色的小袜子、土豆沙拉、丰盛的炖菜和苹果派。安妮特那胯骨骨折的母亲在她们回家前一天赶到。她一屁股坐进沙发里，满脸丧气地一坐就是三周。

午饭后我按照安妮特的吩咐，把利亚姆送回了家。她给我们开门时看起来疲惫极了。

"利亚姆！"她快速抱了他一下说道，"进来！来看看你新出生的妹妹们！"

（不是"我太想你了！你终于回家了真好！"，甚至不是"你和伊丽莎白阿姨还有查尔斯叔叔玩得开心吗？"，只是"来看看你新出生的妹妹们"。我知道，我知道。她很累，被荷尔蒙驱使，也为新的家庭成员担忧。）

两个大女儿仿佛双胞胎版本的圣母玛利亚，坐在一把大扶手椅里，每人怀中抱着一个婴儿。婴儿们面部扭曲，挥着小拳头，竭力发出双倍音量的号哭。安妮特把利亚姆领到他的四个姐妹面前。"她们很可爱吧？"她轻声对他说，抚摸着一个婴儿的脸颊。"她们很小，是不是？你是她们的大哥哥，你知道吗？你要照顾她们。当大哥哥就要这样！"

利亚姆转身走开了。

"他的表现和我预料的一模一样。"安妮特疲惫地说，看着他消失在门厅的尽头。

"男孩就是这样，"她的母亲老到地说，"当老师的都会知道。"她对我说。

"哦——对不起，我应该给你们介绍一下，"安妮特说，"这是伊丽莎白，妈妈。"她的母亲和我互相说着见到您是多么高兴之类的话。安妮特说："我一直跟妈妈说起你，伊丽莎白。我们怎么感谢你和查尔斯都不够。我真的不知道如果没有你们，我们该怎么办。但愿他没有太招人讨厌。"

我说他表现得非常好，我们都非常喜欢和他相处，而且随时欢迎他再去我家住。我说："如果有需要，千万别不好意思开口，安妮特。真的，千万别客气。"

原本我一直在因为回家后房子里会空荡荡而沮丧不已，但此刻我竟然可耻地感觉到希望的萌动。安妮特现在有五个孩子、一个丈夫和一个行动不便的母亲要照顾。有些女人不费吹灰之力就能把一切都处理好，但安妮特不是那种人；她拿出最大的本事来，也一样是没有条理，没有效率，并且很容易被情绪左右。所以她和利亚姆之间会出问题的，在她打开门的那一刻，这一点就昭然若揭。

她坚持了一周。之后那一周的周四早上，有人敲门，我开门时发现她和利亚姆站在门口。他们两个人显然都刚刚哭过，安妮特仍然在哭。外面下着大雪，利亚姆虽然穿着大衣，戴着帽子，但他没戴手套，也没穿靴子，他的鞋里全是雪。安妮特甚至连大衣都没穿。我赶紧把他俩迎进屋里，关上了门。

"快进来，随便坐。"我说。安妮特的样子让我震惊。她头没梳，脸没洗，在睡衣外面随便套了件毛衣，用一枚尿布别针把裤子系在仍然有些发肿的肚子上。她看上去好像自从回家之后就没睡过觉，后来才知道实际上也是如此。泪水不断地从她的脸颊上滚落，仿佛她脑袋里有个地方的水龙头在漏水一样。她似乎没有注意到这一点，也顾不上擦眼泪。

"真的是太熬人了，"她说，"宝宝们仍然需要每隔两小时喂一次奶，而且利亚姆半夜也总是会醒，所以我一点儿觉都没得睡。有没有可能让他在你这里待一上午，伊丽莎白？我妈妈……我妈妈觉得他……我能把他放在你这儿吗，就几个小时？我本来不该再麻烦你的，你已经帮了我们很多了，但我记得你说过……"

我用很肯定的语气说，今天白天一整天他都可以在我家，晚上也可以住在这儿，实际上住两个晚上都没问题，这样她也能利用这个机会好好睡一觉。这时她开始发自肺腑地哭了起来，带着某种解脱感。

她走后，我到厨房去找利亚姆，他正跪在地板上，疯狂地涂着颜色，纸上满是蜡笔留下的杂乱痕迹。我进来的时候，他没有抬头。

"你妈妈非常累。"我说着，在他身边蹲下，抚摸着他的头发。他的眼睛下面有青色的阴影，他的脸又热又红。"是因为宝宝们一直在哭。她很快就会好起来的。不过，见到你真的非常非常高兴。我们在一起会过得很开心，是吗？"

他抬头看着我，然后放下蜡笔，站起来，张开了双臂，这很不寻常，他不是一个喜欢抱抱的孩子。我挺直身体，把他抱了起来。他紧紧抱着我，头向后仰，好看到我的脸，然后他说："我爱你比爱她更多。"

我告诉他千万不能这么说，我说他的妈妈非常爱他。但我心如刀绞，查尔斯。我的心被遗憾撕扯，还有——我几乎不知道该怎么形容——一种疯狂的喜悦。好像我要赢了。好像我已经赢了。

我怎么能有这种感觉，我怎么能这么爱他，这么希望他过得好？我怎么能？

那天晚上你和我吵了一架。或许吵架这个词并不恰当——应该说我们有了分歧。但那是一个让我灵魂深处大为震撼的分歧。事情的起因是，看到他又一次住到我们家来，你并没有像我预期得那么高兴。

"只是一两宿，"我说，"让安妮特喘口气。我以为你不会介意。"

"我不介意，"你说，"我自己没问题。但事情不该这样，不是吗？他应该和他的家人在一起。去了解和适应新的家庭成员。再次成为家里的一部分。"

"只是一两个晚上，对他不会有任何坏处。他会很开心的——你也看到了他多喜欢过来。"

你点了点头，望着我。过了一分钟，你说："他喜欢来是因为你花了那么多时间陪他，那么关心他，这些东西他的母亲目前都给不了他。"

"时间和关心正是他需要的，查尔斯。而且我跟你说实话吧；这两样东西他的母亲从来都没怎么给过他，双胞胎出生之前也同样没有。她更喜欢女儿们。有时候看着让人很难受。"

你的表情里有一些我看不懂的意味。

"怎么了？"我问。

"他不是我们的孩子，伊丽莎白。安妮特有多少时间给他与我们无关。"

"哦，我知道无关！"我急忙说，"我知道。我提起来只是因为我注意到了，仅此而已。而且这也不是问题的重点。重点是安妮特把他送来的时候还在哭。她完全没有时间睡觉。是她问我能不能带他一上午，但我看得出来她其实特别希望我们能带他一两个晚上，所以我才提出来的。这样没问题吧？我只要这样就够了。我的意思是，我要说我们真的不必……"

你起身走进厨房，又给自己添了些咖啡，却没问我喝不喝——你以前从来没有这么无礼过——然后又坐了下来。我希望你这会儿能够中止这个话题，但你没有。

"我担心的不仅仅是利亚姆，"你说，"还有你。"

"查尔斯，我一生中从来没有这么开心过！"

"我知道，这正是我担心的。因为这种情况不可能持续下去，我担心的是一切结束之后会发生什么。情况稳定下来，利亚姆回家之后。你要怎么应对呢？如果你不保持某种距离的话……"你停住了，盯着手里的咖啡，然后抬起头，"我怕你开始把他当成我们自己的孩子那样去爱他，伊丽莎白。而且把他当成我们自己的孩子去对待——那天我听见你跟他说，他要找的东西在他房间里。那不是他的房间，他只是临时睡在那儿。这种叫法不太合适。可能会让他感到糊涂。"

你停顿了一下。"说实话，我很怕你已经过于爱他了，这对你不好。对他也一样。"

我在恐惧和惊骇中听着你说的话。我看出你可能会以"为了我好"为由，结束这个把利亚姆送到我身边的奇迹。我看出我可能会失去他。再失去一个孩子。我知道我在曲解你的意思，但我不在乎，我出自本能地、愤怒地回答你，强调我在儿童教育方面有卓越的知识，把我拥有的每一件武器都用上了。

"查尔斯，我教小孩教了十年，我可以告诉你，根本没有爱孩子爱得太多这回事。孩子如果想成长为一个自信的、情绪上有安全感的成年人，就需要得到爱。利亚姆现在不能从他的父母那里得到爱，那么他就需要从其他人那里得

到爱。如果他饿了，你会反对我给他东西吃吗？因为对于
一个小孩子来说，要想茁壮成长，爱是同样重要的。就像
吃的喝的一样重要！他不能没有爱！"

我因为太想要说服你而声音发颤，我的心怦怦跳着，
我能感觉到红晕在我脸上泛开。

你坐回你的椅子上，眼睛盯着我。我回瞪你，带着愤
怒和指责，仿佛你把一个饥饿的小孩赶出了我们的家门。

"好吧，"你终于说，但并没有回避我的目光，"好吧。
可以。"

我现在才明白，当时你是在尝试想办法。我患抑郁症
的情形仍然历历在目，所以你不想让我难过，不想破坏这
个孩子给我的人生带来的脆弱的幸福。而且你知道当时他
家里的情况确实非常棘手，你希望他和我都能安好。

你一定下了决心，至少在那个时刻，唯一能做的就是
顺其自然，并期待最好的结果。

十五

利亚姆

利亚姆答应给卡尔做非正式助手的第二天早上，吉姆·皮克的儿子回来和他父亲一起开工了。一连好几周听吉姆没完没了地念叨他之后，利亚姆很好奇地想见见这孩子，结果他实际上就是他父亲的翻版，个子很高，骨架很大（但是瘦得像耙子——也许以后能强壮起来），有着同样开朗、英俊的脸和淡蓝色的眼睛。除了年龄，父子俩唯一的明显区别是，考尔几乎不怎么说话。这倒也对，利亚姆想，这孩子活到现在可能也根本没什么能插上嘴的机会。

"嗨。"考尔说，露出一个带着犹疑的微笑，并主动伸出一只又大又厚的手。利亚姆跟他握了手，说很高兴见到他。利亚姆不知道吉姆是不是会让他回家，因为他现在不缺人手了。但他似乎并没有这个意思。他们着手建造新厨房，首先要把旧厨房拆掉，每个人都有很多活儿要干。他们不知道是否需要在洗衣房里搭起一个临时厨房，好让贝克先生和夫人在装修过程中也有得用，结果夫妻二人早都安排好暂时住到女儿家，直到厨房完工。这意味着这三个男人可以独占这座温暖的房子、电灯、一个水壶和一个装得满满的曲奇罐，这简直是梦想中的工作环境。

吉姆一上午都在说个不停，考尔偶尔插嘴纠正他。"是一头牛，不是马，爸爸，而且是利弗先生，不是施诺特先生，再说利弗先生的脚实际上没骨折，只是擦伤了。"

"随便吧。"

午饭是苏珊做的火腿三明治，足够十个人吃，但他们三个人并坐在门厅一字排开的餐椅上，竟然全都吃光了。午饭后，吉姆把旧炉灶送去垃圾场，留下利亚姆和考尔把经年日久、已经裂开的油毡揭开，并刮去油毡边缘多年堆积的油垢。

他们两人默默地干了一会儿活。利亚姆跟自己赌十块钱，吉姆肯定会让儿子向他寻求一些关于上大学的建议，然后又加赌了十块钱，考尔开口说的第一件事肯定就是这个。

"我爸说让我问问你上大学的事。"考尔说着，拿起一把钳子去拔压在油布边缘的一枚钉子。

利亚姆给了自己二十块钱。他决定去哈德逊湾百货店买一条新牛仔裤，然后用剩下的钱到"热土豆"去吃水果馅饼。其实那里的菜单上不仅仅有汉堡包和奶酪肉酱布丁两个选项，他们还有各色馅饼——苹果、南瓜、蓝莓、柠檬酥皮，每一样都比前一样更好吃。他们的厨房里一定藏着个烘焙高手。

"是吗？"

"是。抱歉。我们也不是非得聊这个，只是我得问一句。所以现在没事了。"

"聊聊也没关系的。你有什么问题想问？"

"该怎么决定吧，我猜。比如是不是应该回去。"

"我认为这个没有人能告诉你。"

"我知道。"考尔用力向后拔着钉帽，"他们为什么要用两英寸的钉子啊，你说？他们觉得这块油毡还能跑到哪儿去吗？你上大学开心吗？"

"开心。大部分时间都挺好的。"

考尔点了点头，然后突然向后仰倒，那枚钉子终于被他拔掉了。"成功了！"他说着，手忙脚乱地爬起来，开始拔下一枚。利亚姆能够感觉到他的眼界比他父亲更开阔，就好像是，哪怕他一辈子都生活在同一个城镇的同一座房子里，不知道为什么，他还是能够更多地接触到外面的世界。电视的影响吧，或许。吉姆那一代人的成长过程中没有电视。那一定像生活在月球上。

"我知道我必须自己做决定，"考尔终于说，"但假如有人把你逼到墙角，用枪指着你的头说，'告诉他该怎么做，不然我就打爆你的头'。那你会怎么说？"

"那就是在遭到胁迫的情况下。"

考尔对他笑了一下。"对，一点点胁迫。"

"我想我会说去吧。"

"是吗？"男孩的声音很慌张，"为什么？"利亚姆瞥了考尔一眼，看得出他非常害怕外面广阔的世界。害怕他此后的人生。这可以理解，利亚姆想。害怕是正常的。

"那是一种新的经验，能让你未来拥有更多选择。而且，如果几个月之后你仍然不喜欢，你还可以退学，但如果过了几年你才意识到你做了错误的决定，你就不一定还能回去了。"

考尔郁闷地点了点头。"有道理，我想，"他说，"谢谢。"

利亚姆很想用枪指着别人的头，替自己问出同样的问题。他对自己之后何去何从仍然没有任何想法，和他刚抵达这里的那天的状况一样。

　　他们三点钟就收工了。在克拉拉放学回家之前，他还有足够的时间，他决定去图书馆买一盒香草冰激凌。图书馆是一座扁平而丑陋的现代建筑，虽然造价不菲。里面也不怎么样，唯一的优点就是接待区上方有个天窗，从那里投下来的光线把人们的目光从黑压压的让人提不起兴趣的藏书区中吸引过来，集中到庞大而杂乱的接待台后面那位图书管理员身上。她一头金发，面容姣好，但不能算是漂亮；她太瘦了，一张长脸棱角分明。仔细看的话，她也不年轻了。应该比他大几岁。

　　她的声音很好听，平静而低沉。声音很重要。你可以闭上眼睛，但你不能捂上耳朵。她正在和一位老太太说着话，那位老太太在自家书柜里发现了一本她一九四二年从图书馆借走的书，到现在已经逾期三十年没有归还。老太太正在和图书管理员讨论罚款。她们最后决定算了。"这样还挺公平的。"老太太说完，蹒跚着走向了藏书区。

　　图书管理员朝利亚姆笑了笑。"你好，"她说，"你应该就是凯恩先生吧？"

　　利亚姆说他就是。

"很高兴见到你，凯恩先生，久仰了。我是乔·卡斯里克。你来我们这里是想成为图书馆会员吗？我们的图书馆非常出色。"

"我……其实我是想来买点冰激凌。"

图书管理员歪了歪头。"抱歉，冰激凌只对图书馆成员提供。"她严肃地说。

利亚姆说，这样的话，他就加入吧。

"太好了！"她说，"我们一向欢迎新成员的加入，我会为你做一张借书卡。你喜欢读什么类型的书？我猜不会是小说吧。或许是历史书？人物传记？既然来了，不妨现在就选几本书吧。一次可以借走三本。"

利亚姆犹豫了。图书管理员大笑起来，有点可怜他。"你想要什么口味的，凯恩先生？我提供野蓝莓、巧克力和香草三种口味——我家冰箱里还有一些香草的，可以直接给你，如果你愿意今天晚上过来拿的话。"

"香草的就很好，"利亚姆说，不知道除了冰激凌她还有什么可以提供的，"哦，对了，我今天晚上可以过来。谢谢。"

开车回家的路上，他突然产生了一个想法，他来到北方以前的人生似乎越来越具有某种老电影的特质，观看的当时他也曾深深地沉浸其中，但如今显得微不足道，没有说服力，而且在色彩或者情节上都极为匮乏。索雷斯却有着实实在在的色彩与情节，甚至有些过剩。从各种角度而言，它似乎正在变得比商场遍布、车水马龙、地位卓著的多伦多更加真实。

不过，如果他返回多伦多的话，这种说法反过来也成立。也许他回去几个月就会发现，看起来不够真实的是索雷斯，那里不起眼的街道和商店仿佛梦中的景象，那里壮美的风景逐渐消失无踪，就像一张在日光下褪色的度假留影。

拐上回家的那条路时，他正在想着克拉拉——怎么才能在不把她吓坏的前提下让她知道时间紧迫，要快点和那个神秘的男孩谈谈呢——所以只有几百码就到家的时候，他才注意到，有一辆车停在他家门口。但他立刻就认出来了。那是菲奥娜的车。

她站在打开的车门旁边，好像刚刚抵达。她剪了头发，前面长，后面短，他们刚开始热恋时她就是这个发型，那时他一看到她就会想要她。她仍然很美，甚至可能更美了。

"你好，"他下车时她说道，"我想着给你个惊喜。"

他从来不喜欢惊喜。"嗨。"

一阵沉默。然后，利亚姆不情愿地开口了。"你是一口气开过来的？"

"没有，我在北湾住了一夜。"

他注意到她特意精心打扮了一番：及踝短靴、牛仔裤、加厚外套里面的高领毛衣，所有这些他以前都没见她穿过，但也都可以拿命来打赌，绝对是最高级的东西。她这次来应该不是一时兴起。他不知道自己有什么感觉。大部分是警惕。但也有好奇。

"我只是想知道你过得怎么样，"她微笑着说，"我想确定你一切都好。"

打个电话就行了。她有他的电话号码。

"我很好，"利亚姆说，"你怎么样？"

"我也很好。实际上是非常好。非常好。"

"那就好。"他朝着镇子方向的马路尽头瞥了一眼。他不希望克拉拉看到这里有个陌生人而却步不前。

菲奥娜指着房子。"所以就是这个！礼物！相当迷人，不是吗？旧世界的风格。"

"是的，很不错。"

她突然打了个哆嗦，跺了跺脚，然后轻笑了一下。"但是这儿太冷了！比家里那边冷多了。我们能进去吗？我想参观一下。"

"呃……现在不行，"利亚姆说，"我有约了。有人要来。不过如果你愿意的话，可以晚点过来。"

"这听着挺有意思。是跟卖房有关吗，是不是有买主要来？我可以假装成另一个买主，假装特别喜欢这房子，帮你抬价。"她咧嘴笑了，眼睛闪亮。

"不是。"利亚姆心神不定地说。他觉得他看到克拉拉从远处过来了。"跟房子没关系。实际上，我还要准备准备。抱歉，但你能不能……镇上有个咖啡馆叫'热土豆'。如果你愿意的话，我完事儿之后就去那里找你。我大概要半个小时。"

她向下努了努下巴。"是女人，对吧？"她自以为是地调侃道，"真是太好了，利亚姆。我真为你高兴。实际上，我来这儿的原因之一是我也遇到了一个人，我想确定你不会介意。你知道，不会觉得受伤害。所以这太好了。我们两个都开始了新的生活。"

"我得走了，"利亚姆说，"回头见。"

和克拉拉聊过之后，他觉得需要马上跟卡尔说一下，于是给警察局打了电话。为了跟那个知道罗丝消息的男孩说上话，克拉拉要花的时间比他们想象的还要长，对此警方肯定不会高兴。但是卡尔不在，开着警车出门巡逻，解决麻烦去了。利亚姆给他留了言，说他晚上都在，让卡尔给他回电。然后他就到镇上去了。

菲奥娜选择了餐厅靠里面的一个卡座，面对门口坐着。如果她这么做是不想被太多人看到，那她根本不需要费这个劲——除了服务员，这地方没有其他人。他进门时她冲他笑了笑，他点头回应。他让她等了将近一个小时，但她没有表现出任何恼怒的迹象，这在利亚姆的经验中还是头一回。

她面前放着一个半空的咖啡杯。他很想知道她和女侍者相处得怎么样。

"你要点什么吗？"他坐下时，菲奥娜问道。

"咖啡就好，"他说，"谢谢。"他仍然满脑子想着克拉拉。她绝望地担心着姐姐的安危。她努力想要止住眼泪，然后立刻要求移动他的箱子。她希望它们整整齐齐的。他猜测是因为她的世界此刻正混乱无序。

"这儿的咖啡很可怕，"菲奥娜说，"而且还要等很久。她花了大约半小时才把我的送来。"

"对，她一向不着急。"

菲奥娜抬起一只精心做过美甲的手，向女侍者示意，后者正在聚精会神地关注着马路对面的什么事情。她站在窗前，背对着他们，双手叉腰，撇着腿站着。

"这里真的是镇上最好的地方吗？"菲奥娜问道，根本懒得压低声音。

"这是镇上唯一的地方。"

"这样的话，我估计你不常在外面吃饭吧。"

"差不多每天晚上。"

菲奥娜瞪大了眼睛。

女侍者转过身。看到利亚姆之后，她脸上呈现出惊讶和高兴（高兴！）的神情。她走到他们的桌子旁边。"要咖啡吗，先生？"她礼貌地扬起眉问道。

"谢谢。"利亚姆说。他以前不知道她能表现出礼貌。他知道这是因为菲奥娜在场——她们两人显然一见面就看对方不顺眼了——但他觉得这挺逗的。

"要不要再来一块蓝莓馅饼？"

"实际上，那也不错。谢谢。"

她对他眉开眼笑——这真是个充满了初体验的下午——然后转身走了，几秒钟后把咖啡和馅饼端上了桌。

女侍者走后，菲奥娜摇了摇头，好像是想眼不见为净。“嚯，”她说，“哇哦。”然后她挥了下手，她以前在抛开一些烦人但不值一提的事情时经常这样。“总之，你的会面如何？”

“我的会面？”利亚姆说，“挺好的。”

菲奥娜笑了。“你不需要装模作样，利亚姆。我为你感到高兴。”

利亚姆用叉子叉起一块柔软的黄油蓝莓馅饼。

“在女人的问题上你动作很迅速嘛，”菲奥娜说，“不过话说回来，你一向如此。”她的声音带着笑意，但他没有抬头。“我想肯定有不少人在排队：镇上突然出现了一个有钱又过分好看的单身男人……不过，只要你找到了对你好的人，我就非常开心。”

他本想问问她觉得她自己以前对他好不好，但又决定还是不问了。保持礼貌，弄清楚她想要干什么。

“所以，你新交往的人是谁？”他礼貌地问。

菲奥娜看起来有点含糊。“哦，就是我在一个聚会上认识的。他也是个律师。不过不是我们事务所的。人很好，非常帅。”她对着他笑了，“他很有幽默感，我们在一起经常大笑，这很重要，是不是？”

利亚姆点了点头。根本没有什么其他男人。这么开心，简直幼稚。

"你一直待在这片树林里干什么呢？"菲奥娜欢快地问，"想要过闲散的生活？欣赏秋天落叶的颜色？很壮观，是吧，我开车过来的路上也注意到了。"

"我在这儿工作。"

"真的吗？他们这儿需要会计师？"

"不是当会计师，是当工人。我在给一个建筑商干活。"

"天啊！"菲奥娜说，"为什么？"

"因为挺好玩。"

"他付你多少钱？"

"他不付钱。他付不起。"利亚姆正准备解释一下以劳代偿，菲奥娜仰面大笑起来。

"他当然付不起！哦，利亚姆，利亚姆！"她笑得太大声，以至于女侍者都转过头来张望。

"你为什么到这儿来，菲奥娜？"

这句话直接而生硬地冲口而出，她猛地把目光移开了。沉默弥漫在整个餐厅里：他拒绝打破它。菲奥娜低下头，盯住咖啡上凝固的奶皮。

"我一直在思考我们俩的事，"她终于说道，"我一直在想，为了这段关系我们是否已经尽了全部努力。我不确定我做到了，也一直为此感到内疚。"她抬起头，与他四目相对。他想不起来上一次她这样不带愤怒或嘲笑地看着他是什么时候。他不由自主地感觉到一阵心痛。

"我们曾经有过非常美好的时光，利亚姆。我一直在想，我们是否应该再给彼此一次机会。试着把它找回来。"

馅饼已经吃光了，只剩下一些碎屑。他用叉子背面小心地把它们碾碎，再把它们舔干净。想要弄清楚。自我怀疑和不确定是属于他的特征，菲奥娜身上没有这样的性格。至于内疚，她连这两个字怎么写都不知道。所以，是什么让她改变了主意呢？他认为比较有可能的是，在他们决定离婚后的几个月里，她有过几段关系，但都没成功。她的律师事务所有很多应酬，而且以菲奥娜的脾气秉性来说，她会觉得在没有男伴的情况下出席各种场合是一种羞耻。或许她已经发现，要想再找个男人不如以前那么容易了——她三十五岁，和他同岁——所以她判断有他在身边总比谁都没有强。换句话说，她希望他回来是因为她需要一个伴侣，并且认定他是当下最好的人选。

但他犹豫了。是存在这些可能，没错，但在过去几周里，他越发意识到自己潜意识中无时不刻存在的，影响他判断、破坏他生活的悲观与偏执。你怎么可能了解另一个人的想法呢？你连你自己的想法都不知道吧？可能她说的是实话。从多伦多开车到这里来的路途很遥远，而且最后五十英里的路况非常颠簸，何况她还在一家邋遢的咖啡馆里面对着态度恶劣的女侍者坐了一个小时都没有离开；在某种程度上，这次见面对她来说一定很重要。

除此之外，还有一件事，那就是他自己也曾有过同样的想法：他们犯了个错误，他们应该更加努力一些。曾经她就是他的希望所在。她是他曾经亲近过的唯一一个人。

但你必须把这些与其余的事情综合起来考虑。和她在一起的最后几年对他只有全然毁灭的作用。

"利亚姆，"菲奥娜说，"说点什么。"

他注意到她眼周的皱纹，她看起来老了一些。他看得出她很孤独，他也是。但他在他们的婚姻中也同样孤独。

"我不知道该说什么，"他说，"我需要考虑一下。"

她一瞬间看起来很惊愕，然后恢复了常态。"我明白了。好的。"

他看了一眼手表。"已经六点多了。你想吃个汉堡吗？"

"不想。至少不想在这儿吃。"

"没别的地方了。"

"我们能不能回你家？"

"我家什么吃的都没有。"

"肯定会有点儿什么吧。"

"玉米麦片。面包。"

"没有奶酪吗，没有鸡蛋？"

"可能有一些奶酪吧，我不确定。"

她打量着他。"你不想让我到你家去，是不是？你害怕——你到底在害怕什么，利亚姆？你把你的新欢藏在卧室里了？"

"不是。"

"那是为什么？你怕我引诱你吗？你怕我一进门你就甩不掉我了？"她俯身向他靠近，把手肘撑在桌面上，手掌托住下颌，挑动嘴角露出一抹微笑。"是这样吗？"

确实有这部分的原因。毫无疑问，如果他们回到他家，那么她一定会试图引诱他，而且很可能会成功。在利亚姆的经验中，每当情欲和理智之间发生争斗时，一般都是情欲轻而易举地获胜。早上醒来时，他们就又在一起了。

但另一方面，更重要的是，现在克拉拉可能会在他家喂摩西吃饭，虽然他也不明白到底是出于什么原因，但他就是无法容忍菲奥娜与克拉拉见面的想法。倒不是说菲奥娜的态度会很不友好，恰恰相反；他非常清楚会发生什么：菲奥娜会蹲下来，与克拉拉平等地交流——更糟糕的情况是，她或许会盘起腿坐在克拉拉旁边的地板上——然后发出一些温柔的、体恤的询问，甚至还可能伸出手臂环抱住克拉拉，也许，更要命的，菲奥娜甚至会鼓励克拉拉哭出来，这样就能安慰她，接近她，抚摸她的头发。菲奥娜在假装理解一个孩子的感受，这个孩子身边的世界正在崩塌，她失去了她爱的人，不知道她们出了什么事，不知道为什么，不知道接下来还会发生什么，并且完全无能为力。对此一无所知的菲奥娜在假装关心。所有这些都是因为他在场而进行的表演，为的是向他展示她是一个多么可爱而温暖的人，过后她就会起身走开，把克拉拉完全抛在脑后。

"利亚姆，请你和我说句话好吗？"

"欢迎你来我家里参观，但要等到八点以后。那时候克拉拉应该已经走了。"

"好神秘啊！而且你都不告诉我为什么！这就像个侦探故事一样！"

"如果你想知道，我可以告诉你为什么。邻居家的小孩跟奥查德夫人很亲近。老太太住院的时候，她会过来帮老太太喂猫，现在也是。她显然非常想念老太太，和猫玩一会儿对她能有些帮助。"

"就是说我们回去的时候，房子里会有个小女孩在跟小猫玩儿，可这说到底又有什么关系呢？"菲奥娜问，"你能跟我解释一下吗？"

"她的生活中发生了很多事情。她的姐姐失踪了——已经失踪了几周，警察正在找，等等这些。她父母也是焦头烂额。我想奥查德夫人的房子对她来说像是个逃避的地方。避难所之类的。我不希望有其他任何事情打扰她。"

"你觉得我到房子里去会吓坏她。"

"不是吓坏她，菲奥娜，"他疲惫地说道，"但她就不得不去面对你，这就是打扰。"

"可是你在房子里就没问题？"

"我知道她会在那儿的时候，我基本上都不回去。"

"我的天！想不到你这么有社会良知啊，利亚姆！这谁能想到？我太感动了！"

他直截了当地说："那么，你是想现在吃个汉堡，还是八点以后吃点面包，或许再吃点奶酪？"

"这样行不行，我们回到你家，我在车里等着，你进去跟这个孩子解释一下——哦对了，她叫什么名字来着？"

"克拉拉。"

"你跟克拉拉解释一下，就这一个晚上，你希望她回到自己家去，因为你有个朋友要来吃晚饭。就这一个晚上。"

"我不想那么做。有时她会想跟我聊聊天。"

"就这一个晚上，利亚姆，这样你和我就能够讨论我们人生中可以说是最重要的决定。"

"我们可以在这儿讨论。"

"在特别、特别长的等待之后，一边吃着一个大树懒送来的油腻的汉堡包一边讨论吗?"

"那又有什么关系呢?"

"你知道吗?"菲奥娜手掌向下，双手拍在桌子上说，"我想我们刚刚已经讨论过了。"

利亚姆点了点头。"我也这么想。"

她走后，他点了一份汉堡和薯条，一边慢慢地吃，一边盯着对面卡座塑料椅背上的一个小裂缝。他听到了有人进来时开门关门的声音，女侍者的脚步声，还有咖啡馆另一端传来的笑声。女侍者没有询问就帮他续上了咖啡。

他在咖啡馆里一直坐到他确信克拉拉已经离开的时候，才开车回家。他在门厅里站了片刻，然后坐在楼梯上，手肘撑住膝盖，两手悬垂下来。他脑海中浮现出他和菲奥娜在咖啡馆的情景，他们聊着天，一句接一句，仿佛是在读剧本，仿佛一切早已注定：他们能说出那样的话是因为他们本性难移，也因为他们曾经说过的一切。他甚至不能为自己是否做出了正确的决定而苦恼，因为他根本没有做决定，他只是用自己的话来回应她的话，直到她走出门去。如果说他们两人之间真的还有机会的话，他也已经把这个机会搞砸了，和他搞砸曾经拥有过的每个机会的方式完全一样。之后就只剩他自己。独自一人。坐在楼梯上。

电话响了。应该是菲奥娜。她在加油站施展魅力，借用了什么人的电话。利亚姆接起来之后，她就会说："刚才不太顺利，是不是？我们明天再试一次。我会找个汽车旅馆过夜，明天早上再过来。"他该怎么说？

电话还在响。他费了很大劲才站起来去接了电话。

"所以，事情进展如何？"卡尔说。

"我的天啊，卡尔！"

他已经知道了？怎么会呢？一定是有人在咖啡馆看到了他们，然后十秒钟之内，消息就在镇上火速传开并直接被丢进了警察局的窗户。在这个地方，怎么可能有人逃脱犯罪呢？你擤个鼻涕都不可能不传遍全镇。

卡尔的语气小心翼翼："一切都好吗，利亚姆？"

"除了整个镇子都他妈的知道了我的事情，还行。"

一阵沉默。卡尔说："你有一条电话留言给我。我猜是跟你和克拉拉的谈话有关吧。"

"哦，"利亚姆说，感觉像是上辈子的事，"抱歉。我以为你……没事。我非常抱歉。"他闭上眼睛，忙着让大脑转换轨道。

"咱们重来一次吧。事情进展如何？"

"还不错，"利亚姆说着，尽量把思绪集中起来，"谈得挺顺利。但是她给那个男孩捎信的过程比较复杂。"

"怎么个复杂法？"

"她必须先告诉跟她同校的一个女孩，那女孩再让她上高中的哥哥告诉那个男孩，然后那个男孩必须从回家的校车上中途下车，在克拉拉放学回家的路上等着跟她见面。但她要到明天上学后才能跟那个女孩说——因为她不知道她的姓名和电话号码——所以得第二天才能把话带到。这意味着要花两天时间。"

又是一阵沉默。

"需要我再说一遍吗？"利亚姆问。

"不用了，我想我听明白了。但问题是，两天也不够，得花三天，因为那个男孩跟克拉拉谈完之后，他得回家考虑一下。如果他不相信她对他说的话，他还是不会来找我们，我们也还是不知道他是谁。"

"该死。"利亚姆说。

"是啊。"

电话那头传来孩子们争吵的声音。卡尔捂住话筒，声音含混地说："玛吉，关一下门好吗？"然后他的声音又清晰起来，说道："他应该会在她家附近下车，因为那里的住户比较少，被人看到的风险也比较小。我去那里蹲守他们。"

"如果他什么都不告诉你呢？"

"我就逮捕他。"

"你不能这样做，不能连考虑的时间都不给他！"他向克拉拉保证过那个男孩不会有事的，而且她相信了他。

"我能，而且我会的，一个孩子的生命危在旦夕。我很抱歉。"

愤怒，现在的和过去的，对菲奥娜的愤怒，对他自己的愤怒——对他整个人生的愤怒——在他心中掀起滔天巨浪，他对着电话那头爆发了。"我他妈才不管你是不是抱歉！你跟我保证过，我也保证过——我保证过——跟一个七岁的孩子！"

一阵沉默。最终，卡尔开口了，他的声音平静、沉稳，仿佛在劝说一个手里握着大刀的危险人物。"我们好好想一想，可以吗，利亚姆？我的问题在于，三天的时间太长了，我想不出还能做些什么来加快推进。但我愿意接受建议。"

利亚姆因为自身过于震怒而无言以对。

"也许还有我没想到的，"卡尔说，"比如其他的办法。"

"我只知道一点，"利亚姆努力让语气正常，"那就是你不能逮捕那个男孩。"

卡尔说："你希望一个十六岁的女孩冒着被强奸和谋杀的危险在街头再多待一个晚上，只是为了让她七岁的、希望她活着回来的妹妹不会对你失望？你是这个意思吗，利亚姆？"

利亚姆重重地挂断了电话。他一动不动地站了几分钟，盯着电话机，心脏狂跳，呼吸困难。然后他打了回去。

"我会找到他们，"他说，"我会说服他。"

"你真是个难缠的王八蛋，你知道吗？"卡尔严厉地说，"你去就能有什么不一样吗？"

"因为我不是警察，我不能逮捕他，他知道克拉拉信任我。"还有一句话他忍住没说出来：还记得你关于信任的那通说教吗？

长久的沉默。"好吧，"卡尔不情愿地说道，"我们试试看。但我告诉你，利亚姆，我会紧紧盯着你的。你看不见我，但我一直在。"

利亚姆走进厨房打开冰箱。里面几乎是空的。他突然想起了冰激凌，他本该去图书馆管理员那里拿的。图书管理员乔。他决定去——肾上腺素仍然在他的血液中涌动，他需要活动一下，不然睡不着觉。他看了看手表，以为已经临近午夜了，结果发现还不到八点半。

乔给了他去她家的路线，她家并不远——在索雷斯，任何地方都不远。在这种气温下，冰激凌在回家路上融化的可能性为零，所以他走路去了。他走得很快，冷冰冰的月光为他照亮前路，他的呼吸在冷空气中变成一团白雾，他残余的愤怒——翻腾的肠胃，加速的脉搏——慢慢缓和下来，让他一时搞不清楚自己为什么愤怒。他仍然被愤怒之中的狂暴所震撼。他一定有什么地方不对劲，正常人不会有这样的反应。

那座房子很小，是一栋单层的白色木板房，房前有一个带百叶窗的前廊，整座房子都非常需要重新刷一遍漆。

"进来吧。"乔说着，把他迎进屋，并迅速关上了门，把寒冷挡在外面。在门厅的灯光下，她看着他说："看样子你似乎还需要喝杯咖啡。"

"嗯……确实。"利亚姆说。他只想来拿冰激凌，他绝对受不了一个晚上的闲聊，这一天已经太漫长，太辛苦，太压抑。

"从这边走。"她带着他走进一个带厨房的小客厅，水池、炉子和操作台靠着一边的墙壁，客厅中间摆着餐桌和椅子，角落里有一个柴炉，柴炉前有两张矮扶手椅。这地方的每个人都愿意在火炉前蜷缩着，原因不言自明。乔指了指扶手椅。"坐吧。"

两把扶手椅里只有一把看起来松垮一些，像是经常有人坐，这说明她是独居。椅子中间放着一张小边桌，上面有一盏阅读灯和一堆摆得不太稳的书。墙边还堆着更多书，挺搭配的，他想。柴炉前面铺着一张几乎没有颜色的小地毯。除了这些，房间里几乎没别的东西；没有书柜，没有装饰品或优雅摆放的灯具，墙上没有画。尽管如此，由于柴炉里轻轻散发出一阵阵的热量，房间仍然足够舒适。他坐下来，突然因为疲倦而晕眩。他会喝杯咖啡，然后找个借口回家。

"你买冰激凌之前应该先尝尝，"乔把咖啡壶放在电炉上说，"价格不便宜，因为奶油含量很高，所以你要确定是你喜欢的口味。另外，我得先警告你，它冻得比较硬。"

　　他开口想说他在卡尔家吃过一些，但她已经消失在一扇门后面，似乎是到房子后面临时搭起的一个简易屋去了。一分钟之后，她拿着一个大盒子重新现身。

　　"这是我给自己留的，用来招待客人。或者如果哪天过得很辛苦，我也会自己吃点儿。或者是我觉得想吃的时候，比如，就像现在。"

　　她从水池旁边的抽屉里拿出一把凿子和一把锤子，向冰激凌发起进攻。"这招是我从卡尔那儿学到的。卡尔·巴恩斯，我相信你们已经认识了。实际上，我知道你们认识。你还认识吉姆·皮克。他们俩似乎已经够你忙了。"

　　她对他微笑。在图书馆，她的头发是向后梳起来的，但现在已经披散开；当她向前俯身时，饱满而浓密的秀发就会垂到她的脸颊旁边。她用手腕把它们往后挡，姿势流畅而优雅。性爱的熟悉韵律不顾他的抵挡——实际上是抗拒——突然在他脑海中不期而至：第一次触碰，第二次触碰，嘴，脖子，乳房，等等。然后他又想回家睡觉，后一个想法占了上风。他想不起来以前有过这种情况——这让他警觉起来，他怀疑自己是不是得了什么重病。或者正在面临崩溃，或者正在变老。

"奶油？糖？"

"只要奶油。谢谢。"

她递给他一杯咖啡，并将那碗冰激凌在书堆上稳稳放好。"别着急。享受乐趣不应该匆匆忙忙的。"她也给自己凿了一碗，把盒子放回去后，回来盘起腿坐进另一张扶手椅里。房间那么小，利亚姆伸手就可以触碰到她。他们两个人都在盯着炉火。安静极了。他吃了一勺冰激凌。

后来回想起这个夜晚时，他心下承认，尽管冰激凌非常好吃，但也不太可能让他拥有那种改变身心、近乎神秘的体验；它只是非常好吃的冰激凌而已。但他当时正处在低潮期，是长久以来情绪的最低谷，他疲惫、沮丧，内心充满自我厌恶和自责，而他坐的椅子很舒服，房间很温暖并且有着令人愉快的香草气味，他身边的女人没有喋喋不休地破坏一切，而只是默默地坐在那儿，望着摇曳的火焰。他慢慢地吃着冰激凌，让它在口中软化，顺着喉咙滑下去，清凉香甜，一种平静的感觉逐渐将他包围——这是他人生中极为罕见的经历。

他吃完之后，把碗放在书堆上，又坐回椅子上。他觉得他应该说些什么——对她表示感谢，说冰激凌有多好吃，说他真的感觉焕然一新精神抖擞——但他不想打破这种气氛，于是保持沉默。乔仍然在盯着炉火，空碗就放在膝头。他只能看到她的轮廓，但他觉得她似乎有心事，需要认真思考的心事。而他需要的是完全不思考，有那么一会儿，他把头靠在扶手椅的椅背上，闻着空气中弥漫的香草味道，达到了那一种状态。

终于，这个女人似乎是心意已决地站起身来。她把两只空碗放进水池里，然后回来，站在那儿俯视着他，她的头歪向一边，就像在图书馆时那样，她的头发向前滑落，丝丝缕缕。

"那么？"她问。

十六

克拉拉

丹说:"他告诉警察了? 他告诉巴恩斯警长了?"他似乎很害怕, 这也让她感到害怕。

"他只是去问, 如果有人一开始不说但之后又说了, 会不会进监狱。"

"对, 但巴恩斯警长会知道是怎么回事的, 克拉拉! 他不傻, 他会知道的。"

"但他不知道你是谁!"她不该去问凯恩先生的, 不该! 但是罗丝! 罗丝!

"可这个人是谁, 你根本不了解他! 他可能是个便衣警探! 他们可能是故意把他安插在隔壁的房子里的, 反正那里也空着。"

"他不是！那房子现在是他的，奥查德夫人把房子给他了，我爸爸说的！而且他人很好！"她不得不停下来呼吸，"他说，如果你马上把你知道的都告诉巴恩斯警长，你就不会进监狱，但你必须马上告诉他，因为罗丝有危险！所以我们现在就要去告诉他！必须要！"

丹把手里抽了一半的烟弹了出去，根本没看它落在什么地方，这样可能会引发山火的。他又从烟盒里抖出一根烟，点燃，三口就抽到烟头几乎贴近手指，烟灰在烟头上颤动着，像一条灰色的毛毛虫。他把烟头丢在地上，站在那里看了一会儿，摇着头。克拉拉焦虑地看着他。

"我不知道，"他说，"这可能是个圈套。"

从远处她家的方向开来一辆车。丹骂了句脏话，就躲进了树荫里。

"是警车吗？"他藏在树后问道。

"不是。"克拉拉说。她现在能看清楚了。是凯恩先生的车。

"你走吧，"丹急忙说，"就像你往常那样走路回家。别停下来，等那辆车过去，开到看不见的地方，你再回来。"

她开始走，但那辆车开得很快，她才走了几步，车子就开到她身边了。凯恩先生摇下了车窗。

"嗨，克拉拉。"他说。

"嗨。"

"你跟那个男孩见过面了吗？"

克拉拉不知道该说什么。她希望他说话能小点儿声，他这样，丹能听清楚每一个字。

"我猜你的意思是见过了，"过了一会儿，他说，"他说什么？他要去找巴恩斯警长吗？"

她不知道该说什么。

凯恩先生说："克拉拉，你为什么不能告诉我他说了什么呢？这是为了帮助罗丝，记得吗？"

他在努力不发火，她可以从他的声音里听出来。这让她更担心了。"他说他不知道该怎么做。"

凯恩先生揉了揉脖子。

"你是多久前跟他说的？"

她咬起了手指甲。

"他已经往家走了吗？"

她已经没有指甲可啃，于是开始啃手指。

凯恩先生打量着她，然后坐了回去，看着前面的路，嘴角紧紧抿着。一辆汽车驶过，消失在远方。凯恩先生从座椅上向前俯身，眯起眼睛看着前方地面上的什么东西。克拉拉也看了看。在路边的土地中间，有一小块的颜色略浅，仔细看是许多小白棍堆在一起。是烟头。有些非常白，上面没有灰尘，也没有淋过雨。

凯恩先生又坐了回去。过了一会儿，他转过身开始说话，他向她侧过身子，用根本没必要的超大的声音说："我要下车了，克拉拉。我哪儿也不去，如果他就在附近，我只想让他看到我。我不会强迫他做任何事情，全由他决定。如果你知道他在哪儿，请你去告诉他，如果他愿意，我现在就开车带他去见巴恩斯警长，他们谈话的时候我会陪着他，然后再开车送他回家。告诉他，我向他保证，如果他现在出来，就不会有任何麻烦。把这些都告诉他。"

她不知道该怎么做。她转身想去告诉丹，但又停了下来，因为那样凯恩先生就会知道他在哪儿了。而且，无论如何，丹肯定已经听到了。

凯恩先生下了车，走到车前面，双手插在口袋里，靠在引擎盖上。克拉拉待在原地，用她的鞋子在地上画着线，然后，过了很久，丹从树林里出来，走过来坐进了车里，凯恩先生也上了车，他们开车走了。

"今天周二。"那天晚上她告诉摩西。它正在把脑袋塞进她掬起的双手中，大声打着呼噜，它的声音真大啊，让她的手指发麻。"周四晚上，罗丝就会回家。或者周五。也许就是周五，反正不会再晚了，因为现在警察知道她长什么样子，也知道她的名字，会很容易找到她的。"

她想象着罗丝在临睡之前说着："过来，爬到我身边来。"像以前那样。然后她就会爬到罗丝的被窝里，在罗丝的怀抱中入睡，她的脖子能感受到罗丝的呼吸，并且知道早上醒来时，罗丝会在。然后有人会告诉罗丝，是克拉拉救了她，罗丝会张开双臂抱着她，来回摇晃她，说谢谢你，谢谢你，我聪明的小妹妹。

临睡前，克拉拉把罗丝的所有衣服都从柜子里拿出来丢在地上搅乱，弄得满屋乱七八糟，表示对她的欢迎。

*

周三上午课间休息时，她没有坐在台阶上，而是走向了白栅栏边那块光滑的水泥地，曾经是她朋友的女生们——鲁丝、珍妮、莎朗和苏珊——正在玩花式跳绳。莎朗和鲁丝在摇绳，珍妮和苏珊分别从两侧跳进去。苏珊玩得不太好，总是踩到绳子。克拉拉非常擅长这个游戏，至少以前是。她希望她们能让她一起跳。一开始她们没有，只是瞥了她一眼，敷衍地笑了笑，然后继续跳，但最后鲁丝停下了摇绳的手。

"嗨。"鲁丝说。

"嗨。"

"你要来跳一轮吗？"

"好。"

她们又开始摇绳，她蹿进去跳了六七个，但她内心的兴奋让她没办法集中注意力，所以跳得乱七八糟。

"我没怎么练。"她站在已经停下的绳子中间说。

莎朗说："一会儿等你想起来怎么跳了，可以再试试看。"

午餐时，奎恩夫人说："你看起来好些了，克拉拉。有什么好消息吗？"

克拉拉说："还没有，但很快就会有的。"奎恩夫人拍了拍她的头，说："这样想就对了。对你有好处。"

*

周四过去了。周五课间休息时，克拉拉和其他女生站在一起，看着她们跳绳，但她自己没跳。她的脑子嗡嗡响，她知道自己会晕头转向。放学时她几乎是一路小跑着回家的，因为罗丝会在厨房里，等着她，她知道肯定会的。

周六一上午她都站在窗前哼唱，哼着平淡的没有起伏的调调。她什么都没想，只是哼唱。

下午她去找摩西玩。它似乎也没办法集中精力。它把自己塞进每个箱子的每个角落太多太多次了，所以它已厌倦了，而且它很久没有对老鼠表现出兴趣了。也许那只老鼠已经不在了，也许它死了，就像奥查德夫人一样。

如果凯恩先生在家，情况会好一些，但他不在，他和皮克先生非常忙碌，总是工作到很晚才回来，只有周日休息。而且，傍晚的时候虽然凯恩先生总是像往常一样，在同样的时间到"热土豆"去吃饭，但有时候他回来得很晚，她没法再等下去，只能回家睡觉了。她想问他为什么罗丝还没有回家。她还希望他只要能在就行。他应该在这儿的。

虽然摩西正趴在她的腿上，但她还是坐立不安，所以她轻轻地把它推开，站起来到处打开抽屉和橱柜，她在找什么，她也不知道。

在奥查德夫人（凯恩先生）厨房里柜子的高处，她看到了一个鱼缸。她记得这个鱼缸已经放在那里很久了；它曾经是奥查德夫人的姐姐戈德温小姐的东西，后来她太老了，就死了。有一次克拉拉问奥查德夫人，她们能不能养一条金鱼，但是奥查德夫人说摩西会在十秒钟内吃掉它，所以那个鱼缸就一直放在原处。

现在，克拉拉把一把椅子拖到台面旁边，爬上椅子然后又爬上台面，小心翼翼地把鱼缸端了下来。她把鱼缸拿到客厅，放在地板上。

"这是个鱼缸，"她告诉摩西，"你喜欢它吗？"摩西走到鱼缸旁边，腿脚僵硬，疑虑重重。它并不像在橱柜里看起来那么大。"它太小了，"她遗憾地说道，"你块头太大。"

摩西围着鱼缸足足绕了两圈，然后把它的两只前爪搭在缸沿上，往缸里看。

"看到没？"克拉拉问，但它不相信她。它把自己挂在鱼缸边缘，像一条茶巾似的，然后上上下下里里外外地仔细研究着鱼缸。"如果你把整个身体都塞进去的话，那你可能就出不来了哦。"克拉拉警告道。话音未落，它就快速翻了个身，动作迅速到她几乎没有看到是怎么发生的；有那么一分钟，鱼缸里一阵骚动，它胡乱扭摆着身体，想方设法把尾巴也收进去，最后它终于成功了，变成了一缸猫。

克拉拉兴奋地尖叫起来。"你的脑袋呢？"她喊道，"摩，你把脑袋藏到哪里去了？"又一阵骚动之后，一只巨大的眼睛贴着玻璃出现，得意扬扬地盯着她。

她太想给凯恩先生看看这个场面了，她一定是给他施了咒语，因为这时传来了钥匙插进门锁的刮擦声，鱼缸里的一团毛发瞬间激灵起来，凯恩先生进来的同时，摩西从鱼缸里蹿出，从后门跑了出去。

"你错过了！"克拉拉大喊，"就差一点点，这是它做过的最了不起的变身动作，我真想让你看到啊！"

凯恩先生说："我开始怀疑是不是真的有摩西这只猫了。你确定它不是你编出来的吗？"

克拉拉惊呆了——他怎么会有这种想法？但随后凯恩先生大笑起来，她才明白他是在逗她，就像罗丝以前那样。

周日，她感觉好些了，因为凯恩先生告诉她，警察可能仍然需要很长时间才能找到罗丝，所以至少她知道。周一，她像往常一样去学校。去和回来的路上都数着自己的步子，但一直数错，这让她很害怕，因为这是不吉利的兆头。她到家时，和她家只隔着一户的邻居兰德夫人也在她家里。克拉拉刚一打开大门，兰德夫人就急匆匆地跑进门厅说："哦，我亲爱的孩子，到厨房来，你妈妈在那儿。"

克拉拉的心脏停跳了一拍——罗丝！——但当她走进厨房时，发现母亲正坐在餐桌旁边，脸上泛着白色和紫红色的斑点。克拉拉在门口停住。她喊道："妈妈？"

她的母亲站起来，走到她身边，俯身抱住她。"宝贝，"母亲说，"他们找到了一个女孩，他们不知道是不是罗丝，你爸爸已经赶去确认是不是她了。所以我们还不知道。但有可能是她，年龄对得上。"

"她没有说自己是谁吗？"克拉拉不解地问。

"没有，宝贝。没有，她……她不能说了。爸爸见到她之后会给我们打电话，但可能要等到明天早上，他赶到那儿应该已经很晚了。他会给我们打电话，到时候我们就知道了。"

母亲的另一位朋友特纳夫人听到消息后也赶来了，女人们泡了茶，问克拉拉要不要喝点牛奶，吃点曲奇，但克拉拉摇了摇头。

她的母亲又坐了下来，张开双臂，想让她过来坐在她的膝头。特纳夫人说："过去吧，安慰安慰你妈妈。"母亲腿上会很热，很湿，因为她还有好多眼泪没流出来，那些女人会说个没完，不停地让克拉拉吃曲奇。克拉拉朝着母亲摇了摇头——她的母亲看起来真的很难过，但她不在乎，她不会在乎，她转过身，走出厨房，到凯恩先生家去了。

她在客厅里靠墙坐在地上。地板和墙都很凉，但她心急如焚，所以没什么感觉。摩西出现了，它走过来闻了闻她，后退几步，仿佛不喜欢她不开心的味道。但后来它改变了主意，爬到她的腿上，蜷缩起来。不过它没有打呼噜。它一定知道现在这个时候不适合打呼噜。

过了很久，传来了钥匙开锁的声音，摩西迅速跑掉了，凯恩先生走了进来。他在门口站了一会儿，看着她，然后轻轻地说："可能不是她，克拉拉。他们发现的那个……女孩……是在温莎，而你的朋友丹告诉我们罗丝要去多伦多。还有，这个女孩是长发，而丹说过罗丝要把她的头发剪得很短，记得吗？所以很可能不是她。"

克拉拉点了点头。

过了一分钟，见她还是什么都没说，凯恩先生问："你想再打开一个箱子吗？"

周二一大早，克拉拉的父亲来电话了。她的母亲对着电话痛哭起来，克拉拉怕得浑身僵硬，不过，母亲放下电话后说："不是罗丝，死去的女孩不是罗丝。哦，克拉拉，听到别人家的孩子出事我竟然会开心，这真是太糟糕了。"

那个死去的女孩不断浮现在她脑海中。她刷牙的时候，或者上学时坐在课桌前的时候，都会突然看到那个死去的女孩躺在地上。她一直看不清她的脸，只能看到她的眼睛像死人的眼睛一样紧闭着。或者她到操场上看其他女生跳绳的时候，会突然意识到有一具尸体躺在栅栏边上，那就是她。这让克拉拉的心怦怦直跳，几乎无法呼吸。

在梦中，她看到那个死去的女孩走在她前面的路上。克拉拉追上她时，那个女孩转过身来，眼睛仍然闭着，可她就是罗丝。克拉拉尖叫着醒来。她的父母匆忙赶来，母亲抱着她，告诉她那只是一个梦。一时间，克拉拉以为她的意思是所有这一切都是一个梦。但大部分并不是。

*

周五下午，丹在等她，这是件好事，因为他也知道没有罗丝的感觉是怎样的。不过，她远远地就从他低着头对着地面吐烟的站姿看出来，他也没有新消息。

"嗨。"他看到她走过来的时候，打了声招呼，还递给她一支烟，这非常非常不像话，她甚至还不到八岁，而且她根本不想抽烟，烟的味道很恶心。她摇了摇头，丹说："对不起。我不知道为什么会这么做，罗丝会杀了我的。"

有一阵子他什么都没再说，只是抽着烟，望着马路对面的树林，不过最终他开了口。"我不明白的是他们为什么要花这么长时间，已经一周多了。凯恩先生说过什么吗？"

"他只是说可能需要很长的时间，因为多伦多真的很大。"

"是啊，"丹说，"我知道那里很大。但是天啊。"

他们又并排站了一会儿。风很大，非常冷。

丹竖起了大衣的领子。他说："我觉得咱们还是回家吧。现在刮的是北风，会越来越冷的。"他低头看着她，露出一个滑稽的微笑，说："罗丝回来之后，别告诉她我给你递了一支烟，好吗？她真会杀了我的，不开玩笑。而且她不喜欢我抽烟。"

不知为什么，这让她感觉好些了。仿佛罗丝此时就和他们一起站在那里，冲着丹发脾气，像她在离开前的那些日子里经常对别人发脾气一样。

*

半夜，她觉得不舒服。浑身疼痛，而且身体忽冷忽热。早上起床时，她头疼得太厉害，忍不住哭了起来。母亲进来，伸出手贴在她的额头上，然后说她应该回床上去。母亲给她拿了半片混在草莓酱里的阿司匹林和一杯加了蜂蜜的热柠檬汁。

她在床上躺了两天，只有上厕所的时候才起来。第二天晚饭时，母亲问她愿不愿意穿上睡袍下楼喝点汤。于是她下楼喝了几勺汤，吃了一块饼干，然后又回去睡了。

她梦见罗丝走进了房间——不是那个死去的女孩，而是罗丝本人，罗丝还活着——坐在她的床边。这个梦太震撼，让她惊醒。外面天已经黑了，但五斗柜上的座钟显示时间是八点十分，所以她的父母应该还没睡。她站起来的时候，脑袋里激荡着与心跳同频的怦怦声，但过了一分钟就没那么厉害了。那个梦仍然在她脑海中萦绕，仍然那么真实，仿佛罗丝就在她身边。克拉拉穿着睡衣走到二楼的楼梯口站住。她能听到父母在厨房里说话，但他们的声音很小，也沉闷，所以厨房的门一定关着。她扶着栏杆，蹒跚着下楼，走进前厅，来到窗前。房间里没有开灯，所以她能看到窗外的景象；天空晴朗，漫天繁星和一轮清冷的明月把街道照得发白。隔壁的房子也没开灯，所以凯恩先生不在家，但他的车在。

她把额头贴在冰冷的窗玻璃上，自己哼唱起来，感受着胸口的震动。她在为罗丝哼唱，她在呼唤她回家。

过了一会儿，远方的路上出现了一辆汽车的车灯，灯光让月光下的道路变成了黄色，路边的树木在车经过时像苍白的幽灵一样闪现。克拉拉停止了哼唱。她在等待着那辆车拐进别人家的车道，但它并没有。车子越来越近，并放慢了速度，越来越慢，让她觉得自己或许还在睡觉，还在做梦。但后来它终于拐进了一条车道，是她家的车道，轮胎在碎石上嘎吱作响，车灯的强光晃得她不得不闭上眼睛。然后，司机关掉了引擎，她通过紧闭的眼皮感觉到大灯熄灭了，这才又睁开了眼睛。

在月光下，她看到那是一辆警车。两扇前门都打开了，巴恩斯警长从一边下来，克里斯托弗森医生从另一边下来。克拉拉忘记了呼吸。医生打开车的后门，俯下身去，把一个人搀扶出来：是一个瘦长的身影，裹着一条毯子。

罗丝。

她们的父亲在前廊上当着克里斯托弗森医生和巴恩斯警长的面哭了。他紧紧拥抱着罗丝，她弱小的身体几乎完全埋进了他的怀中，他的泪水落在她杂乱、寸短的浅棕色头发上。克拉拉的母亲站在他们旁边，身体微微颤抖，脸上闪着喜悦的光芒。巴恩斯警长和克里斯托弗森医生站在门廊边上微笑着。克拉拉看着罗丝。她想跑上去抱抱罗丝，但她不敢。

父亲把她松开后，罗丝跌跌撞撞地退后了几步。她的眼睛茫然地从他们身上扫过，克拉拉心里一沉，一瞬间不确定那到底是不是她。不是因为罗丝的头发短到几乎没有，也不是因为她没有化妆，虽然这些确实让她看起来很不像罗丝，而是——她看起来好像不知道他们是谁。然后她的母亲搂住她，亲吻她，轻声说："进来吧，宝贝，这里很冷。到暖和的地方来。"

克里斯托弗森医生走上前跟克拉拉的父亲低声说他明天再来，然后就和巴恩斯警长回到车上离开了。克拉拉的母亲把罗丝迎进屋里，克拉拉和父亲跟在后面。他们关上了门，就这样，一家人又在一起了，一切又如常了。但实际上并非如此。

　　到了周一，大家都知道了消息。在学校，奎恩夫人拥抱了克拉拉，她说："你看？我是怎么告诉你的？到最后，一切都会有圆满的结局。"

　　鲁丝说："我哥哥说男人们会强迫她做一些事情，非常可怕的事情。他不肯说是什么事情，但他说真的很可怕。"

　　珍妮说："我妈妈说她一定是怀孕了。她怀孕了吗？"

　　夜里，罗丝在床上辗转惊叫，她们的父母闻声赶来。他们中的一个人会坐在床边抱着她，告诉她这只是个噩梦，罗丝就会停止尖叫，翻身对着墙。

　　母亲说，克拉拉这段时间应该到自己的房间去睡。"直到罗丝好一些。"她说。

　　克拉拉摇了摇头。"不。"

　　每天下午放学回家后，她就上楼走进卧室，坐在床边，守护着她的姐姐。有时，罗丝的目光会在克拉拉的脸上徘徊一阵。有一次，她的眼神定住了，克拉拉于是轻声说，"嗨，罗西。"但罗丝连眼皮都没抬一下。

　　丹在老地方等着她。

"她还好吗？"克拉拉走过来的时候，他问道。

克拉拉犹疑着点点头。

"你这是什么意思？"

"她一句话都不说。"

"她能正常吃饭喝水之类的吗？"

"她吃了一些曲奇。有时候也喝点水。"

丹想了想。他说："你觉得你的父母会允许我见见她吗？"

"我不知道。"

"他们知道我的事吗？你知道，就是……所有事。"

"我觉得不知道。"

"我跟你一起回家去，"丹苦着脸说，"我想请他们允许我跟她谈谈。"

"我爸爸这会儿还没回家。"

"那我就问你妈妈。"

她的妈妈同意了。于是丹上楼去了罗丝的房间，坐在克拉拉的床边，看着沉睡中的她。第二天他也来了，之后那天也是。如果罗丝醒着，他就跟她聊天。她没有表现出听见他说话的迹象，但他还是跟她聊天。

"吉姆·鲁斯特今天下午被开除了。他在化学课上把一个煤气炉头点着了，罗兰德把他赶了出去。反正他是个白痴。

"你记得靠近库珀角的那座山吗？就在拐弯的地方？今天早上那座山整个变成了冰山，校车开不上去，一直往后滑，最后掉进了沟里。差不多翻车了，但是整个过程非常非常慢，我们都倒在了彼此身上，有点搞笑。没有人受伤，我们只是爬出车外，走路去的学校。"

也许丹的陪伴对罗丝有好处，但这也意味着克拉拉不能去陪伴罗丝了，丹在场感觉会怪怪的。她可以回她自己的房间，但在那儿没什么事情可做，而且她所有的书她都不喜欢了，那些故事都不是真的。她本来也可以去厨房，母亲一直在那儿，但母亲仍然在假装罗丝只是累了。所以最后她只能去找摩西玩，或者回到客厅里站在窗前，看着外面夜幕降临，好像还在等着罗丝回家。

她需要和凯恩先生谈谈，但他总是不在家，周三晚上她等他等到很晚，直到她的母亲过来找她，把她带回家，而且生了气。

终于，周四的晚上，凯恩先生在家了。克拉拉感到特别宽慰但又生气。她想对他大喊大叫，但又怕他会让她回家去，所以她没有。但是之后，她问他为什么罗丝不跟她说话时，他说她应该去问她的父母，她终于还是气得对他大喊起来。

不过他还是没有让她回家去。他让她打开了那个写着"杂"的箱子，原来那个词指的是"杂物"，也就是"其他一切"。

周日，丹没有来看罗丝，因为周日是家庭日，人们不会到别人家去，他们去了教堂之后就会安静地待在自己家，所以克拉拉能够和罗丝单独在一起。她拿着一本涂色书和一些蜡笔上了楼，罗丝睡下的时候，她就跪在地板上涂色。

午饭后，罗丝睡得很香，克拉拉看到凯恩先生在家，于是就到他家去了（这不算"串门"，因为只是凯恩先生而已），他们打开了最后一个箱子。里面有一顶漂亮的毛皮帽子，他说他死后可以送给她，还有奥查德夫人最喜欢的两张照片，克拉拉把它们放回了原处，原来，凯恩先生就是早餐照片上的那个小男孩。凯恩先生说她现在就可以拥有那些打牌的小人并把它们拿回家的时候，克拉拉一下子吓呆了，她以为这肯定说明他马上就要死了。她吓得完全说不出话，甚至都无法张开嘴。但实际上，他只是没有理由地想把木雕送给她而已，所以它们现在属于她了，而且她仍然可以在他的家里跟这些小人一起玩，这真是太好太好了。

她回到家的时候，罗丝醒着，而且看上去有点不一样。

克拉拉坐在她的床上，啃着指甲，想要弄清楚到底哪里不一样了。一开始罗丝没看她，但后来看了，克拉拉觉得这是罗丝回家后第一次真正看到她。

克拉拉轻声说："你回家我真高兴，罗西。我真的、真的很高兴你回家了。"

罗丝没有回答，但一直看着她，克拉拉小心翼翼地站起来，走过房间，慢慢地，一步一步地，仿佛罗丝是一只可能会受到惊吓而飞走的小鸟。她站在床边，一边啃着大拇指的指甲，一边俯身望着罗丝。

罗丝直直地望向克拉拉的眼睛。罗丝的眼睛似乎仍然带着些瘀青，而且脸色灰白，但她看起来绝对比以前好多了。过了一会儿，她抬起胳膊，慢慢地伸出手，把克拉拉的手从她嘴边拉开。

"别咬指甲。"她低声说。

"好的。"克拉拉也低声回答。

"保证。"

"我保证。"

十七

伊丽莎白

今天下午吃过午饭之后，我把顾问的意见跟玛莎说了。我知道她肯定不会听，而且我认定她永远不会主动问我，因为答案会让她害怕，这就让我陷入了两难境地，到底要不要告诉她。我觉得如果她知道的话会少点担心。

"这件事完全由你决定，"我把情况都告诉她之后说，"如果你不想做手术，他也会理解。没人要强迫你去做任何你不想做的事。"

她没有回答。过了一会儿，我往她那边看，但她已经把头转过去了。她的腹部眼看着变得越来越大，我不明白她怎么可能不疼。这个念头把我吓得喘不过气——玛莎正在忍受痛苦，想到这一点，我就完全无法忍受。我不明白为什么她显得格外不同。也许是因为她看上去没有一点招架的能力。

我试着去想其他事情。我试着去想你，我的爱，但你太遥远了。

过了很久，她气若游丝地说："谢谢你替我跟他谈话。"

"不客气，"我说，"如果你想聊会儿天，我很乐意。"显然她不想，因为她没再说话。

在这一片愁云惨雾中，有一段非常感人的插曲。因为脊柱问题平躺了四个多月的杜布瓦夫人被告知，她现在每天可以坐起来一小会儿了，探视时间到来之前，护士们小心地帮她坐直并在她身后垫起一摞枕头，所以当她丈夫带着小男孩们进来看她时，她就靠在那儿，脸色苍白但很平静，一头黑发披散在周围，带着一种华丽而浪漫的混乱，像是一位倚在枕头上的女王。

杜布瓦先生显然已经提前知道了这个好消息，除了带来鲜花和一大盒巧克力（并且按照杜布瓦夫人的指示，在病房里热心地分发给大家），还给孩子们带了两件小礼物，好让他们觉得自己也参与了庆祝，礼物包装得很潦草，但谁会在乎呢。不仅如此，他还把两份礼物偷偷塞到妻子手里，让她成为给孩子们发礼物的人。我想吻他。（他的妻子吻了。）这样做真的太有心了。礼物毫不意外是丁奇小玩具，两个男孩也毫不意外地想要同一款，为此争吵不休。很让人难过但也很有趣，因为这是能预见的。我可以高兴地说，这一对父母也都明白。

他们是非常优秀的父母。看着他们，我感谢我并不相信的神明让他们来到这个地球上，并在这一天让他们来到这个病房。新的开始，来抵消人生的悲伤。

玛莎似乎在看着这一切，但我觉得她没有真正看进去。孩子们离开后不久，她说："我想问你一件事，伊丽莎白。想请你再帮我个忙。"

我感觉她知道我很享受跟孩子们待在一起的时间，她不想破坏气氛，于是一直等到时机合适才提问。这么体贴真不像她，但我觉得就是这样。

"没事，"我说，"你说吧。"

"你会陪着我吗？到最后，你会和我在一起吗？"

我转过头去看着她。"玛莎，这个我不能保证。我的时间也不多了，我们不知道谁会先走。"

"我明白，但如果可以，你会陪着我吗？直到我离开？"

"会的。如果可以，我会陪着你。我就在这里。"

后来，我竟然几乎打了个小盹，考虑到我身体里正在经历各种情绪的翻卷，这很不一般，我没有完全入睡，但也并非完全清醒，只是漂浮在两者之间。当我听到有人喊我的名字时，我不确定这是真的，还是梦的一部分。

"怎么了？"我仍然不知道，于是试探性地回答。

"你在吗？"

这句话让我清醒了过来。"我在，玛莎，我在。"说实话，我有点恼火；本来我的午睡进行得很舒适。

"你有什么事吗？"我尽量掩饰着我的烦躁问道。

她没有回答。

"玛莎？你想要什么吗？"我转过头，看到她已经睡着了，她的嘴巴以一种最不体面的方式张开着。由于是她把我吵醒了，我以为她至少可以做到把她要说的事情说完再昏睡过去。

"玛莎？"

我的心跳漏了一拍。我拼命从枕头上直起身。"玛莎！哦！护士！快点，护士！"

护士们跑着过来，但是有人在哀号，用一种吓人的声音，一种又长又尖的呻吟，像是来自一个迷失的灵魂。我意识到那是我。

她不该走得这么快。一位护士后来告诉我，他们以为她还能再活一段时间。也许是她想走。也许她对死亡太过恐惧，于是用意愿让自己死去了。如果是这样，我羡慕她。我也非常想要拥有这种能力。

夜里，我觉得冷。冷，空虚，带着哀痛。为玛莎，也为你，我的爱。你走得太早，你本来应该还有很多年可以活，你的身体什么毛病都没有，除了阑尾。那是一次意外——和麻醉有关。我以为他们会把你推回病房，你晕乎乎地笑着，结果一位医生和一位护士从旋转门里走出来，看起来惊慌失措。我不明白他们跟我说的话。那超出了我的理解能力。

我害怕再次陷入悲痛。我不想在这种状态下死去。

为了分散自己的注意力，我给利亚姆写了最后一封信，并且附上了一份说明函给我的律师，让他在我死后将这封信转交。我向一位护士要来了一个大信封，把信、说明函和我带进医院的那两张镶在相框里的照片（你在查尔斯顿的那张和你服侍利亚姆吃早餐的那张）装了进去。我把剩下所有的邮票都贴在了信封上，这让我有种小小的满足感。

回信地址让我犹豫了一下。我考虑过写上"来生"，但最终决定不写。然后我发现我忘记了律师的地址。我记在什么地方了，但我累得没办法查找。

目前我还没有把信封封上，所以我仍然可以把照片拿出来，想看的时候就看看。结果，我每天都要看上很多遍。

*

我已经不再想要把往事抹除，我的爱。我现在认为它是故事的一部分，而这个故事就是我本身。拒绝承认它就是否定我自己。

*

我们吵架的那个晚上，就是你说你担心我开始爱利亚姆太多的那个晚上，对我来说是一个转折点。对我，对我们，都是，那以后的很长一段时间里，我们的关系都不同往日了。

我怀疑你有没有真正察觉到这一点。这不是对你的指责；你脑子里有太多事情，不到全国各地去出差的时候你也总是工作到很晚。有时候你争取能在周日休息一天，有一些晚上你会突然回家，但除此之外，你并不经常在家。

你的缺席让我有种复杂的感受。我想念你，当然，但我也不能抱怨——在欧洲，每天都有男人在战斗中伤亡，至少我知道你是安全的。还有一个无可否认的事实是，在利亚姆这件事上，你不在对我来说更有利。他和我在一起的时间远比你知道的要多。

但是回到我们的争吵吧：那天晚上，你的意见错就错在它们是理智的，当时的我却并不是。你指出凯恩家的问题只是暂时的，安妮特终究会解决自身的困难，我们见到利亚姆的机会就会少很多。但是在当时，未来如何根本不在我的考虑范围之内，亲爱的，或者更确切地说，我已经自行构想出了各种绝不可能发生的情况，也就是我自己设想的未来，在那些未来中，利亚姆是我们的孩子。或许安妮特和拉尔夫[1]都死了，安妮特的母亲把女孩们带走了，但她不想要利亚姆，所以我们收养了他。又或许安妮特看到了我们之间强烈的感情，意识到如果把利亚姆交给我们抚养，对他自己和她的家庭都有好处。

---

1 这里安妮特的丈夫前文叫Ralph（拉尔夫），此处英文原文写的是 Roger（罗杰），疑是作者笔误。

　我当然知道这些想法都是无稽之谈。我就当成是无伤大雅的空想吧。但是你也在不知不觉中助长了这些幻想，查尔斯，因为你在家时充当了一个如此出色的代理父亲的角色。一个看到你时脸上就像太阳一样灿烂起来的小孩是很难抗拒的，而你也并没有表现出抗拒。你还记得那些周日吗？至少你一定会记得那些早餐。当时还没有严格实行配给制，你仍然可以得到熏肉、鸡蛋，有时甚至还有香肠。我们会吃到你所谓的"英式全早餐"，兼任厨师和侍者的你穿着深色西装，腰上系着围裙，手臂上还像样地搭着一条浆洗过的茶巾，显得极为庄重。完美的理想男仆。利亚姆喜欢极了。我也是。

　不过，即使在那些日子里，我也很小心地不让目光在他身上停留太久，以免被你看到。小心地不要表露出我的喜出望外。他不在我们身边时，我小心地不经常谈到他，谈到的时候也尽量保持轻松随意的语气。你问起我那天过得如何时，我会这样回答："让我想想：今天早上我给'果酱救英国'[1]活动灌装了草莓酱，然后下午安妮特把利亚姆带

1　果酱救英国（Jam for Britain），二战时期加拿大红十字会和全国各地的妇女联合会团结起来发起的制作果酱的运动，为遭受战争荼毒的英国提供食物。

过来了，我们烤了些点心。我让他给人造黄油上颜色，他最喜欢干这个。"（你还记得人造黄油吗？装在一个塑料袋里的，里面还有一小片橙色的食用色素，很恶心，我们必须把色素揉进那团油脂里，让它看上去像黄油一样。我记得你非常讨厌那东西。）

总之，当我描述完我们的一天时，你会微笑，然后说："听起来很有趣。"我会看到你脸上的宽慰。为我的平静和快乐而宽慰，为终于不需要再担心什么而宽慰。

一周的大部分时间里，利亚姆通常都和我在一起。他已经习惯了在他母亲跟他说话时不予理睬，这让安妮特几近发疯——实际上到了那个阶段，他做什么都会让她发疯。她会在焦虑中给我打电话，电话那头还能听到利亚姆的尖叫和孩子们的号哭，她会问我能不能带走他，我总是会答应。

有时他过来的时候很抑郁，不说话，也不看我。我就把他带到客厅，和他一起在沙发上坐一会儿。这种时候他不想听故事；我想他没法集中精神。有时他会爬到我的腿上，但不是很经常。但他一直想要跟我亲近些。他会仔细看我的结婚戒指，把它在我的手指上转来转去，或者用他的指尖沿着我毛衣袖口的螺纹捋来捋去，上上下下，一遍又一遍。

他没事了之后就会抬头看我。我会安静地说："我们起来吧？"他就会点点头，从沙发上滑下来，走进厨房，拿出他的涂色书或者我给他的用来画画的空白新闻纸——他心情不好的时候总想画画，而且奇怪的是，他那时画了一些非常好的画。

你回家之后还特意欣赏了那些画，查尔斯。你会问他关于这些画的问题，让他开心得说不出话来；他的眼睛紧紧盯着你的脸，结结巴巴地着急向你解释。你听到他的解释之后会严肃认真地点点头，并且赞扬作品的一些独特之处。"飞机全速飞行的时候就是这个样子，"你会说，"你画得非常准确。"

七月里一个下雨的周三，利亚姆和我用纸板做了十二只小鸟，我们先画出来，再涂颜色，之后剪出形状，贴在了冰箱门上——那一群小鸟从左下角往右上角冲上天空——然后利亚姆拒绝回家。晚饭时安妮特过来接他，像往常一样热情地感谢着我，也像往常一样没有注意到利亚姆想给她看的那些了不起的东西，她还对他说："我希望你表现得很乖。过来把鞋穿上，该回家吃晚饭了。"

利亚姆没有动。他一直在指着一只由他涂色的特别漂亮的鸟；他的手指还触摸着它。

"快跟我走。"安妮特不耐烦地说道。

他摇摇头，小心地看着她。

"利亚姆，请你把鞋穿上。"

他说——语气里没有挑衅，而是像在陈述一个事实——"我不想让你再当我妈妈了。我想让伊丽莎白阿姨当我妈妈。"

安妮特和我互相看着对方，然后看着他。

安妮特说："别胡说，利亚姆。穿上鞋。"

"我现在想住在这儿，"他说，"我想让伊丽莎白阿姨做我妈妈，让查尔斯叔叔做我爸爸。我更喜欢他们而不是你。"

我迅速——过于迅速——说道："利亚姆，快别胡说。穿上鞋跟你妈妈一起回家去吧。明天我们再好好玩。"

就在那个时刻，一切都完了，查尔斯。如果我淡定地对安妮特笑笑，用你所谓的"女校长"的声音说："别担心，这再正常不过了，我已经记不清有多少幼儿园的小孩跟他们的妈妈说要和我回家了。一小时之后他就会把这事忘得一干二净。"如果我当时这么说，后面的事情就不会发生，而我们之后的人生也会不一样。可惜的是，我内心深处的秘密渴望所产生的愧疚感让我过于快速地把话说出口，也让安妮特怔住了。她打量了我一会儿，皱着眉，大惑不解，让我惊恐的是，我觉得自己脸红了。瞬间之后，她的脸颊和脖子上也泛起了同样的红晕。

她低声说："你都跟他说了些什么，伊丽莎白？"

"没什么！天啊，安妮特，你怎么这样问！利亚姆，请不要再胡说了。现在你该回家了。"

他说："我现在要去我的房间。"然后转身走出厨房，奔向门厅尽头。安妮特跟着他。我跟着安妮特。他走进他的房间，走到他的书柜前，拿出他这段时间最喜欢的《费迪南德》，坐在床上，开始翻书，故意忽略我们的存在。

安妮特在门口停了下来，环视着整个房间。她以前来过无数次，但从来没注意过，现在她注意到了；墙壁周围浩浩荡荡地行进的大象，塞满了儿童书的书架，桌面上画着停车场的低矮的小桌子，停在"车位"上的利亚姆的丁奇玩具，编织着金色动物的深蓝色的小地毯，这是几周前我在战争筹款的拍卖会上买下的。

这一次，她把一切都看在了眼里。然后她转过身来，惊讶地望向我。"我真不敢相信，"她说，"这都是你计划好的。一切都是你计划好的，是不是？从一开始就是。"

"安妮特——"

"你把他引诱到这儿来，先是用曲奇，然后是所有这些。是你让他爱你而不再爱我"——她举起手来阻止我开口——"你让他与我为敌，这样他在家里就会表现得很差，把一家人搅得不得安宁，破坏我们相处的时间。然后你会幸灾乐祸地说他和你在一起有多好，好像这都是我的错，好像我是个糟糕的母亲……"

这时我已经在浑身颤抖。"安妮特！这不是真的！你说的这些话太难听了！真的太可怕了！"

她一步踏进房间，仍然坐在床上但正在看着我们的利亚姆喊道："这是我的房间！是伊丽莎白阿姨说的！你不能进来！"

安妮特走到房间里，抓住他的手腕，粗暴地把他从床上拉了下来，他的书掉到了地上，他吓得目瞪口呆。我想上前去，但她把我推到了一边，把正在尖叫的利亚姆拖到了门厅里。我想要说服她，阻止她，让她听我说，但她已经完全失去了理智，怒不可遏地对我大发雷霆。

"你这样会坐牢的！"她在利亚姆的尖叫声中大喊，"你会因为诱拐别人的孩子而坐牢！这是绑架，你会……"

"安妮特，住口！你在想象一些根本没发生的事情！别说了！你有病！"

"我有病？我有病？我看你是疯了吧！我不许你再接近他，永远不许。也别再靠近我们的房子。永远不要再踏进我家周围半步，否则我就报警！"

那天晚上你不在家，查尔斯。你在曼尼托巴省的什么地方，第二天晚上才会回来。我没有办法联系上你。

我一连好几个小时根本无法做出任何思考。我吐了好几次。我试着躺一会儿，但做不到。我徘徊不定。最后，大约九点吧，我想我必须去跟拉尔夫谈谈，跟拉尔夫解释清楚。他现在应该已经回家了。

我去了他们家。我在门外站了很久，我的双腿抖得太厉害，不得不扶着门框，才鼓起勇气敲门。如果开门的是安妮特，那我真不知道我会做出什么事，但开门的是拉尔夫。

我低声说："我必须和你谈谈。必须。"

他点了点头，表情严峻。"是。但现在不行……"他声音很小，但她还是听到了，然后从客厅里跑过来。她的脸和脖子都涨得紫红，两眼哭得肿起来一大块。她一看到我就冲我扑了过来；如果不是拉尔夫拦住了她，我想她会攻击我。我转过身跑了。

我当时头脑不清醒，查尔斯。我只知道如果我不做点儿什么，我就再也见不到利亚姆了，那是我无法忍受的。

我坐在床上，心怦怦跳着，一直等到午夜，然后我拿上钱包、车钥匙，从利亚姆床上拿了一条毯子，用棕色的纸袋装了一些曲奇，还准备了一个装了热水的保温杯，把它们都放进车里。透过我们两家房屋之间的树林，我可以看到他家房子后面的一间卧室还亮着一盏灯。那不是利亚姆的房间，我知道他房间的位置，他已经带我去看过好几次，那里应该是婴儿房，她们需要吃奶。我等待着，喘息着，颤抖着，来回踱着步。

又过了半个小时，那盏灯才熄灭。再等十分钟，我想。十五分钟吧，为了万无一失。

十分钟后，那盏灯又亮了。她们还是不安分。我等待着。灯灭了。我等待着。十分钟。二十分钟。

不能出声，我一定不能出声。我脱下鞋子放在车里。我光着脚穿过树林。天太黑了，我不得不摸索着找到房子的后门，砖墙在我手指的触碰下粗糙刺痛。我很担心后门会被锁上，但并没有，我溜了进去，然后偷偷摸摸地经过厨房来到门厅。我在门口停下来聆听。屏住呼吸。什么声音都没有。但婴儿随时都有可能再次醒来。我蹑手蹑脚地沿着门厅上楼，一直来到利亚姆的房间。他睡得很香，只有小孩才能睡得这么香，有一次，出于好奇，你抓住他的脚踝把他轻轻拎起来，把他像钟摆一样来回轻摆，他仍然安然地睡着，尽管如此，我把他抱起来的时候，还是担心他会被我的心跳声惊醒。我抱着他按原路走出房子，步步惊心。刚到外面，我就小跑着奔向车子。

我小心翼翼地把他放在汽车的前排座椅上，给他盖上毯子，自己也上车坐在他旁边，把钥匙插进点火器，然后转动。发动机的噪声令人惊惧；我慌乱地四下张望，但没有灯光亮起，也没有人抓住车门的把手想要把门拽开。我松了口气，挂上挡，驶出了车道。

一上大路我就向左转了，没有理由。我没有计划我们应该去哪里。我只是开车，利亚姆在我的旁边。

天亮之后的一段时间，我把车停在路边上厕所。我们已经到了乡下——我不知道具体是哪儿——周围也没有车，于是我干脆就在车子旁边蹲下了。我回到车里，以为关车门的声音会吵醒利亚姆，但他还在睡。我很饿。我从纸袋里拿出一块曲奇吃了，同时看着他熟睡的样子。他安静的、未知的梦境。我试着去思考我该怎么做，我们应该去哪儿，但我想不出来。我还是很饿，我在纸袋里来回翻找，想找到些碎掉的曲奇块，这样我就可以把完整的曲奇留给利亚姆，就在我抬起头的时候，有人从外面敲了一下我这边的车窗。我吓了一大跳，手里的纸袋掉了。一个男人站在车窗外。是个警察。他的身后是一辆警车。我没有听到它开过来。

警察打开车门，探身看了看利亚姆，然后看了看我。

"奥查德夫人？"他的语气平淡。他的脸上没有表情。

我说不出话，但片刻之后，我点了点头，他也点了点头，伸手从点火器中取出了钥匙。

"你和那个小男孩过来坐我的车可以吗？"他说。

后来发生的很多事情都从我的记忆中匆匆掠过，亲爱的。你承受的痛苦远比我要多。我的悔恨无法言说。

这件事当然成了丑闻。在圭尔夫，它取代战争新闻占据了报纸的头版。但你从来没有提起过，无论是探视期间还是我回家之后，但我还是知道了，因为有人匿名给我寄了报纸。我从报上得知，为了躲避人们的关注，安妮特和孩子们逃到了卡尔加里她父母家。拉尔夫也尽快过去找他们了。一开始你仍然留在圭尔夫，但是最终一切变得太难以承受，于是你转到了多伦多大学。我坚持（到现在我也仍然坚持）认为，战争和你的工作性质意味着你的工作地点并不重要，所以我实际上没有毁掉你的事业。

但无论如何，这些都不是你所担心的。你担心的是我。

我被控犯有诱拐罪，比绑架的罪名轻一些——安妮特一定气坏了。但我无所谓。从我被捕的那一刻起，我的全部身心就被恐惧吞噬，我害怕利亚姆会因我的所作所为而受苦，我担心安妮特会把她的愤怒和怨恨发泄到他身上。我迫切地、绝望地需要知道他是不是还好。如果我当时就能够意识到，这是我永远无法知道的——而不知道才是对我真正的惩罚——我很难想象自己是否能够受得了。

所以，法官的判决对我来说毫不重要。对你来说却是重要的；你震怒了。我从没见过你那副样子，我带着某种惊讶看着你。在你看来，我的行为很明显是出于一时疯狂，一旦我恢复理智，就会把利亚姆还给他的父母，所以这个案子应该被驳回。

我还记得我们与辩护律师的讨论，他是个年长的人，安静而有礼貌，经验丰富。我记得他聆听着你的陈述，同情地点着头，然后停顿片刻，才温和地说，法庭不会认同。他们会认定我的理智没有问题，我很清楚我所做的事情是违法的——否则我为什么要等到死寂般的黑夜（又是这个词）才去把利亚姆带走？同样，他说，以精神错乱为由进行辩护也不太可能成功：抑郁症不是精神错乱，它不会让你无法分辨是非。他建议我认罪，并希望法官能考虑到当时的情况和我的精神状态。最后，我们也是这样做的。

对于审判，我最清晰的记忆就是，宣读判决时，我在看着你，而不是法官：我被判处在多伦多安德鲁·默瑟女子感化院劳教一年，那个地方听起来很可怕。我看到你的身体因为震惊而颤抖，查尔斯，并且第一次意识到我对你做了什么。我看着你——最理智、最稳重的你——在竭尽全力控制住自己。你一直坚信法官作为一个有智慧的人会综合考虑各种因素——我的精神状态、我缺乏计划、我迄今为止毫无瑕疵的品格、我的悔意——而减轻处罚，判我缓刑。实际上他确实考虑了这些因素——诱拐罪的最高刑期是七年，所以他已经很宽大了。但我认为，你担心当时我的精神状态不足以撑过一年的牢狱生活。

你的担忧是对的。在那之前，我一直过着一种平静、舒适、被人关爱的生活；对于我的自由、我的隐私、我的独立、我的名誉、我的家、我的丈夫、我的心和灵魂被剥夺所带来的冲击，我完全没有准备。无论如何，刑期结束时，我的状态已经非常糟糕，我们的医生直接把我转去了金斯顿的圣托马斯精神病院。

我记得我的恐慌。我记得在前往那里的途中我在车里吐了。这很讽刺，因为圣托马斯医院本该是我的庇护所。我们抵达时，我连接下来的十分钟都不知道如何度过，更不用说此后余生了。让我醍醐灌顶的是，有些人知道该如何处理这种局面；他们能够运用能力和知识把一个破碎心灵的碎片一一拾起，并把它们重新拼凑起来；使它们再次成为一个整体。

但是，如果没有你的坚定，查尔斯，如果没有你的来访，你的信件，你坚如磐石的、持续不断的爱和支持，他们也没有办法帮助我。不可能有人能帮助我，因为我根本不会想要活下去。

*

玛莎的病床来了个新病人。昂贵的发型，精致的妆容。她看起来很不满，显然她的人生不如预期。我热切地希望她不想跟我分享。对了，她住进来的时候，她的丈夫和她一起来的，如果我嫁给了他，我也会一脸不满的。傲慢是如此的不吸引人，具有毁容的效力。

我尽量不寒暄。而且，无论如何，我现在连呼吸都非常困难，就算我愿意，我也没办法跟人说话了。于是我一直看着阳光在对面墙壁上游走的轨迹。逝者如斯。

我一直在回忆查尔斯顿[1]。你还记得吗？为了庆祝战争结束，你带我去那里度假——我们唯一的一次"国外度假"行程。离开医院那么远，让我一直感到焦虑——我刚出院一年，我仍然需要确保一旦感觉不好，自己可以随时回家——但你向我保证，如果我觉得有必要，我们能立即飞回家去。

我们住的酒店很小，有点陈旧，但位于古镇的中心，四周有一个开满鲜花的庭院，院子中间有一座喷泉，阴凉的凹室里摆放着桌椅。是我们从未想象过的美丽景象。那里有蜂鸟，你还记得吗？它们从一朵花飞到另一朵花，在阳光下闪闪发光，像是珍宝。我们在那里度过了一周。灿

1　查尔斯顿（Charleston），美国西弗吉尼亚州首府城市。

烂的日子。

罗伯茨护士刚刚匆匆忙忙而过，她停下脚步走过来对我说：
"你还好吗，亲爱的奥查德夫人？你今天看起来好像离我们
很远。"

我说，正相反，你离我很近，我本来不想这么说，但
还是脱口而出了。也可能我什么都没说出口。她笑着拍了
拍我的手，又一阵风似的走开了。

但你此刻离我很近，我的爱。我能感觉到你就在我
身边。

吃过午餐，他们收拾完之后，我让护士帮我拿走一些
枕头，然后帮我翻个身，朝着我那一侧躺着。我的右侧，
我说。"我们"的那一侧。她担心我可能会呼吸困难，但我
说如果真有我会叫她的。一直仰卧会让我浑身僵直。蜷缩
起来的感觉很好，尽管确实会呼吸困难。我必须一小口一
小口地呼吸，像喝水那样。

这个姿势让我可以看到更多的地板，于是我注意到了
一件最了不起的事情。在考克斯夫人（就是穿着打褶的短
睡裙，有着一双可怕的腿的那位）的床底下，有两双毛绒

绒的拖鞋，一双粉红色，一双淡紫色。换句话说，与她的睡衣相配。我之前根本不知道她还有这两双拖鞋。我不禁想到这段时间我穿着得体的睡衣和温暖的袜子错过了什么。想到了我曾经剥夺了你多少乐趣！

你还记得我那套蓝白相间的细条纹睡衣吗？我一直以来最喜欢的睡衣。睡裤有着可爱的很深的口袋，当我们躺好准备入睡，当我把身体温暖而安全地蜷缩在你怀抱中的时候，你的手会顺着我的身体游走，直到找到那个口袋，然后你会把手伸进口袋，就那样过一整夜。

我仍然能感觉到你的手在那里，我的爱。此时此刻。紧贴着我的大腿。

十八

利亚姆

他下班步行回家的路上，普罗拉刚好靠边停了下来。这一整天他都在跟吉姆和考尔一起给另一家人的新厨房安装电器——现在已经不可能再进行户外工作了，于是大家似乎都在重新装修厨房。

"要搭你一段吗？"卡尔摇下车窗说，"我本来想晚点给你打电话的。"

找到罗丝的时候他给利亚姆打过电话，几天之后罗丝回家后也打过，但那之后的十天里两个人没再联系过。

"我想我还没有好好感谢过你的帮忙，"利亚姆上车时他说，"抱歉耽搁了那么久。有个伐木营地出了些麻烦，然后瑟斯顿又发生了一连串的纵火事件，之后玛吉得了流感。

我一直忙得团团转。"

"你送她回家的那天晚上，已经在电话里感谢了我三次了。"利亚姆说着把外套扔在后座上。

"是吗？"

"那会儿已经很晚了，你听起来……"他瞥了卡尔一眼，咧嘴笑了笑，"很高兴。"

"是的，对，我是很高兴！"卡尔辩白道，"非常高兴！"

"我没怪你。她现在的情况怎么样了？"

"不太好。我跟你说过具体是怎么回事了吗？"

利亚姆摇了摇头。

"他们是在一个废弃的厂房里找到她和另外几个女孩的，那里是个郊区，那地方叫什么来着……多伦多有个地方叫什么白菜镇吗？很乱的街区？"

"有，那个地方整体上正在变好，但是仍然有一些比较乱的区域。"

"为什么叫白菜镇？我只是好奇。"

"那片是贫民区。居民都在自家前院种白菜。据说。"

卡尔点了点头。"总之，是个犯罪团伙，警察知道有这么一群人，但不知道具体是谁，也不知道他们在哪儿活动。结果那儿就是他们在城里的三个聚点之一。他们在这个地点找到五个女孩，包括罗丝。都被绑着，经常被那些差不多年纪的混蛋们强奸。多伦多警察估计她可能是在抵达后的一两天里被掳走的。从街上直接被抓进车里的。对了，找到她的关键是她剪得很短的发型。就是这个细节。有人想起来见过她。

"警察闯进去的时候，里面刚好有两个团伙成员，所以他们相当高兴——我是说警察。他们把女孩们直接送去了医院，给我打了电话，告诉我罗丝的情况，我给克里斯托弗森医生打了电话，他给医院打了电话，跟那里的医生们谈了谈，他们说她可以回家。他一直在照顾她。目前就是这些情况。

"所以这不是个百分之百圆满的结局。恐怕这类案子永远不会有圆满的结局，就算没别的，也会有心理上的伤害。我估计，一段时间内她的家人会承受一些压力。不过至少她回来了。"

利亚姆想到了克拉拉，她想象中姐姐回家后会有的巨大喜悦，和如今的现实。更多的苦恼，更多的困惑。

"说点儿愉快的话题吧，"卡尔停顿了一下说道，"我听说你自己去买了点儿冰激凌。"

"是的，不久前买的。"他希望自己的语气足够随意，但也不要随意到引人怀疑的地步。

"你觉得乔这个人怎么样?"

"她看上去人很好。"

卡尔把车开上利亚姆家的车道,然后熄了火。利亚姆感觉到他在打量自己,于是忙着拍打身上的口袋,做出在找家门钥匙的样子。

"确实,"卡尔说,"她人很好。几年前从北湾来到这儿的。不过,有些事情你该知道。她挺不顺的。结过两次婚,第一任丈夫家暴她,让她在医院住了六周,第二任丈夫拿走了她的一切就消失了。我是说一切,不仅是她的钱。把房子都搬空了。灯泡都摘走了。所以,男人在她最喜欢的事情上排不到前面。我跟你说只是怕你在那方面有想法,省得你浪费时间。"

"我在任何方面都没有任何想法,"利亚姆说着,打开车门下了车,"不过还是谢啦。也谢谢你让我搭车。"

他站在客厅里思考。从第一天晚上开始,之后的两周里他和乔见过六次面。他已经感觉到了她的谨慎,但那只是让他感到更加放心,因为他对于过度投入也保持着同样的警惕。但是现在他知道了背后的原因,他不知道还该不该继续下去。他决定继续。毕竟这是她做出的选择，是她引诱了他，而不是反过来。这意味着他们都在追求同样的东西：人与人的接触，别人的身体给予自己的身体的舒适感，性。没那么复杂。

那天晚上，乔说："我猜现在你已经知道我的一切了。尤其是我的婚姻。"

"实际上，我是刚刚才听说你的婚姻。"

他们在床上，仰面躺着，被单里面的身体一丝不挂，只有浅浅的一层汗珠。乔转过头来看着他。"我只是好奇，你是无意中听到的，还是有人告诉你的？"

利亚姆犹豫了一下，然后说："是卡尔告诉我的。今天下班后他开车把我捎回家的。"

乔皱了皱眉头。"卡尔一般不爱传八卦。"

"他不是在传八卦，他是在提醒我。"

"哦。"乔说。过了一会儿，她又说："你觉得他知道吗？"

"我觉得不知道。我觉得他只是……想要保护你。"

"这听起来很像卡尔。有时候他对自己的工作太负责了。你怎么说的？"

"我谢谢他捎我回家。"

乔笑了起来。

利亚姆说：“这个镇上的每个人在每件事情发生之前就都已经知道了，为什么会这样？索雷斯的每个房间里都有窃听器吗？”

“可能吧。让你郁闷了？”

“偶尔。也不太严重。”

“往好的方面想：如果每件事我们都已经知道了，那就不需要再告诉对方了。”

利亚姆点了点头。“这确实是个优点，好吧。”

过了一会儿，两个人都盯着天花板。乔说：“更难的事情是不去想它。”

“尤其是在凌晨三点。”

“尤其是在凌晨三点。”

被单下面，她伸出手抚摸着他的手背。再次开始。

过后她说：“我记得你非常爱吃李先生的水果馅饼。”

“利先生？”

“‘热土豆’的大厨。他姓李。他是中国人。”

“他是中国人？开玩笑吧？”

“没开玩笑。”

"那他为什么不做中餐?"

"格洛丽亚不让他做。"

"谁是格洛丽亚?"

"那个女侍者啊。她也是'热土豆'的老板。马路对面的轻食咖啡也是她的。"

"她的名字叫格洛丽亚?她的父母给她起名叫格洛丽亚?意思是光彩照人的那个格洛丽亚?"

"好像是的。"

利亚姆大笑起来。他想到那个大厨或许是带着在北方建立第一家中餐馆的梦想才长途跋涉到这儿来的。"她为什么不让他做中餐,太可惜了吧?"

"她说这儿没人喜欢那种东西。"

"她怎么知道的?"利亚姆问,"他们怎么知道的?"

"说得对。不过至少我们还有水果馅饼。"

慎重起见,他稍稍改变了自己的日常规律,在"热土豆"吃完晚饭之后他会多喝一杯咖啡,到湖边遛弯的时间也延长了一些,等到四下无人的时候,才往乔家里去。小路上没有路灯,所以他被人看到的机会微乎其微。为了不让她或他自己有任何期待,他仍然在控制自己不要每天晚上都过去。

乔也没做出过任何想让事情更进一步的举动，甚至从来没有问过他何时或者是否还会再来。他们两人都非常小心地保持着距离。

不过，两人也不可避免地对彼此有了更多了解。比如，他知道了她是在索雷斯本地出生和长大的，她有个兄弟住在哈利法克斯[1]，在她高中毕业后就一路搭便车去了纽约，在一家小吃店工作了一年，最终因为思念北方而回到了家乡。起初她定居在北湾，在那儿的图书馆工作。结了婚，又离了婚。后来父母生病，她就回到索雷斯照顾他们。他们去世后，她就在索雷斯的图书馆找了份工作。又结了婚，又离了婚。

"你觉得你想一直在这里生活下去吗？"利亚姆问，明显回避了结婚和离婚的话题。

她侧过身来面对着他。"我尽量不想得太远，也不给自己设定任何规则。就像我尽量不回头看一样。"

"听上去很聪明。"

"理论是好的。"她说。

1　哈利法克斯（Halifax），位于加拿大新斯科舍省的城市。

*

　　由于晚上经常和乔在一起，他最近不怎么见到克拉拉了。他告诉自己这样最好。罗丝被找到之前的几周里，克拉拉总是到他家去，而且他也在，这让他很不安。他和她母亲谈过，强调他并不介意，只是想知道她是否同意。他说他感觉这栋房子和奥查德夫人的物品在某种程度上能让克拉拉安心。也许是因为熟悉。他告诉她克拉拉对那些箱子非常感兴趣，约尔顿夫人笑了。

　　利亚姆尴尬地补充说："她会一直待在客厅。我告诉过她，房子里其他的地方都不能去。"

　　她和他对视的片刻，他看到了她因为担心另一个孩子而承受着沉重的恐惧与焦虑。看到了她深深的疲惫。

　　"谢谢你，"她说，"卡尔·巴恩斯已经……和我们说过了。"她又给了他一个淡淡的微笑，"克拉拉似乎已经接受了你，凯恩先生。你不介意真是太好了。"

　　"叫我利亚姆吧。"

　　她点了点头。"我叫戴安。"

他感到了巨大的宽慰，但他仍然担心克拉拉会开始对他有所依赖；那样的话，他离开的时候，她会很难接受的。他很快就要离开了。现在已经到了十月的最后一周，太阳落山后，气温会直线下降。

所以，他心想，不再经常见到那个孩子或许是件好事。

*

"考尔去哪儿了？"利亚姆问道。今天周一，厨房的设施都已安装完毕，投入使用，水龙头里也流出了自来水，他们剩余的工作就是给这个地方再刷几层漆，然后清理一下施工现场。

吉姆蹲下身子，接连"哐当"两声响动，他打开了工具箱。"走了。"

"走了？"利亚姆低头看着吉姆的后脑勺，那里已经有了一块造型完美的谢顶。吉姆没有抬头。"什么，你是说回南方去了？回去上大学了？"

"是。"

"就这么走了？"

"嗯。"

"他什么时候走的？"

"今天早上。"

如果他知道这孩子真的会按照他的建议去做，他肯定会开枪把自己脑袋崩了。现在这是他的错了——从现在开始，这孩子的整个未来、全部人生都是他的错了，而且吉姆也不跟他唠唠叨叨了。这本来是种解脱，偶尔能安静一小会儿，但并不是。

"苏珊说让你明天晚上来家里吃饭，"吉姆郁闷地说，仍然在工具箱里翻找着，"你他妈的最好来，家里现在跟太平间似的。"他抬起头，眯起眼睛，"别瞎找借口了。"

回家路上，利亚姆绕到湖边站了一会儿，看着浪花翻卷，蜷缩着肩膀抵御寒冷。天空和湖水相融成一片枪灰色。湖岸边缘已经结起一层坚冰。头顶一群大雁排成 V 字形，哀鸣着南飞。你也该走了，他对自己说。你真的该走了。

远处的高天上有一只鸟悬在空中；一只鹰，或者也许是一只鹗。考尔说这两种鸟有一种的翅膀是弯曲的，但利亚姆不记得是哪种了。他得去查一查：在乔的书堆里有一本非常精美的鸟类图册。

在他的注视下，那只鸟突然冲向湖面，以极快的速度坠落，两条腿向前摆动，并在最后一刻张开爪子，在水中深深地捞了一把，然后一气呵成地出水，爪子之间多了一条正在奋力挣扎的大鱼。利亚姆目不转睛地看着。那条鱼很重，而且挣扎得很凶猛，那只鸟很难飞起来，一直被拖回波浪中。最后，翅膀扇动着，水花四溅中，它成功地飞上天空，把那条鱼像超大号的炸弹一样挂在身下，向着远方的海岸飞去。

*

周四，结束了。

"你想吃点法式吐司吗？"乔问。

"听起来不错。"

"再配上一些香草冰激凌？"

"那就更好了！"

他们下了床，迅速穿好衣服——卧室在房子的北侧，保温措施形同虚设。利亚姆到厨房里生起火，还凿了一些冰激凌，乔打了鸡蛋，做了法式土司。做完后，他们把盘子端到扶手椅那边，一起坐在火炉前，听着风声在房子四周呼啸。他明天会去买一些填缝剂，想办法把漏风的地方填补一下。

"这个枫叶糖浆真的不错。"

"是我私家珍藏的。货真价实。"

"真的吗?"

"我父母有五英亩的树林,他们去世后,我把他们的房子卖掉了,但留下了树林。那儿有几十棵枫糖树。每年我都会去采几桶。"

"真的假的?你是怎么做的?"

"你在树干上钻个洞,装上龙头,在下面挂一个桶,接住树汁。就行了。最难的部分——其实也不难,只是费时间——是把树汁煮沸,四十升树汁才能做出一升糖浆。糖浆做好后,你把它们装进瓶子里,然后标上高得离谱的价格卖给游客。这是去年的糖浆。你要在早春的时候采集树汁,就是白天开始暖和,但夜里仍然寒冷的时候。那就是开始分泌树汁的时候了。"

"这倒是值得费点力气。所以……冰激凌,枫糖浆……除此之外,你还有什么技能?"

"我只有制作枫糖浆和冰激凌的技能。"

"都是了不起的技能。而且已经比我多两项了。"

她歪着头。"你肯定也有什么技能吧。"

他想了想。"我可以做加法和减法。这算不算是一种技能？"

"加法和减法应该算两种技能了。"

他大笑起来，用最后一点吐司把最后一点冰激凌和糖浆抹干净。乔已经吃完了她的吐司，正蜷缩在椅子上看着炉火。柴炉看上去好像装满了熔化的黄金。利亚姆站了起来，走到靠着墙堆放的那一摞书前面。这堆书让他想起了自己的那些箱子。克拉拉肯定想把它们都整理好：她会把书贴着墙壁排成一排，像踢脚线一样，封面朝上，书脊朝外，按高度或者颜色排列。

他找到了那本关于鸟类的书，并把它拿回椅子，但没有打开。相反，他看着火焰在乔的脸上闪烁，思忖着自己为什么之前没有意识到她很美。

一分钟后，他说："我注意到你的冰激凌有些不同之处。我觉得你应该知道。"

她皱着眉头关切地看着他。"怎么了？"

"我认为它是种催情剂。"

"是吗？"她微笑着说，"那就再吃点吧。"

事毕，她伸出裸露的手臂和肩膀，迅速把毯子拽到他们的脖子上，自己也抱紧他的身体取暖。"我得再买一条毯子了，"她说，"我一直忘记再买一条。"

就是那个时刻——不是他意识到她很美的时候，不是他们做爱的时候，而是事后她的身体与他的紧紧依靠这个简单而奢侈的事实发生的时候——他意识到他爱她——他已经爱上了她——而就在他刚刚产生这个想法的时候——立刻，立刻，仿佛一直在侧幕等待一般——往事在代表失败和绝望的大天使菲奥娜的带领下，汹涌而至。你没有能力去爱，利亚姆。你没有能力信任任何人，关心任何人，把自己托付给任何人。那才是爱，而你没有能力去爱，你永远不会拥有这种能力。

他试过把她挡在思绪之外，但他做不到。他试过去回想他曾经做过的任何事情，他曾经真正爱过的任何人，来证明她是错的，但没有成功。他想到了卡尔说过的话，关于乔在男人身上的那些遭遇，以及她又一次冒险想和他在一起的事实。你还是会把事情搞砸的，他想着，心里裂开一道鸿沟。下周或者下个月或者明年你会一败涂地并且离开。她太善良，你不该这样对待她。

过了一会儿，他说："有件事我要告诉你。"

"哦？"

"我很快就得离开这儿了。我需要赚点钱，但是这儿没有工作。"这不是真话。就在那天早上,吉姆还提出要付他工资,虽然不多,但足够维持生活,他怀疑那是苏珊的意思。他挺喜欢她的,和他们在一起的那个晚上很愉快。但这是他能想出来的最好的借口。

她转过头来,与他四目相对。"哦,"过了一分钟,她说,"好的。谢谢你告诉我。"

他强打精神。"你希望我别再来了吗?"

"也许这样最好。"

夜里,悲痛的感觉让他恶心,他想,你现在就要离开这儿。马上离开。上车,开走,去哪儿都无所谓。明天早上告诉吉姆,然后把一切都扔进车里,离开。

但到了早上,他想起了克拉拉;他不能不告诉她一声就消失。那就再等几天吧;告诉她,然后给她几天的时间来接受这件事。

他去上班了,跟吉姆什么也没说——不然吉姆会提一堆问题,可他现在没法应对。他们干完一天的活儿之后,他回到家,等着克拉拉。

"一切还好吗?"她进来的时候,他问道。她的脸色不太好。

"她什么都不说。她只是躺在床上。她为什么不跟我说话?"

"克拉拉,"他声音很轻柔,因为她看起来忧心忡忡,"这些问题你要逐渐开始去问你的父母了,你需要跟他们谈谈。他们才是……"

"他们说她很累,但她很快就会好起来!他们只会说这些!"她气急了,而且快哭了。他今天不能告诉她。

她想打开个箱子,于是他们就打开了。这意味着他不进反退了,他在开箱而不是装箱,但随它去吧。

周日,他们打开了最后一个箱子。最上面是一顶毛皮帽子,俄罗斯风格,是某个圣诞节菲奥娜送给他的,说他戴上像奥马尔·谢里夫;他不知道自己为什么一直没把它扔掉。帽子旁边是一个鼓鼓囊囊的大信封,上面写着他的名字和多伦多的旧地址。他记得这封信——是他正把这些箱子装进车里准备出发到索雷斯来的时候收到的;他当时着急上路,于是把信随手塞进了一个箱子,准备以后再看,结果很快就忘了。

克拉拉戴上了帽子。帽子遮住了她的眼睛,她举起帽子,望着他。他挤出一个笑容。"看起来很棒。"

"我可以上楼到浴室去照个镜子吗？"

她应该只待在客厅里的，但是因为过几天他就要走了，所以他觉得应该没什么关系。"当然。"

她走后，他打开了信封。里面还有一个信封，以及一封奥查德夫人的律师写来的信，信上说是应她的要求把随附的信件转交。另外那个信封里还有一封信，以及两张镶在相框里的照片。利亚姆先读了信。

亲爱的利亚姆，

我正在医院里写这封信，然后我会请人帮我寄出。

随信附上两张我带来医院并一直放在身边的照片。我觉得或许你想留着它们。一张是查尔斯的照片，是很多年前他和我去南卡罗来纳州度假时照的。另一张是某个周末你来我家时，我为你和查尔斯拍下的合影。当时（那时你大约四岁，你的母亲正忙着照顾你的小妹妹们）你经常到我家来，如果你来的时候，查尔斯正好也周末在家，他就会在早餐时跟你玩一个我们大家都很喜欢玩的游戏。

查尔斯是英国人（他的教养非常好！），所以他会为我们做所谓的"英式全早餐"——有培根、鸡蛋等等——然后非常正式地端上桌来（我甚至要把他的白色亚麻餐巾上浆），假装你是个贵族老爷，而他是你的管家。这样太有意思了，我们都很喜欢。我希望你喜欢这张照片，也享受你对查尔斯的回忆。

冒着让你觉得尴尬的风险，利亚姆，我想让你知道，你出现在我们的生活中，成了查尔斯和我快乐和喜悦的源泉。你给我们带来的快乐比你能想象到的还要多。我一直祈祷着，祈祷从我们相处的时光里你能得到的，在所有的一切里你能记得的，是你曾经被深深地爱过。

我对你的未来致以最美好的祝愿。

伊丽莎白·奥查德

另：过去几年中你的来信对我来说意义重大，利亚姆。谢谢你写信给我，也谢谢你允许我再一次出现在你的人生中。

利亚姆深吸了一口气，站了一会儿，喉咙发紧，然后放下信，拿起奥查德夫人提到的那张照片。他就在照片上，小小的，穿着一件红色毛衣，脸上露出一个灿烂的笑容。奥查德先生站在他的旁边，穿着黑色西装，白色衬衫，戴着白色的领结，手臂上一丝不苟地搭着一条茶巾，上面放着一个银餐盘。他微微弯着腰，不卑不亢地说道——三十年过去了，利亚姆仍能听到他的声音——"再来根香肠吗，先生，和培根一起？好吗？就一根吗？还是为您加两根？好的，两根。还有炒蛋：鸡蛋是今天早上最新鲜的，先生，女仆们第一时间捡回来的。来一勺吗？这么多可以吗？再多一点？确实，先生，不尝尝就太可惜了。或者您要不要少吃一点香肠，这样可以多来点鸡蛋——我先把这根香肠拿走给您留起来如何……？留下这根香肠，但是拿走另一根吗？当然可以，先生。非常好。我会帮您放在一边，不会被人拿走的。"

他记得他在那座房子里感受的温暖。与众不同的感觉，被爱的感觉。在做客结束之后，他总是不想回家。他不知道他的母亲是不是已经觉察到了，但他觉得她肯定察觉到了。克拉拉不擅长隐藏自己的感觉，何况她比当时的他年龄大得多。这说明了很多问题。

楼梯上响起克拉拉的脚步声，他赶紧把这一切抛在脑后。

她走进房间，一只手在前面举着帽子，好让自己看到前面的路。她在笑。他对她的恢复能力感到惊讶，只要有一点机会，她就会重新开心起来。

"很适合你。"他说，除尺寸之外，确实很适合；她戴着真漂亮。

"你死后我可以拥有它吗？"

"可以，我死后你可以拥有它。我有东西要给你看。你见过这张照片吗？"

克拉拉看一眼，然后突然推掉帽子，任由它掉在地上，然后从他手中夺过照片。"见过！这是奥查德夫人最喜欢的照片！她把它带到医院去了——哦，那一张也是她最喜欢的，那是奥查德先生！你是在哪里找到它们的？"

"在箱子里。奥查德夫人从医院把它们寄给了我。你知道这个小男孩是谁吗？"

"我不知道他叫什么名字，但他住在奥查德夫人和奥查德先生的隔壁。他不是他们的儿子，但他们真的非常非常爱他。"

"这是我，"利亚姆说，"是我小时候。"

克拉拉看着他，张口结舌。

"拍这张照片的时候，我大约四岁。"

他可以看到她正在尝试接受这个想法，然后看到她开始相信它的真实性，她的笑容慢慢漾开，让她的脸色明亮起来。

"奥查德夫人就是因为这个才把她的房子给你的？因为你是他？"

"我想是吧。"

他本来不打算在今天告诉她自己要走了，但他此刻应该告诉她，这是个好机会，她已经理解了事情在变化，人们在成长，生活在继续。

她把照片拿到了摆着其他照片的餐具柜上。"我来告诉你它们原来的位置，"她用一种了如指掌的语气说，"这张放在这儿"——她非常精确地把照片放下——"这张就像这样放在它旁边。"她退后几步，审视着它们，又走上前，微微调整了其中一张的位置，然后她转过身，高兴地看着他，并且希望他也同样高兴。

"它们看起来非常棒，"他说，"真的很好。实际上，这提醒了我——有件事我一直想问你。我想知道你愿不愿意现在就拥有这些打牌的小人。把它们带回家。"

她的样子仿佛被他打了。他以为她会激动不已地冲到壁炉前把几个小人儿拿下来，然后他就会解释为什么，而她会觉得没事，那些打牌的小人会给她很大的安慰。然而，她仍然站在原地，身体僵直地盯着他，她脸上的神采正在消散。

"怎么了？"利亚姆警觉地问。

过了一分钟，她才回答。"你要死了吗？"

他几乎要笑出来了，但她的目光里有恐惧，所以他控制住了自己。一时间，他感动于她会因为这个想法而如此难过。但这只是因为她刚刚经历过的事情，他想。她不希望再有更多变故了，仅此而已。她担心那只猫。

"不是，不是，我不会死。至少很多年都不会。"

"你病了？你一定要去医院？"

"没有，我没病。我很好，没有什么可担心的。"

她的目光在他脸上搜寻着，仿佛想读懂他的心思——如果她真有这个能力，她肯定会用的，他想；她会抛开所有"不要打开别人的信"的那种礼貌，毫无顾忌地切开他的大脑，把每一个细胞和突触都仔仔细细地检查一遍。

她似乎仍然疑虑重重。她说："这些小人能不能属于我但仍然留在这儿？这样我过来看望摩西和你的时候就可以和他们玩了？因为他们是属于这里的。就像这些照片一样。"

　　他盯着她。她是不是已经猜到了他要说的话，而这一切都是一个让他更加难以开口也更加难以离开的计谋？她这个年龄的小孩能有这么老谋深算的心机吗？他又想到了另一个问题：打开那些箱子——有可能是同一个计划的一部分吗？在他的想象中，他可以看到她把门封死，把窗子钉上木板，这样他就出不去了。永远不会有好的时机了，他想。直接告诉她吧。速战速决。

　　"当然，"他说，"你可以把他们留在这儿。"

　　她走后，他在房子里徘徊着，静不下来，觉得自己不可思议。你他妈的到底是怎么了？他想。他走进厨房，打开冰箱，盯着里面看了看，然后又把冰箱关上。你几周前就该走的，他想。你在这儿耽搁太久了，现在你成了她生活中的一个固定角色。他妈的猫咪饲养员。那你打算永远留在这儿，只是为了让猫有个家吗？看在上帝的分上，最糟糕的情况会是什么呢？买下这座房子的人把猫赶出去了。她会熬过去的，她父母会给她买条狗或者买只虎皮鹦鹉什么的，几个月后她就会把这些都忘了的。孩子们都健忘。有些事我也忘了。多多少少。

他从冰柜里拿出乔做的冰激凌，给自己削了一碗，站在水池前吃了。吃完后，他把碗放在水龙头下冲洗，看着乳白色的液体稀释后流走。他站了很久，清澈的凉水从碗里流出，打着旋涡流进了下水道，他的脑子里思绪万千，杂乱无章，每个念头都没有任何意义，直到最后，有一个想法从其他芜杂的想法中单独跳了出来，不可否认：别再骗自己了；这不仅是关于一个孩子和一只猫。

他把碗放在水池里，到门厅里穿上靴子，围上围巾，穿上大衣，戴起手套和帽子，走进夜色。

天冷得要命，狂风呼啸，雪往他脸上砸。他顶风冒雪走到湖边，想多给自己一点时间来想清楚，来确定自己的心意，但风太大了，外面太冷了，他受不了，再说他早已经做出了决定，可能几天之前就做出了决定，只是他自己不知道而已，于是他转过身，让风顺势推着他往镇子的方向走去。他走上主路，在第一条岔路左转，在下一条小路右转，终于来到了乔的门前。

她打开门，在灯光中留下剪影。

"离开没那么容易，"他说，"我似乎……做不到。"

"是吗？"乔紧紧裹住身上的毛衣，严肃地说，"你愿意进来聊聊吗？"

*

他回到家时，门廊台阶上的雪已经积了三英寸厚，风把它们吹到两侧。他满脑子都是乔，但尽管如此，进门的那一刻，他就感觉到了一些变化。他站在门厅里，聆听着：除了风声，什么都没有。他小心翼翼地推开客厅的门，打开了灯。

在房间的正中央，坐着一只烟灰色的猫，尾巴缠在脚上，注视着他。

"你好，摩西，"利亚姆说，"很高兴见到你。"

致谢

　　小镇索雷斯只存在于我的想象中，但那里的环境是非常真实的：就是北安大略省那一片遍布着湖泊、山峦和森林的广阔而美丽的地区，那里也被称为"加拿大地盾"。把故事的背景设置在那里是我的一种自我沉醉；当我想家的时候，我想到的是那里的风景，而描写它可以让我在脑海中重温它。

　　以下几位向我提供了书本或网络上找不到的信息，对此我向他们深表谢意：安大略省马尼托林岛的比尔·凯勒介绍了"当年"安大略北部警察生涯的内幕；本·J. M.罗杰斯对我提出的关于一九四二年加拿大刑事诉讼程序的问题做出了非常清晰和全面的回答；莫里·施利弗和安东尼·费雷利提供了在北方进行建筑施工面临何种挑战的细节。谁会知道一摞屋瓦有八十磅重，而且天冷的时候屋瓦无法粘牢呢？细节很重要。

但是我在野生蓝莓的细节问题上做了任性的发挥。我让利亚姆在九月买了一篮野生蓝莓。北方人会知道，那么晚的时候不可能还有蓝莓，但我就是想让他被一把蓝莓噎到，其他都不行。

再一次感谢《蒂米斯卡明言论报》提供的一张无比珍贵的图片，让我了解了当时该地区的风貌，也要感谢黑利伯里公共图书馆的莎朗帮我复印了很多资料。

像往常一样，我要衷心感谢我出色的经纪人，鲁琴斯和鲁宾斯坦公司的费利西蒂·鲁宾斯坦，以及我伟大的编辑，英国的波比·汉普森和加拿大的林恩·亨利，感谢他们的技艺、敏锐和关心。我还要一如既往地感谢艾莉森·塞缪尔一直以来的支持和鼓励。

我要感谢我在大西洋两岸的家人，尤其是我的儿子尼克和纳撒尼尔，以及我的兄弟乔治和比尔，他们不仅认真阅读了我的手稿并提出建议，而且比尔还总是能把我介绍给最合适的人交谈。

最重要的是，我感谢我的丈夫理查德和我的妹妹埃莉诺，他们从一开始就参与了我全部著作的出版。没有他们，我不可能做到。

图书在版编目（CIP）数据

小镇索雷斯 ／（加）玛丽·劳森（Mary Lawson）著；尚晓蕾译.
—南京：译林出版社，2023.5
书名原文：A Town Called Solace
ISBN 978-7-5447-9571-5

Ⅰ.①小… Ⅱ.①玛… ②尚… Ⅲ.①长篇小说－加拿大－现代 Ⅳ.①I711.45

中国国家版本馆CIP数据核字（2023）第015395号

著作权合同登记号 图字：10-2022-90号

小镇索雷斯 ［加拿大］玛丽·劳森 ／ 著 尚晓蕾 ／ 译

责任编辑 黄 洁
装帧设计 尚燕平
校 对 梅 娟
责任印制 单 莉

原文出版 Chatto & Windus, 2021
出版发行 译林出版社
地 址 南京市湖南路 1 号 A 楼
邮 箱 yilin@yilin.com
网 址 www.yilin.com
市场热线 025-86633278
排 版 南京展望文化发展有限公司
印 刷 徐州绪权印刷有限公司
开 本 850 毫米 ×1168 毫米 1/32
印 张 11.125
插 页 4
版 次 2023 年 5 月第 1 版
印 次 2023 年 5 月第 1 次印刷
书 号 ISBN 978-7-5447-9571-5
定 价 58.00 元